培养中国学生竞争力的普及读本

一看就懂的外国文学大事典

一看就懂丛书编写组　编著

农村读物出版社

图书在版编目(CIP)数据

一看就懂的外国文学大事典/《一看就懂丛书》编写组编著. -北京：农村读物出版社，2009.5

ISBN 978-7-5048-5207-6

Ⅰ.一… Ⅱ.一… Ⅲ.文学史-外国-通俗读物 Ⅳ.I109

中国版本图书馆CIP数据核字（2009）第048261号

责任编辑 宋会兵
出　　版 农村读物出版社（北京市朝阳区农展馆北路2号 100125）
发　　行 新华书店北京发行所
印　　刷 北京圣地纸艺印刷有限公司
开　　本 700mm × 1000mm 1/16
印　　张 13
字　　数 250千
版　　次 2009年5月第1版 2009年5月北京第1次印刷
印　　数 1～5 000册
定　　价 19.80元

一看就懂的外国文学大事典

农村读物出版社

前言 Introduction

通观目前的外国文学史，主要可以归为两类：教材学术类和休闲消遣类，前者主要是一些高校教材和学者著述，虽然资料翔实，都有一定的学术价值，但严肃繁琐有余，轻松简明不足；后者主要是一些文学名著导读或者趣味文学故事，过于调侃轻松，缺少严谨细致。能把两种特点完美结合的图书并不多见。为了兼顾外国文学史的严谨和轻松，我们尝试着采用大事典的形式来讲述外国文学史，全面介绍、概述整个外国文学发展脉络。

大事典是用简明的文字按时间顺序扼要地记载一定历史时期内发生的重大事件，揭示重要事件和活动的发生、发展过程以及它们之间的关系的资料，以时为经，以事为纬，简明地记载和反映一定范围内各种重要史实的资料和工具书。大事典的内容：由大事的时间和大事记述两部分组成展示历史发展的概貌和规律，应选择影响大、具有历史意义和查找利用价值的事件。大事典的选事原则：紧紧围绕大事典所要记述和反映的对象，勾勒全貌，突出重点，大事要事必载，小事琐事不取。大事典内容要真实，观点正确。所记述的内容要符合客观实际，不得随意加进编者的主观见解，更不准歪曲事实。大事典一个最大的特点就是从纵的方面为读者了解历史提供史实梗概。

本书将浩瀚的外国文学史实改编为100个左右的生动的小故事，通过重点介绍外国文学史上的文学现象、流派、作品和作家，展现外国文学史的发展轨迹，世界各国数千年的文学史于此可见。其目的就是为了向学生们普及文学知识，提高他们的审美能力，激发他们的阅读欲望，为他们走进灿烂辉煌的文学殿堂指示一条门径。这既是一本外国文学的大事典，又是一本好读好看好用的文学史，是内容丰富翔实的工具书。

考虑到文学史本身的特征以及现有各种文学史籍在形式上的局限，我们在编写中采用了以故事为中心的立目方式，即中国形式“纪事本末”体的体例。这一体例的优点，首先是可通过故事保持一定的历史状态的连贯，而将故事与故事按其时间顺序排比罗列，则可纵览整个文学史进程的起伏跌宕。其次，以故事本身来说话，可避免现有文学史那种过多人为要素的插入，历史不仅被任意割裂，而且也成了某种文学理论的表述材料，以致人们无法了解到它的原始面貌。再就是，由于任何一个故事，都是由种种具体的细节所组成的，因此，不仅可以更深入地了解历史的真相，而且同时使历史知识重又成为富有生动魅力、读者饶有兴味的对象，并因此而激起读者对它的喜爱。

本书根据普通读者的阅读习惯编写而成，内容精炼，但自成体系，删去无关紧要的琐碎内容。事典所收条目基本上是按时间顺序编排。全书分为欧洲古代文学、欧洲中世纪文学、欧洲文艺复兴文学、17世纪古典文学、18世纪启蒙文学、19世纪浪漫主义文学、19世纪批判现实主义文学、19世纪后期欧洲文学的多元化、20世纪现实主义文学、20世纪现代主义文学和东方文学十一个部分，各个部分再按国别名家名作的方式排列条目。

本书虽然带有一般大事典的性质，但不是限于简略的概括性写法，而是在有限的篇幅内，较为充分地反映故事的丰富与完整的面目，提供的信息量比一般大事典要大，这也反映了我们重新改变大事典形式的一种新的意图。在这个意图指导下的大事典，不仅可供检索，也可兼备阅读。另外，在各章之前，另设一篇概览性的“导引”，揭示性地将该章内的所有故事贯穿起来，连成一片，又在其中揭示出该段文学史的特点及其在整个文学史上的地位，更进一步给读者的认识提供了一些方便。

“大事不漏，小事不录”是大事典设置条目、材料取舍的基本要求。本书也以此要求，精心选材，遴选出外国文学史上的重要作家、作品和重要事件。因此，尽管本书的篇幅不长，但已经粗线条地展现了外国文学史发展的全貌。

外国文学名著是提高文学素养、理解世界文明进程最好的老师。但是目前良莠不齐、鱼龙混杂的出版市场，有些不可靠的版本、低劣的翻译、不入流的选本，在潜移默化中误导广大读者，使他们无法体味到经典名著隽永的魅力所在。于是，这就对读者在购买和阅读经典名著时提出了一个新的课题——选版本。

然而，对于名著版本的选择实在是一件需要瞪大眼睛甄别的事情。让人痛惜的是，许多读者都没有版本意识，都知道读名著获益良多，就随便抓一本看看，也不管版本适不适合自己阅读。实际上，外国文学名著的译本存在的问题不少。因此，这给多数读者的选择带来了困惑。面对浩大的文学盛宴，笔者通过自己的阅读教学实践和向专家学者、翻译家讨教，选择推荐了许多经典名著版本、注本、译本，供读者参考。全书还配有300多幅精美的彩色插图，全面而直观地展现文学史画卷，增强了可读性和趣味性。

从事这样一项既繁复、又带有很大创造性的工作，是有一定难度的。我们有幸得到了北京多所高校教师的支持，全书现有的面貌，正有赖于他们的精诚合作，为此，我们仅借这个机会向徐春明等多位同志致以深谢，并表示真诚的敬意。

编者

敬　告

INTRODUCTION

目录
CONTENT

第八章 19世纪后期欧洲文学的多元化

第九章 20世纪现实主义时期

第十章 20世纪现代主义时期

第十一章 东方文学

第一章

欧洲古代时期

灿烂辉煌的西方文学已有了3 000余年的历史，它的源头是古代希腊和罗马文学。在西方文化史上，希腊罗马时代被并称作“古典时代”，但是从文化的传承关系上看，罗马人在诸多方面均受惠于希腊人，在文学领域就更是如此。因此，古希腊文学是西方文学真正的开端。希腊的神话和史诗是发展得最完美的人类童年的产物，具有永久的魅力。不论神话还是史诗又都是希腊全民的创作，在人民中间经过几百年的锤炼，在许多方面有它独特的成就。继荷马之后，希腊产生了一系列杰出的作家，如悲剧家埃斯库罗斯、索福克勒斯、欧里庇得斯，喜剧家阿里斯托芬等等。特别是悲剧和喜剧作家，他们紧密结合希腊奴隶制民主政治进行创作，热情地为民主事业奋斗，他们的作品具有深刻的思想内容。他们以民间文学为他们作品的基础，既有所继承，又大胆革新，取得了重大成就，形成希腊文学的古典时期。古希腊文学在思想上和艺术上都具有首创的性质，后世欧洲的现实主义和浪漫主义方法都可以溯源到希腊。希腊文学的发展大致可以分为三个阶段：从氏族向奴隶社会过渡阶段，这时产生了神话和史诗；古典时期，即奴隶制全盛时期，产生了悲剧、喜剧、散文和文艺理论；希腊化时期，文学崇尚修辞技巧，内容贫乏，主要成就是新喜剧。

古希腊神话开启了欧洲文学的先河

在世界各民族的上古时期，都曾产生过本民族的神话，但是就流传至今的各民族神话来看，希腊神话无疑是最丰富多彩的。古希腊神话故事的形成时期很早，它乃是处在生产力发展水平低下时期的远古人类借助想象征服自然力的产物，是古希腊一代代人集体创作的结晶。由此，古代神话必然包括神的故事和人与神之间的关系和冲突的故事，即英雄传说两个方面。古希腊神话是欧洲最古老的文学，它的出现开启了欧洲文学的先河。

▲阿波罗和九个缪斯，通常阿波罗作为太阳神为人们接受，称福波斯(光亮之意)，他一方面保护农业，另一方面他的阳光被视作金箭，具有战神作用。常见的阿波罗形象多是长发无须的青年，随身带有竖琴、弓、神盾等。

神的故事

希腊神话包括神的故事和英雄传说两大部分。

神的故事讲述的是诸如创世、诸神的产生、神的谱系、人的诞生、神与人的关系等等以神的活动为主要内容的故事。赫西俄德告诉我们，宇宙最初的形态是混沌一团，混沌神的名字叫卡俄斯。混沌中首先出现地母该亚，该亚又生出代表天空的天神乌拉诺斯。天神与地母结合生出6男6女，总名叫做提坦。乌拉诺斯仇视自己的孩子，一出生就将他们关在了地下。被激怒的该亚鼓动孩子们起来造反，并帮助提坦神之一的克拉诺斯打败父亲，救出了其他兄弟姐妹，克拉诺斯自己当上了神王。克拉诺斯随后娶自己的妹妹瑞亚为妻，因为他听说将来自己的一个小儿子会把自己赶下王位，所以他也像父亲乌拉诺斯一样对待子女，将瑞亚所生的孩子一个个都吞进肚里。最小的儿子宙斯出生了，母亲瑞亚将他藏了起来。宙斯渐渐长大后，有勇有谋。宙斯设法让父亲吐出了

奥林匹斯山神

在宙斯统治下，奥林匹斯山很快建立了一支众神队伍，他们是：

宙斯——万神之王，司天堂、暴风雨、雷鸣和闪电

赫拉——司女人、婚姻和生育

波塞冬——海神

得墨忒耳——谷物和耕作女神

狄俄尼索斯——酒神，狂欢之神

雅典娜——智慧女神，司艺术、发明和武艺

赫菲斯托斯——火神，工艺、煅冶之神

阿佛洛狄忒——爱情女神

阿瑞斯——战神

阿尔忒弥斯——月亮和狩猎女神

阿波罗——太阳神，司音乐、诗歌、艺术、预言、雄辩和医术

赫耳墨斯——神的使者，司旅游、商业和贸易

所有的子女，然后与兄弟姐妹们一道发动了一场与父亲的战争。经过10年的奋战，克拉诺斯最终被推翻，新一代神王宙斯统治了世界。这样的神话显然是在人类蒙昧时代早期产生的，既带有原始社会血亲杂交的痕迹，也反映了母系社会的特征。

▲宙斯和他的妻子

到了氏族社会后期，父权制代替了母权制，社会的进程也在神话中得到了反映，新的一组神话——“奥林匹斯神话系统”出现了。在这个系统中，与宙斯有血缘关系的12位亲属为主要神祇。主要的神有神王宙斯，神后赫拉，宙斯的哥哥冥王哈得斯、海神波塞冬，还有宙斯的儿子太阳神阿波罗、战神阿瑞斯、工匠之神赫菲斯托斯，智慧女神雅典娜、爱神和美神阿佛洛狄忒。此外，还有9个缪斯是文艺女神，3个摩伊勒是命运女神。诸神以这种组织化的形式共同居住在希腊北部的奥林匹斯山上。

英雄传说

英雄传说的主角是半人半神的英雄，源于古老的祖先崇拜观念。英雄传说带有一定的历史真实性，是对氏族首领和祖先的赞颂，但同时也是后人想象力创造的产物。人们将祖先与神的血缘相联系，他们是神与人结合所生的后代，个个都是智勇双全，有超人的力量。英雄们为民除害，披荆斩棘，为集体的利益不顾个人得失，建立了丰功伟绩，得到一代代后人的景仰和崇拜，久而久之，便被神化了。古希腊的英雄传说，最著名的有建立了12件功勋的大力士赫拉克勒斯的故事、伊阿宋率众英雄夺得金羊毛的故事、忒修斯的故事、俄狄浦斯的故事等等。

在古希腊人的想象中，神和英雄具有神人同形同性的特点。他们认为神长着人一样的外貌形相，具有人的喜怒哀乐的感情和勇敢、机智、坚强、脆弱、狡猾、忌妒等品性，也参与人世的纷争，甚至神跟人之间还可以谈情说爱、生男育女。

希腊神话想象丰富，形象优美，情节曲折，富含哲理，有很高的审美价值和艺术魅力。它对古代希腊的史诗、悲剧、喜剧、绘画、雕刻等各种文艺样式，对后代的罗马文学以及文艺复兴时期以后各个历史时期的欧美文学，都产生了难以估量的影响。

◀酒神狄俄尼索斯

盲诗人荷马开始把希腊神话整理成《荷马史诗》

▲图中诗人荷马端坐在王位上，正在接受缪斯女神赋予的桂冠。

《荷马史诗》并非一时一人之作，而是保留在全体希腊人记忆中的历史。特洛伊战争结束以后，一些希腊城邦的民间歌手和民间艺人就将希腊人在战争中的英雄事迹和胜利的经过编成歌词、在公众集会的场合吟唱。这些故事由民间歌手口耳相传，历经几个世纪、经过不断的增益和修改，到了荷马手里被删定为两大部分，成为定型作品。《荷马史诗》它是欧洲文学史上最早的重要作品，也是欧洲英雄史诗的典范。它包括《伊利亚特》和《奥德赛》两部史诗，由这两部史诗组成的荷马史诗，语言简练，情节生动，形象鲜明，结构严密，是古代世界一部著名的杰作。

《伊利亚特》

《伊利亚特》属于战争史诗，描写希腊人围攻特洛伊城的故事。希腊联军主将阿喀琉斯因喜爱的一个女俘被统帅阿伽门农夺走，愤而退出战斗，特洛伊人乘机大破希腊联军。在危急关头，阿喀琉斯的好友帕特洛克罗斯穿上阿喀琉斯的盔甲上阵，被特洛伊大将赫克托耳杀死。阿喀琉斯悔恨至极，重上战场，杀死赫克托耳，特洛伊老王以重金赎还儿子尸体。史诗在赫克托耳的葬礼中结束。

《伊利亚特》的主题是赞美古代英雄的刚强威武、机智勇敢，讴歌他们在同异族战斗中所建立的丰功伟绩和英雄主义、集体主义精神。

《伊利亚特》塑造了一系列古代英雄形象。在他们身上，既集中了部落集体所要求的优良品德，又突出了各人的性格特征。阿喀琉斯英勇善战，每次上阵都使敌人望风披靡。他珍爱友谊，一听到好友阵亡的噩耗，悲痛欲绝，愤而奔向战场为友复仇。他对老人也有同情之心，允诺了白发苍苍的特洛伊老王要求归还赫克托耳尸体的请求。可是他又傲慢任性，为了一个女俘而和统帅闹翻，退出战斗，造成联军的惨败。他暴躁凶狠，为了泄愤，

阅读版本推荐

《奥德修纪》，杨宪益译，人民文学出版社，1979 年版。

《伊利亚特》，罗念生、王焕生译，人民文学出版社，1996 年版。

▼阿喀琉斯刺向特洛伊统帅赫克托耳

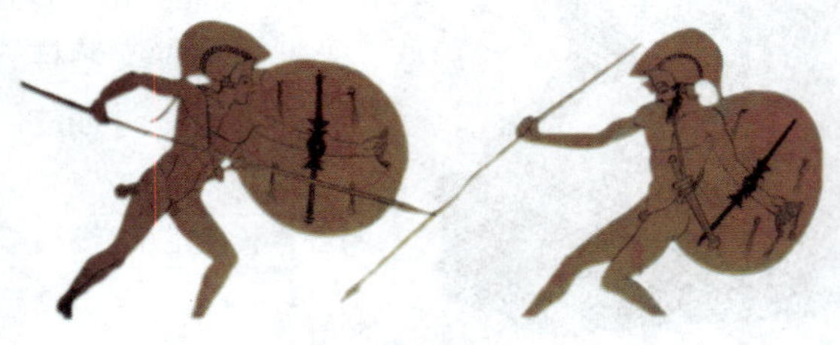

竟将赫克托耳的尸体拴上战车绕城三圈。与之相比，特洛伊统帅赫克托耳则是一个更加完美的古代英雄形象。他身先士卒，成熟持重，自觉担负起保卫家园和部落集体的重任。他追求荣誉，不畏强敌，在敌我力量悬殊的危急关头，仍然毫无惧色，出城迎敌，奋勇厮杀。他敬重父母，深爱妻儿，决战前告别亲人的动人场面，充满了浓厚的人情味和感人的悲壮色彩。

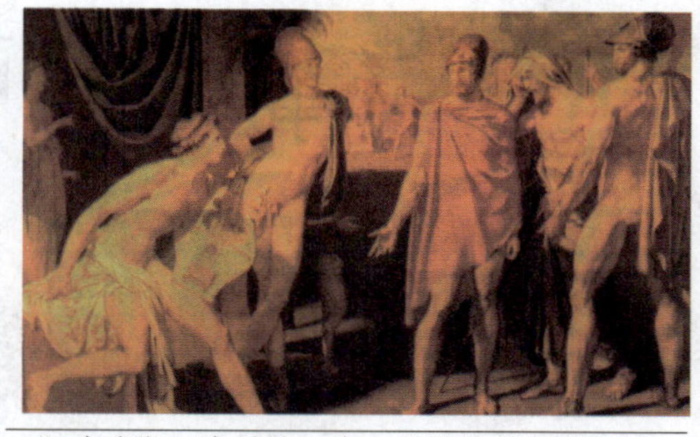

▲阿喀琉斯因喜爱的一个女俘被统帅阿伽门农夺走，愤而退出战斗，特洛伊人乘机大破希腊联军。

《奥德赛》

如果说《伊利亚特》是部集体英雄主义的交响曲，《奥德赛》则是人征服自然的凯歌。如果说，《伊利亚特》展现了战争的恢弘场景，《奥德赛》则是以个人命运为主线的创作。如果说，《伊利亚特》金戈铁马，富于慷慨悲壮、激昂急促的阳刚之风，《奥德赛》则一波三折，满含浪漫旖旎、徐缓肃穆的阴柔之美。

《奥德赛》属于漂流史诗，描写战后奥德修斯回家时海上漂流历险的故事。他的漂流形成了西方最早描写个人经历作品的旅程文学传统。

全诗讲述奥德修斯返家最后42天发生的事情。围绕奥德修斯返家，诗人展开两条并行的线索，一条以奥德修斯返乡为主线，一条以其妻在家乡被求婚者所纠缠、其子外出寻父为副线。两条线索时有交错，前后呼应。奥德修斯是伊萨卡岛之王，他聪明、勇敢、果断、坚毅。在特洛伊战争中，他多次使用计谋，屡建奇功，最后是他提出了木马计。使特洛伊人上当，攻破城池。在返家途中，他与惊涛骇浪和妖魔鬼怪博斗，战胜了无数次的惊险，克服了荣华富贵和爱情的诱惑，最终回到了家乡。但是面临他的是一场恢复王位和向求婚者复仇的斗争。在这场斗争中奥德修斯的机智和果断发挥到了极致，他装扮成一个流浪乞丐试探妻子的忠诚，了解求婚者们的情况。最后他突如其来，在宴会上向毫无准备、妄自得意的求婚者反击，杀死了他的对手，夺回了财产，恢复了王位，最后与妻儿团聚。

史诗通过对奥德修斯海上历险的描写，讴歌了古代英雄在同自然力的抗争中所体现出来的机智勇敢和战胜一切困难的坚强意志，表达了主人公对部落集体和乡土的眷恋之情。在人物塑造上，史诗做到形象鲜明、个性突出。作者在赞美奥德修斯的机智善谋、勇敢坚强、热爱乡土的主导性格的同时，又写出他性格中狡猾多疑、贪财自私的一面，使人物形象丰满多样。《奥德赛》的艺术成就还在于首创倒叙手法，做到布局巧妙，节奏明快，充满浪漫主义幻想色彩，是欧洲第一部以个人的漂泊遭遇为主要内容的文学作品。

公元前11世纪到公元前9世纪的希腊史称作“荷马时代”，因荷马史诗而得名。荷马史诗是这一时期唯一的文字史料。

◀奥德修斯等人在西西里岛靠岸时，出于勇敢和好奇，他来到了岛上，结果被这里的独目巨人捕获，奥德修斯设计将巨人的独目刺穿，然后逃脱。

古希腊悲剧的产生

▲剧作家埃斯库罗斯，他是雅典奴隶主民主国家形成时期的悲剧作家，被后人尊为“悲剧之父”。他流传下来的完整剧本有7部。

古希腊悲剧是古希腊文学的一种重要形式，在世界文学史上占有重要的地位，它起源于古希腊的“酒神颂”。希腊悲剧直接起源于祭祀酒神狄俄尼索斯的仪式。春天的酒神祭有歌队参加表演，歌队队员披着山羊皮扮演半羊半人神上场，一面唱着赞美酒神的颂歌，一面跳着简单的舞蹈，随后歌队队长站出来回答歌队的问话，讲述酒神在尘世的冒险、苦难和胜利的故事，后来又加进了表演动作的演员，悲剧便由此产生。古希腊悲剧宝库中的绝大部分作品已在中世纪结束前佚失。我们今天谈论的古希腊悲剧，实际是指埃斯库罗斯、索福克勒斯和欧里庇得斯三人的得以幸存的作品。

悲剧之父

埃斯库罗斯是雅典奴隶主民主国家形成时期的悲剧作家，被后人尊为“悲剧之父”。他流传下来的完整剧本有7部。

埃斯库罗斯最著名的作品是《被缚的普罗米修斯》，取材于古希腊神话。普罗米修斯盗取火种给人间，激怒了嫉恨人类文明进步的宙斯。宙斯为了惩罚普罗米修斯，派威力神和暴力神将他用铁链锁起来，钉在高加索山上，让一只老鹰日复一日啄食他的心肝。懦弱的河神劝其向宙斯屈服，但被他拒绝。普罗米修斯知道宙斯会和某一女神结婚，将生下一个比他强大的儿子把他推翻。宙斯派神使赫耳默斯来逼迫他讲出这个秘密，他坚决拒绝，最后被雷电打入地狱。

▼雕像被缚的普罗米修斯

诗人赋予这个古老的神话以崭新的意义，描绘了一个热爱人类，反抗暴君，不怕牺牲，敢于斗争的英雄形象。

戏剧中的荷马

索福克勒斯是雅典奴隶主民主国家全盛时期的悲剧作家。他对古希腊的悲剧做出了杰出贡献，塑造的悲剧人物丰富多彩，悲剧形式也臻于完善，因此，他又有“戏剧中的荷马”之称。

索福克勒斯最著名的悲剧是《俄狄浦斯王》。取材于神话传说：太阳神曾谕示忒拜王拉伊俄斯必死于儿子之手。儿子一出生，国王便命令牧羊人将其抛弃荒山，但牧羊人将婴儿送给了科林索斯国王的仆人，该仆人抱回的孩子由其国王养大成人，取名俄狄浦斯。太阳神谕示俄狄浦斯将来要杀父娶母，为了逃避这个可怕的命运，他远走他乡，但在途中偶杀生父拉伊俄斯。在忒拜城郊他猜中斯芬克斯之谜后被拥立为王，便娶王后（他不知道她正是自己的生母）为妻并生儿育女。当瘟疫流行后求太阳神神示，得到的回答是：必严惩杀前国王的凶手才可消除瘟疫。俄狄浦斯王于是认真查处，最后发现追查的对象正是他自己，便以戳瞎双目和自行流放作了自我惩罚。

这部悲剧，因为主题与艺术的出色，这部剧被誉为“十全十美的悲剧”。

阅读版本推荐

《埃斯库罗斯悲剧集》，陈中梅译，辽宁教育出版社，1999年版。

《索福克勒斯悲剧二种》，罗念生译，人民文学出版社，1979年版。

《欧里庇得斯悲剧集》，周作人译，中国对外翻译出版社，2003年版。

▲俄狄浦斯解斯芬克斯之谜的情景

舞台上的哲学家

欧里庇得斯是雅典奴隶主民主国家处于危机时期的悲剧作家。他流传下来的18部剧本，大多借神话传说题材来反映现实社会问题。代表作是《美狄亚》，该剧的题材和人物取自希腊神话中关于英雄伊阿宋冒险盗取金羊毛的传说。但是，传说中深受赞扬的英雄伊阿宋，在此剧中却变成贪图富贵抛弃妻子另娶公主的趋炎附势的卑鄙小人。对于弃妇美狄亚，剧作家却深表同情，赞扬她在被丈夫抛弃、遭国王驱逐的恶劣命运下，运用自己的智慧和计谋同命运作斗争。美狄亚用巧计毒死国王和公主，严词斥责伊阿宋的背叛和狡辩，又采用杀死自己的儿子来使丈夫因断绝后代而永远痛苦，然后乘龙车逃出国境。

欧里庇得斯的悲剧语言明晰流畅，说理性强，善于在剧中议论各种社会问题，有“舞台上的哲学家”之称。

古希腊悲剧是古代希腊人留给后世的主要精神遗产之一。从公元前3世纪起，希腊的戏剧中心移到亚历山大城，雅典的大酒神节举行到公元前120年为止，到此古希腊悲剧的历史便告结束。

◀冒险盗取金羊毛的伊阿宋

古希腊喜剧的产生

▲古希腊戏剧演员

喜剧的原意是“狂欢之歌”，它同悲剧一样也是起源于祭祀酒神，农民在葡萄丰收时节化装成鸟兽，举行狂欢游行，除演唱酒神事迹外，还即兴表演根据时事或笑闻编成的歌舞，这种表演是一种欢乐喧闹的场面，包括互相嘲弄、戏谑，有时语言甚至达到猥亵的程度。这就形成了它与悲剧完全不同的风格，被人们认为是一种低级表演，只能作为舞台上的一种点缀与陪衬，这是喜剧剧本传世较少原因之一。公元前5世纪雅典曾产生过三大喜剧诗人，分别是克拉提诺斯、欧波利斯和阿里斯托芬，只有阿里斯托芬有作品传世。

喜剧之父

阿里斯托芬是古希腊和欧洲政治讽刺喜剧的创始人。他拥护民主制度，主张恢复旧日抗击波斯侵略时代的爱国主义精神。在文艺观点上，他认为喜剧诗人应该有严肃的政治目的，要以坚持正义、教育人民为己任。他流传下来11部喜剧(如《骑士》、《云》、《鸟》和《阿卡奈人》等)，内容涉及到雅典奴隶主民主国家衰落时期的各种社会问题。

代表作《阿卡奈人》以雅典和斯巴达为首的两个阵营间爆发的伯罗奔尼撒战争为背景，通过雅典农民狄开俄波利斯与敌方斯巴达单独媾和，以及他与主战派将领拉马科斯的冲突，揭示了当时正在进行的内战给人民带来的苦难，表达了作者和广大农民反对内战、要求和平的愿望。

▼古希腊戏剧演员的面具

《阿卡奈人》通过漫画式的夸张手法和表面上很不严肃的讪笑打诨的场面来反映生活，很像闹剧。该喜剧的政治作用在于扫除雅典公民中的主战心理，号召订立和约。诗人在剧中指出，战争对政治煽动家和军官有利，对人民有害；他认为战争双方都有过错，主张各城邦团结友好，发扬马拉松精神，共同对付波斯的侵略威胁。阿里斯托芬正是从这个思想高度去俯视脚下的现实，

《阿卡奈人》介绍

《阿卡奈人》是阿里斯托芬第一部成功的喜剧。在“开场”中，农民狄开俄波利斯看见雅典公民大会不让一个提倡议和的人讲话，他给了那人八块钱币，派他同斯巴达人议和。在“进场”中，雅典附近受战祸最深的阿卡奈人（合唱队）用石头追打狄开俄波利斯，指责他叛国。他在“对驳场”中争辩说，他并不想投靠斯巴达人，他本人也受到他们的蹂躏，但雅典人也要对引起战争负责。有一些阿卡奈人不服，请主战派将领拉马科斯来帮忙，狄开俄波利斯当场和他扭打，把他打败，并去和伯罗奔尼撒人通商。接着的“插曲”表现了作交易的场面，显示和平的好处。拉马科斯再度出征，在“退场”中，他跛着脚上场，他在战争中负伤，痛苦万分。狄开俄波利斯却由两个吹双管的女子伴着，饱食大醉，得意洋洋。

才把生活中丑陋的本质挖掘出来，尽情地加以嘲笑。

阿里斯托芬的喜剧善于用夸张的手法、荒诞的情节、漫画式的形象来讽刺揭露当权者和各种社会丑恶现象。想象丰富，风格多样，语言诙谐锋利，但剧中人物爱发议论，缺乏个性和内心活动。阿里斯托芬在喜剧艺术上有很高成就，被称为“喜剧之父”。

总之，谈及古希腊喜剧，不能不谈到阿里斯托芬，这不仅是因为传世的喜剧作品主要是阿里斯托芬一人的，而且主要是因为他在喜剧创作方面所取得的辉煌成就，以及他对后世的巨大影响。

▼一系列古希腊戏剧演员的面具

第二章

欧洲中世纪时期

公元476年，罗马帝国灭亡，标志奴隶社会崩溃，欧洲进入中世纪(基督教世纪)。欧洲一千多年的封建社会，一般分为三个时期。形成期：公元476年—11世纪；繁荣期：12世纪—14世纪；衰亡期：15世纪—17世纪。就文学史分期说，中世纪文学只包括前两期，后一时期资本主义已经萌芽，近代资产阶级文学开始。

中世纪的欧洲，基督教是封建社会的重要精神支柱，教会成为封建阶级的重要组成部分。教会垄断中世纪文化教育，它用圣经解释一切，抵制古代的文化、哲学、政治和法律，一切从零做起，让科学教育、文化、艺术都成为阐发和维护宗教教义的婢女。基督教排斥异教文化，仇恨人民文化。与此同时，教会与世俗封建政权沆瀣一气，对异教徒、行吟诗人、作家和学者进行残酷的迫害。宗教裁判所利用火刑柱、刑讯室和焚葬场，使千万人蒙受灾难。中世纪的文学主要是教会文字、骑士文学、英雄史诗和城市文学。前两者主要为教会和封建统治阶级的利益服务。

中世纪的终结和现代资本主义纪元的开端，是以一位大人物为标志的。这位大人物就是意大利人但丁，他是中世纪的最后一位诗人，同时又是新时代的最初一位诗人。

基督教文化挤压下成长的中世纪文学

▲中世纪抄写员使用的桌椅

众所周知，基督教在公元4世纪被罗马帝国定为国教后，在奴隶主意识形态中即开始占据愈来愈大的比重。当日耳曼人在欧洲建立封建制国家的最初几百年间，封建统治者对基督教的态度曾经历了敌视、容忍到支持的变化，使基督教成了适应封建制度需要的上层建筑和统治工具。1054年基督教内部东西两派正式分裂后，西派的天主教在中世纪欧洲各国思想领域中的地位进一步强化。宗教教义就是政治信条，教会垄断了文化教育。当时《圣经》的词句在任何一个法庭上都具有法律效力，一切学术科学都成了神学的奴婢，一切文化艺术都被染上了宗教色彩，在这种独特的环境里，形成了独具特色的中世纪文学。欧洲中世纪文学按其性质分类，主要包括教会文学、英雄史诗、骑士文学和城市市民文学。

▲圣徒与修道院院长在旅行途中，取自12世纪的手稿。

上帝的赞歌：教会文学

教会文学是直接为基督教神学服务的文学。其基本内容是讴歌上帝的英明伟大，赞美圣徒的高尚德行。其中，基督故事和神秘剧一般以《圣经》为题材，描写耶稣的出生、传教、受难、升天和复活等事迹，宣扬上帝万能，反叛上帝必受惩罚。圣徒传和奇迹剧歌颂笃信基督、清心寡欲、一生赎罪而创造奇迹的圣徒高僧，美化殉教、献身、追求死后幸福的来世思想。其他如道德剧、赞美诗等也都具有浓厚的宗教气息。艺术上，教会文学大多采用神秘、梦幻和象征、寓意手法，渲染浪漫奇迹色彩。

名作推荐

《罗兰之歌》是中世纪欧洲最著名的英雄史诗。它叙写法兰西国王查理大帝远征西班牙取得决定性胜利，所剩顽敌马西里为免于灭亡，遣使求和。查理大帝派去谈判的使臣甘尼仑，贪生怕死，被敌人收买。当查理率领大军回国时，马西里以10万大军袭击掩护法军撤退的罗兰部队。在众寡悬殊的情况下，大将罗兰浴血奋战，壮烈牺牲。查理闻讯赶来，消灭敌军，处死叛徒甘尼仑。

史诗着重歌颂罗兰的英雄气概，赞美他对国家、对君王的忠贞，对基督教信仰的虔诚。在遭到敌人大军的包围，面临全军覆没的危急关头，他仍然无畏地驰骋沙场，奋勇杀敌。当他身负重伤，力尽倒地时，仍艰难地将宝剑和号角放在背后，面向西班牙，表示至死不忘卫国抗敌；又将右手伸向上天，表示甘愿为护教流尽最后一滴血。史诗对王权的象征——查理大帝也极尽讴歌之能事：讲他英勇善战，战功显赫；讲他深谋远虑，坚持正义；讲他对内能镇压诸侯叛乱，对外能击败入侵之敌，建立统一强大的国家。这正符合中世纪社会从割据状态走向统一的历史潮流。

冒险加爱情：骑士文学

▲中世纪作家笔下的传奇英雄

骑士文学是中世纪欧洲封建文学的典型之作，也是骑士制度的一种产物。在中世纪的欧洲，各个封建领主之间常有武力冲突，领主们养了许多骑士用以自卫，形成骑士制度。它与教会相辅相成，成了中世纪欧洲社会的两大精神支柱。骑士制度的发达，促使骑士文学的形成与发展。

骑士文学一般采用传奇的体裁，即非现实的叙事诗和幻想小说；以忠君、护教、行侠为内容；以英雄与美人，冒险与恋爱为题材；采用即兴的、自由的、浪漫的创作方法编撰而成。这类作品均由封建社会帮闲的行吟诗人和宫廷诗人（或称弦歌诗人）所作。随着时代的发展，其形式由韵文渐变为散文，内容由英雄传奇逐渐变为牧场传奇，最后演变为恶汉传奇。

让人间英雄成为上帝：英雄史诗

英雄史诗原先在民间口头流传，后来由教会神职人员用文字写定。早期英雄史诗大多反映氏族社会末期生活，歌颂部落英雄为民除害、为民造福的事迹。其中，英国的《贝奥武甫》，讴歌为民杀死水妖、除灭火龙而牺牲的部落英雄贝奥武甫。约在公元6、7世纪，北欧出现了神话和英雄史诗，其中最为著名的是冰岛的《埃达》与《萨迦》。欧洲早期英雄史诗因产生较早，带有较多的神话色彩，但在用文字写定过程中不可避免地打上基督教的烙印，如《贝奥武甫》中把水妖格伦德尔说成是出卖耶稣的叛徒该隐的后代等。

中世纪中期的英雄史诗是封建国家形成时期的产物。史诗的主人公都是体现忠君、爱国、护教思想的英雄形象。中期英雄史诗的主要作品有法国的《罗兰之歌》、西班牙的《熙德之歌》、古罗斯的《伊戈尔远征记》和德国的《尼伯龙根之歌》等。

文艺复兴的前驱：城市文学

城市文学又名市民文学，是12世纪以后随着城市的兴起而产生的一种反映新兴市民阶级思想情趣的文学。它取材于现实生活，揭露讽刺封建贵族和宗教僧侣的专横、贪婪、愚蠢和伪善，表现市民的聪明才智和进取精神，具有鲜明的反封建、反教会倾向。艺术风格生动活泼，语言通俗易懂，生活气息浓郁。

中世纪欧洲的城市文学反映了市民的要求，具有反封建、反教会的倾向。他们在作品中常常以机智战胜残暴愚蠢的封建主，对自己的胜利抱乐观态度，表现得很有信心。而市民对世俗生活的兴趣，又使城市文学具有较多的现实主义因素。城市文学的这些新的特点，使它成为文艺复兴时期文学的前驱。

尽管中世纪欧洲文学大多打上神学烙印，但欧洲中世纪文学是人类文化史上一个极其重要的文化现象，它上承艺术文化辉煌的古希腊罗马，下启人文精神夺目的文艺复兴。

但丁拉开了人文主义的序曲

任何一个伟大时代的来临，都需要出现伟大的号手，吹出第一声振聋发聩的号音。1265年，历史把重任落在了意大利佛罗伦萨一个小贵族家庭的新生儿身上，他就是但丁，一个上天派来结束中世纪黑暗的光明使者。在漫长的中世纪，文学沦为了教会的奴婢，随着但丁《神曲》的创作完成，预示着中世纪的黑暗走向了终结，同时拉开了文艺复兴时期人文主义的序曲。

天才之子：但丁

但丁·阿利盖里，意大利诗人，被恩格斯誉为“是中世纪的最后一位诗人，同时又是新时代的最初一位诗人。”

但丁出生于一个没落贵族的家庭，但丁早年曾师从著名学者布鲁内托·拉蒂尼，系统学习拉丁文、修辞学、诗学和古典文学，对罗马大诗人维吉尔推崇备至。在绘画、音乐领域，但丁也造诣不凡。此外，但丁精心研究神学和哲学，古代教父圣·奥古斯丁的思想对他影响尤深。

但丁有过一次刻骨铭心的爱情，在其文学创作中留下了不可磨灭的烙印。但丁少年时曾在一次宴会上见到一位容貌清秀、美丽动人的姑娘贝阿特丽齐。但丁非常喜欢她，宴会后常找机会去看望她。随着年龄的增长，但丁把贝阿特

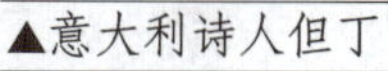

▲意大利诗人但丁

▼但丁和贝阿特丽齐

▲但丁正在书房里进行创作

丽齐当作自己精神上的爱慕对象。这种爱情给但丁以神奇的力量，他为她写下了一系列抒情诗篇。但不幸的是贝阿特丽齐却与一位银行家结婚，不久死去。但丁为此悲伤万分，又写了一系列的悼念诗。

但丁把为贝阿特丽齐写的诗收集在一起，用散文串连起来，说明每首诗的写作动因，取名《新生》。诗中抒发了诗人对少女深挚的感情，纯真的爱恋和绵绵无尽的思念，风格清新自然，细腻委婉。这部诗集是当时意大利文坛上“温柔的新体”诗派的重要作品之一，也是西欧文学史上第一部剖露心迹，公开隐秘情感的自传性诗作。诗中但丁追求纯洁的爱情，把贝阿特丽齐看作是上帝派来拯救他灵魂的天使，一个神化的女性。从此之后，贝阿特丽齐成了但丁作品中一个象征性的理想人物。

青年时期的但丁还积极参加城邦的政治活动。当时的意大利正处于分裂状态，佛罗伦萨是斗争最激烈的地点。代表新兴市民阶级利益的贵尔夫党经过激烈斗争，战胜了代表封建贵族势力的基伯林党。但贵尔夫党很快分裂为黑党和白党两派，二者又展开激烈的斗争。但丁属于白派，反对教皇干涉城邦内政。1302年，黑党在教皇的帮助下取胜，但丁被加上莫须有的罪名，被赶出城邦，开始了近20年的流放生活。

大约在1307年，在流亡生活最痛苦的时候，但丁开始了《神曲》的创作，这是他长期酝酿和构思的一部巨著。但丁说过，他写《神曲》的目的是“要使生活在这一世界的人们摆脱悲惨的遭遇，把他们引到幸福的境地”。但丁想寻找意大利民族的出路，渴求祖国和平统一，人民安家乐业，在作品中他表现了他的理想和愿望。

流放期间，但丁曾游说意大利一些城国，要它们支持白党，但没有取得成效。1321年，但丁病逝于拉文那。

中世纪封建文学的终结：《神曲》

《神曲》是但丁于流放期间历时14年完成的长篇诗作，原名为“喜剧”。中世纪时，人们对“喜剧”的解释与今人不同，其意为结局令人喜悦的故事。后来，人们在原书名前加上修

阅读版本推荐

《神曲》（全译本），（意）但丁著，王维克译，湖北人民出版社，长江文艺出版社，2006年版。

《神曲的故事》（彩色插图珍藏本），（意）但丁著，（意）波提切利等绘，紫图编译，陕西师范大学出版社，2003年版。本书根据但丁原著改写，以一般现代人的阅读习惯，重新、完整讲述《神曲》故事，书中包括270幅艺术杰作，是不同时代、不同地域的世界著名艺术大师们，以其非凡才华为《神曲》增添新的内容。

▶但丁的小舟，法国德拉克洛瓦作。在这幅画中，画家以浪漫主义手法描绘了但丁在维吉尔的引导下游地狱。在地狱里的斯谛吉河中浸透着一群曾经在人世间犯下罪行的人的灵魂，他们被罚在污泥浊水中无休止地互相咆哮、互相斗殴，看到但丁的小舟，他们个个竞相争着求生，踩着别人往船上爬，在这群罪恶的灵魂中有个但丁的仇人，想请但丁搭救他免受黑暗之苦，被维吉尔又推到河中，并说："滚开些，到你的狗群那里去。"这些灵魂在人间时妄自尊大、罪行累累，无善可录，所以死后他们的灵魂还在这里咆哮如雷，他们中有许多自命不凡的大人物，将同样像蠢猪一样躺在这阴暗的地狱里受苦受难，遗臭万年。这幅画表达了悲剧性的主题和画家的民主思想，说明行恶者必然受到惩罚，罪恶深重的魔鬼们如果有求生的欲望，也必然遭到拒绝。这幅画在人们面前展现另一个世界恐怖的景象，令人不寒而栗。但丁的小舟四周波涛汹涌，气氛恐怖、郁闷而紧张，色调沉郁深重，受着苦难煎熬的灵魂有的愤怒，有的因痛苦而气喘，有的咬牙切齿，有的因激动而狂吼，画面极其恐怖而且有强烈的感染力。

饰语"神圣的"，既表示对诗人的崇敬，也暗指此诗主题之庄严深奥。在我国，则将书名译为"神曲"。

《神曲》是中世纪封建文学的终结，又是文艺复兴时期人文主义文学的序曲。它集中反映了新旧交替时代的社会矛盾，以及由此带来的但丁世界观的矛盾，即基督教神学思想和资产阶级人文主义思想的矛盾。

《神曲》全诗长14 000多行，由《地狱》、《炼狱》和《天堂》三部分构成，主要是但丁幻游三界的神奇描述。诗人自叙在1300年春天，诗人迷失于一座黑暗的森林之中， 正当他努力向山峰攀登时，唯一的出口又被象征淫欲、强暴和贪婪的母豹、雄狮和母狼拦住去路。诗人惊慌不已，进退维谷。值此危急关头，罗马大诗人维吉尔突然出现，他受已成为天使的但丁精神上的恋人贝阿特丽齐之托，救但丁脱离险境，并游历地狱和炼狱。在维吉尔的带领下，但丁首先进入地狱，但见阴风怒号，恶浪翻涌，其情恐怖，其景惊心。地狱分九层，状如漏斗，越往下越小。居住于此的，都是生前犯有重罪之人。他们的灵魂依罪孽之轻重，被安排在不同层面中受罪。这里有贪官污吏、伪君子、邪恶的教皇、买卖圣职者、盗贼、淫媒、诬告犯、高利贷者，也有贪色、贪吃、易怒的邪教徒。诗人最痛恨卖国贼和背主之人，把他们放在第九层，冻在冰湖里，受酷刑折磨。

▼古罗马诗人维吉尔

从冰湖之底穿过地球中心，就来到了炼狱。炼狱是大海中的一座孤山，也分九层。这里是有罪的灵魂洗涤罪孽之地，待罪恶炼净后，仍有望进入天堂。悔悟晚了的罪人不得入内，只能在山门外长期苦等。炼狱各层中分别住着犯过骄、妒、怒、惰、贪、食、色等基督教“七罪”中罪过较轻者的灵魂。但丁一层层游历，最后来到顶层的地上乐园，维吉尔随即离去。此时天空彩霞万道，祥云缭绕。在缤纷的花雨中，头戴橄榄叶桂冠、身着狸红长裙，披着洁白轻纱的贝阿特丽齐缓缓降临。贝阿特丽齐一边温柔地责备诗人不该迷误于象征罪恶的森林，一边指引他饱览各处胜境。在她指点下，但丁进入“忘川”，顿觉身轻气爽，忘却了往昔的痛苦，随后贝阿特丽齐带他进入天堂。

▲根据《神曲》创作画面，1490年波堤切利作

天堂共有九重天，天使们就住在这里，能入天堂者都是生前的义人。天堂气象宏伟庄严，流光溢彩，充满仁爱和欢乐。在第八重天，但丁接受了三位圣人关于“信、望、爱”神学三美德的询问，顿感神魂超拔，跟随圣人培纳多进入神秘明丽的苍穹，欲一窥“三位一体”的深刻意义，但见金光一闪，幻想和全诗在极乐的气氛中戛然而止。

但丁的这部作品，同中古时期的其他作品一样，字里行间充满了寓意。整个作品的主题思想还是比较清楚的，即人经过了迷惘和苦难，到达了真理和至善的境界。在作品中但丁通过自己的叙述或通过与鬼魂谈话，反映了中古时期文化领域内的各种成就，并说出了他对各种事物的看法和评价，有史以来第一次表达了带有新时代特征的新思想和新世界观。但丁在《神曲》中广泛而深刻地暴露了当时的政治和社会现实。在批判封建主义的同时，他对作为西欧封建制度的精神支柱并垄断了当时全部文化的教会发动了猛烈的攻击。他严厉地批判统治阶级的寡廉鲜耻以及对人民的残酷压榨；他否定神权统治和教会至上的观点，坚决反对教皇掌握世俗权力；他揭露教会的罪恶，谴责僧侣们的无耻勾当。不仅如此，他对新兴市民阶级的自私以及正在形成的资本主义关系的弊端也作了一定的指责。

《神曲》中写的虽是来世，但反映的却都是现世的事物，这充分显示了但丁对于现世生活的兴趣和关心。他认为人应当克服惰性，追求荣誉；应当以历史上的英雄人物为榜样，学习他们的伟大思想和坚强意志，从而掌握自己的命运。但丁在《神曲》中还反对中世纪的蒙昧主义，提倡发展文化、追求知识、追求真理。他对古典文化也十分敬仰，并以维吉尔作为理性和哲学的化身，引导他游历地狱和炼狱。

总之，但丁的出现标志着封建的中世纪的终结和现代资本主义新纪元的开端，《神曲》是中世纪文学的总结，也是新时代文学的序言。

◀但丁和罗马诗人在地狱中看到人们互相撕咬

第三章

欧洲文艺复兴时期

西欧的中世纪是个特别“黑暗的时代”。在教会的管制下，中世纪的文学艺术死气沉沉。14世纪末，由于信仰伊兰斯教的奥斯曼帝国的入侵，东罗马的许多学者，带着大批的古希腊和罗马的艺术珍品和文学、历史、哲学等书籍，纷纷逃往西欧避难。这些东罗马的学者在意大利的佛罗伦萨创办起了“希腊学院”的学校，讲授希腊辉煌的历史文明和文化等。从此，西欧人发现古希腊的一切是那样的美好，中世纪的一切是那样的丑恶，许多西欧的学者要求恢复古希腊和罗马的文化和艺术。这种要求就像春风，慢慢吹遍整个西欧。掀起了一股汹涌澎湃的“希腊热”浪潮，史称 “文艺复兴”。

“文艺复兴”名义上是为了恢复古典的文学艺术，实际上是当时新兴资产阶级借此名义来发展科学技术，要求在思想上摆脱封建主义的束傅，要求关心人、尊重人、一切以人为中心，给人以个性自由和人身自由，强烈反对以神为中心的封建教义，反对人一出生就有罪的说法，认为人是伟大的，人应享用人生的快乐，人应该掌握自己的命运。但这种思想就是以人为中心的“人文主义”思想，是当时的进步思想。著名意大利诗人和学者彼特拉克第一次提出了和基督教教会抗争的这种进步思想，他被认为是文艺复兴运动的先驱人物，被称为“人文主义之父。”和彼特拉克同时代的著名人文主义者还有但丁和薄伽丘。

意大利是文艺复兴的发源地，代表作家薄伽丘的《十日谈》拉开了欧洲文艺复兴的序幕。法国文艺复兴文学的最高成就是拉伯雷的长篇小说《巨人传》，西班牙文学在小说方面的代表作家作品是塞万提斯的《堂吉诃德》，英国文艺复兴文学的最大成就是戏剧，成就最伟大的是莎士比亚。

薄伽丘的《十日谈》掀开了文艺复兴运动的第一页

▲乔万尼·薄伽丘

中世纪的欧洲，神权统治长达一千多年，神职人员的身上戴满了各种光环，而就是在这些光环的保护下，他们干尽了别人没有法子干的坏事，伪善、堕落、贪婪、纵欲，所犯罪行简直是罄竹难书。薄伽丘用笔做武器，入木三分揭露了这些披着神职外衣的江湖骗子的丑恶嘴脸，批判了政治的腐败。这在当时的社会环境下是冒天下之大不韪的事情，不要说政界、教界反对他，连一些普通老百姓也不以为然。薄伽丘受到了多么大的打击、排斥、引诱是可想而之的。薄伽丘终不为所动，坚持把全书完成。《十日谈》是薄伽丘的代表作，成书于1350年以后，当时正是西方神权统治一千多年，最黑暗，也是即将出现资本主义曙光的时候。《十日谈》可以说是欧洲文艺复兴运动的第一声号角，它吹响了封建神权统治的丧钟，掀开了文艺复兴运动的第一页。

站在但丁肩膀上的薄伽丘

乔万尼·薄伽丘和彼特拉克一样同属于意大利最初的人文主义作家。他的父亲是佛罗伦萨的商人，母亲是法国人。童年时期，薄伽丘就表现出桀骜不驯的性格，是个爱惹事生非的“孩子王”。成年后他拒绝父亲要他涉足商界的殷切希望，对古典文化的研究和文学创作情有独钟。薄伽丘的学习过程也与别人不同，他不愿意完全按照刻板的师徒教学模式按部就班地掌握知识，而是按兴趣和需要大量阅读、钻研古代典籍，自学成才。他是意大利第一个通晓希腊文的学者，对拉丁文和当时流行的俗语也掌握得炉火纯青。在商贾云集、世风开放的佛罗伦萨、那不勒斯等地，青年薄伽丘也曾一度放荡不羁，追求声色犬马的享乐生活，直到父亲的商行破产，不久老父又撒手人寰，薄伽丘才如梦初醒，浪子回头，节衣缩食地赡养家人。后来的薄伽丘回忆早年的荒唐经历，常有不堪回首之感，但当我们看到《十日谈》中那一幅幅五光十色的风俗画，读到一则则散发着浓郁市民生活气息的故事时，却不能不感慨生活对作家的厚赐。才华过人的薄伽丘用俗语和拉丁语写了不少作品，又对古典文化颇有研究，这使他声望日增。1373年，他受聘在圣斯德望修道院主持面向公众的但丁讲座，这在当时

▼中世纪时期的佛罗伦萨城

阅读版本推荐

《十日谈》(青少版:缩写本),(意)薄伽丘原著,张宜界改写,上海人民美术出版社,2002年版。

《十日谈》,(意)薄伽丘著,方平、王科一译,上海译文出版社,2004年版。

可是一件极为荣耀的事情。

薄伽丘初登文坛时曾立志做个优秀的诗人,这是当时文学界的传统:轻散文重韵文。他曾在自传中说,自己独自研究赋诗法,尽力领悟诗歌艺术的真谛。他也确曾创作过不少爱情题材的抒情诗和叙事长诗,但比起他的挚友、诗人彼特拉克那清新、流丽的诗歌,薄伽丘自愧弗如,于是专心致力于散文体的小说创作。要说讲故事,薄伽丘的确是个行家里手,青年时期写成的书函体小说《菲亚美达》,甚得时人好评。

薄伽丘最重要的作品,是他的短篇小说集《十日谈》,这部文艺复兴早期产生的名著,为作家赢得了"欧洲短篇小说之父"的不朽声名。晚年,致力于《神曲》研究,并撰写《但丁传》。

"人曲"《十日谈》

1348年,意大利的佛罗伦萨发生了一场可怕的瘟疫,每天都有大批的尸体运到城外。昔日美丽繁华的佛罗伦萨城,变得坟场遍地,尸骨如山,惨不忍睹。这件事给薄伽丘强烈的震撼。为了记下人类的这场灾难,他以这场瘟疫为背景,写下了一部当时意大利最著名的短篇小说集《十日谈》。当时,《十日谈》被称为"人曲",是和但丁的《神曲》齐名的文学作品,也被称为《神曲》的姊妹篇。

小说背景是欧洲大瘟疫时期,佛罗伦萨十室九空,丧钟乱鸣,一派恐怖景象。3位男青年和7位姑娘为避难躲到郊外的一座别墅中。此处宛如世外桃源,但见春光明媚,流水淙淙,花团锦簇,鸟鸣啁啾。欢乐总与青春相伴,惊悸之情甫定,10位贵族青年便约定以讲故事的方式来度过这段时光,用笑声将死神的阴影远远抛诸脑后。他们每人每天讲一个故事,一共讲了10天,恰好有了100个故事,这是《十日谈》书名的由来。

翻看《十日谈》,就仿佛在欣赏一幅意大利文艺复兴时期市民生活的"清明上河图"。尽管小说的素材不仅仅来源于意大利的城镇社会,连中世纪的传说乃至东方文学中的某些故事都成为薄伽丘编织故事的素材凭据,但所有的故事却都是讲给意大利市民阶级听的,从

▶15世纪时,克里威里为薄伽丘的《十日谈》手抄本所绘的画

▲再现薄伽丘《十日谈》描述的情景：3位男青年和7位姑娘为避难躲到郊外的一座别墅中，惊悸之情甫定，10位贵族青年便约定以讲故事的方式来度过这段时光，用笑声将死神的阴影远远抛诸脑后。

内容到叙述形式都符合他们的审美趣味。故事中的人物几乎包括了当时社会的各行各业人士：从封建贵族中的国王、王子、贵妇人到宗教界的神父、修女、修士；从学者、诗人、艺术家、穷学生到银行家、旅店老板、船主、面包师、手艺人；从农夫、奴仆、朝圣香客到高利贷者、守财奴；从酒鬼赌徒、海盗、无赖到流浪汉、落魄士兵、招摇撞骗的食客，真是你方唱罢我登场，搬演了一幕幕或喜或悲、妙趣横生的话剧。

小说的主旨在抨击禁欲主义，歌颂爱情，肯定人的自然欲望。在第4天的故事开头，作家自己出面讲了个“绿鹅”的故事，颇能表达薄伽丘的创作意图。一位父亲将儿子从小带至深山中隐修，以杜绝人欲横流的尘世生活的诱惑。儿子到了18岁，随父亲下山到佛罗伦萨，迎面碰上一群健康、美丽的少女。头一次见到女性的小伙子问父亲这是些什么东西，父亲要他赶快低下头去，说这是些名叫“绿鹅”的“祸水”。岂料一路上对任何事物都不感兴趣的儿子却偏偏爱上“绿鹅”，恳求父亲让他带一只回去喂养。老头儿这时才明白，“自然的力量比他的教诫要强得多了”。

《十日谈》塑造了众多敢爱敢恨的女性形象，这给读者留下了深刻的印象。在薄伽丘看来，要想突破禁欲主义的束缚，首先就必须把受压迫最深的女性的天性解放出来。为此，作家在小说中公开自称是个天生的“多情种子、护花使者”，要为女性仗义执言。《十日谈》中也有许多正面歌颂青年男子冲破封建教条、追求爱情幸福的故事，即使在今天来看也是格调高雅、健康的。

作家肯定人的自然欲望，赞美爱情，同情女性，就必然要抨击禁欲主义，揭露宗教人士的虚伪和神学教条对人的正常欲望的压抑，这是《十日谈》主题的正反两个方面。作者对那些利用宗教身份为幌子，专行男盗女娼之事的主教、院长、教士们，作家则毫不留情地予以辛辣的讽刺。例如第3天第8个故事，一位修道院长愚弄一对农民夫妇，以满足自己的禽兽欲望。他将农夫关人地窖，让农夫误以为到了阴间，自己趁机去诱奸农夫的妻子。不料农夫之妻怀孕，为掩盖丑行，修道院又将农夫放出，还无耻地宣称正是由于他的虔诚祷告，农夫才得以生还并喜得贵子。

《十日谈》以散文体的意大利通俗语写成，这不仅为意大利散文创作奠定了基础，也对欧洲短篇小说的发展做出了开拓性的贡献。

100个故事长短不一，最短的约千字左右，最长者则达15 000字左右。从叙述的角度看，故事多采用作家所说的“平铺直叙”的方法，但在许多故事中，作家注意到了情节发展的启承转合，笔法简繁有度，人物形象也十分鲜明、生动，语言个性化，富有喜剧性。因此，正是薄伽丘创立了欧洲文学史上短篇小说这种新的艺术形式。

▶欧洲的大瘟疫，发生在14—17世纪的欧洲瘟疫，对欧洲及世界影响最大，这场瘟疫包括鼠疫和其他疾病，在14世纪从地中海地区传到欧洲大部分地区，这场被称作“黑死病”的瘟疫产生的影响更是历史性和世界性的。黑死病涉及地区人口死亡多达1/2，造成了劳动力的奇缺，欧洲封建庄园主对农奴的人身束缚不得不松弛以至瓦解，封建等级制的土地占有关系也难以维持，土地的个人所有权与自由劳动力雇佣关系和货币地租的发展，人对于自身生命、成就、追求幸福的价值观念在这场瘟疫的冲击中开始发展，人文主义的思潮涌现出来。薄伽丘的《十日谈》就是在躲避黑死病中写成的。文艺复兴正是在这个时期兴起的，这也是由于天主教会传统的信条和仪式在瘟疫和死亡面前显得软弱无力，许多人不得不思考自己如何在非常的环境中拯救自己，文艺复兴的思想对他们就有了强烈的吸引力，因为它表现了人对健康、完美与幸福的人生的向往。

整部书的总体结构也颇具特色，它基本上以“天”为单位，根据故事内容的特点，把100个故事按不同主题或类分开，每篇故事之前，都有讲故事人的一段开场白，引出故事。人们称《十日谈》的结构为“框形结构”，它被许多后来者所模仿，影响欧洲短篇小说集的构成型态达300年之久。

《十日谈》以其对现世幸福的大胆追求和对禁欲主义的猛烈抨击，体现了人文主义的时代精神，也就必然遭到天主教会的极度仇视。教会公开谩骂《十日谈》是一部“淫邪之书”，社会上的各种反动保守势力也联合起来围攻作家，薄伽丘甚至遭到人身威胁，作家终于动摇了。

▼彼特拉克，彼特拉克是薄伽丘一生中最好的知音，1374年彼特拉克去世，薄伽丘精神上受到了沉重的打击。第二年，薄伽丘在孤独和贫困中，悄悄地告别了世界。

《十日谈》完成3年后，薄伽丘写了最后一部小说《大鸦》，令人惊讶地全盘否定了自己的叛逆思想，斥责女人是万恶之源，爱情是淫荡的肉欲。如果不是彼特拉克的劝阻，作家甚至打算将《十日谈》付之一炬。

1374年，彼特拉克病逝，薄伽丘失去了最好的朋友和知音，精神上遭到沉重打击，翌年便在病痛和贫困中辞世。教会仍然没有放过他，挖掉了他的坟墓，砸毁了他的墓碑。

薄伽丘晚年思想的转变及身后的凄凉结局实在是文学史上的一个悲剧，但他用《十日谈》为自己在读者心中树立了一座真正的纪念碑，它是任何势力也无法损毁的。

恩格斯曾经说过：但丁是中世纪的最后一位诗人，同时又是新时代的最初一位诗人。有人说这段话也适合于薄伽丘，但丁结束了旧时代，薄伽丘开创了新时代。

《巨人传》开创了法国长篇小说的先河

▲拉伯雷的代表作《巨人传》第二部的首版封面

一位伟人曾经说过，欧洲文艺复兴是一个需要巨人而且产生巨人的时代。拉伯雷就是文艺复兴高潮时期产生的一位法兰西文学巨人，他的长篇小说《巨人传》是一部“充满巨人精神的奇书”。欧洲文艺复兴时期，各国都有长篇巨著问世，《巨人传》是其中一部杰作。1532 年，《巨人传》的出版开创了法国长篇小说的先河。

“伟大的笑匠”拉伯雷

拉伯雷出生在法国中部都兰省的希农城，父亲是个有钱的法官。他在父亲的庄园里度过了自由自在而快乐幸福的童年。十几岁后，他被迫接受死气沉沉、枯燥无味的宗教教育，之后又进修道院当了修士。

修士的生活，刻板乏味，又受清规戒律的束缚，这使拉伯雷非常反感。他开始学习希腊文，通过希腊文了解希腊和罗马的古代文化。当时，修道院反对学习古代文化，认为学习希腊文是追求异端学说，所以修道院搜走了拉伯雷的所有书籍。拉伯雷愤怒之下换了一个修道院。

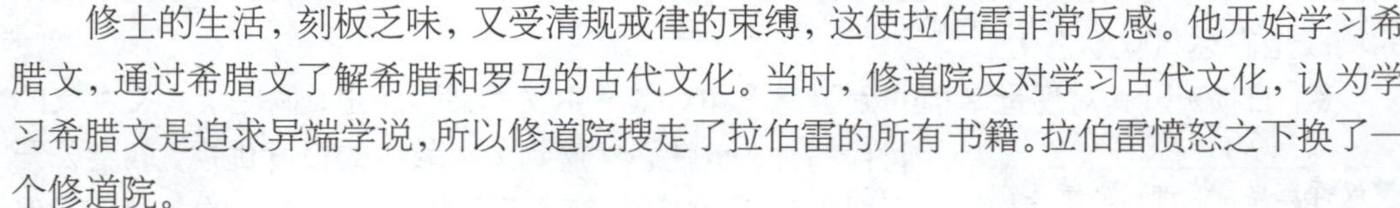

▼“伟大的笑匠”拉伯雷，拉伯雷在巴黎去世时，他笑着说：“拉幕吧，戏做完了。”

在新修道院里，他幸运地遇上一个也喜欢古代文化的主持人，加上他们又是老相识，拉伯雷终于可以自由地研究古代文化了。后来，拉伯雷跟随大主教出使罗马，游览文艺复兴运动的发祥地，访问了许多名人和古迹，学习了宗教、哲学、数学、音韵、法律、考古、医学、天文等许多知识，终于成了一个博学的人。

拉伯雷最为后人称道的是他的长篇巨作《巨人传》。《巨人传》前两部出版后，受到了城市资产阶级和社会下层人民的热烈欢迎，但又受到了教会和贵族的极端仇视，并被法院宣布为禁书。后来在国王的特许发行证的保护下，拉伯雷以真实姓名出版了《巨人传》的第三部。但国王不久死去，小说又被列为禁书，出版商被烧死，拉伯雷被迫外逃。

回国后，拉伯雷担任了宗教职务，业余时间为穷人治病。后又去学校教书。在学校教书期间，他完成了《巨人传》的第四、第五部。这部小说的创作前后经历了 20 年的时间。《巨人传》出版后风靡一时，两个月内的销售数额超过了

《圣经》9年销售数的总和。

《巨人传》揭露了中世纪教会的黑暗和腐朽，反映了文艺复兴时期人文主义者对资产阶级这个性解放的追求。在拉伯雷的理想社会里，人性是善良的，人民是纯朴的，他的理想的行为准则就是：“你爱做什么，就做什么”。在读拉伯雷的《巨人传》时，人人可以快意地笑，爽朗地笑，尽情地笑，这就是他被人们誉为“伟大的笑匠”的原因。拉伯雷在巴黎去世时，他笑着说：“拉幕吧，戏做完了。”

人文主义的巨人

长篇小说《巨人传》共五部，第一部的主人公是国王格朗古杰的儿子卡冈都亚。他生下来便会说话，喝17 000多头母牛的奶，他的衣服用12 000多尺布制成。这种夸张的描写是要说明人的力量是巨大的。卡冈都亚最初受中古经院教育的毒害，后来人文主义教

▼卡冈都亚从娘胎里爬了出来。

阅读版本推荐

《巨人传》(名著名译插图本),(法)拉伯雷著,鲍文蔚译,人民文学出版社,2004年版。

育才把他解救出来。他到巴黎旅行,在实际生活中得到锻炼。这时,他的国家受到邻国国王毕可肖的侵略,他率领若望修士等击退敌人。他建立德廉美修道院酬答若望的功劳。

第二部的主人公是卡冈都亚的儿子庞大固埃。他一开始就受人文主义教育。祖孙三代巨人,一代比一代受到更好的教育,一代比一代幸福,反映了人类不断进步的思想。

第三部用很多篇幅讨论巴汝奇要不要结婚的问题,在这里作者对宗教迷信加以揭露和嘲笑。随后庞大固埃、若望修士和巴汝奇等一起出发到世界各地寻找"神瓶"。

第四、五两部写他们在旅行中遇到无数骇人听闻的事。第四部的第五章到第八章写巴汝奇和羊商斗智的一段是书中最精彩的故事之一,饶有民间故事风味。第五部的讽刺比前四部更尖锐,对违反自然、抵制科学的教会势力和危害人民的封建司法作了猛烈的抨击。庞大固埃一行人走过许多地方后,终于找到了"神瓶"。"神瓶"给他们的答复是:"喝呀。"作者的意思是教人吸取人类的知识,以此来武装自己。

《巨人传》是一部讽刺小说,鞭挞了法国16世纪封建社会,具有浓厚的反封建思想和人文主义色彩。卡冈都亚从娘胎里爬出来不是"呱呱坠地",而是连叫三声:"喝!喝!喝!"叫渴声惊天动地,庞大固埃出生时也是大叫大嚷要吃要喝。小说家显然是借新生婴儿的第一声呼叫,来传达他压抑多年的心声,来发泄一种强烈的情绪和感情,对中世纪黑暗的神权统治表示强烈的不满,渴望思想解放,渴望人性自由,渴望科学知识,渴望教育革新,渴望社会平等,渴望和平生活,渴望理想社会。如果用一个字概括《巨人传》的主题,那就是一个"渴"字。怪不得拉伯雷最后把庞大固埃封为"渴人国"的开明国王。

拉伯雷的巨人思想贯穿在整部作品中,体现在三个巨人的形象上。他们一方面食量过人,饕餮好酒,纵情享乐。作者以赞赏的口吻肯定他们的享乐人生观,这是对僧侣主义和禁欲主义的嘲讽。另一方面,他又把一些优良品质赋予他的巨人。格朗古杰爱和平,爱人民。他的国土被敌人侵略时,他首先想到的不是自己的统治地位,而是人民的利益。卡冈都亚对教会很不恭敬。巴黎圣母院是教会权威的象征,卡冈都亚却把它的大钟从钟楼上取下来,作为马铃,使巴黎大学神学家们惊惶失措,乱成一团。他指出教会是是非丛生之地,修道生活是违背自然的。他主张人们自由发展,不受宗教教条的束缚。庞大固埃体现出文艺复兴时期的好奇心理和创造精神,他游历冒险是为了探索宇宙的秘密,寻求真理。这三个巨人的形象虽然表面上荒诞不经,甚至不可思议,但实际上作者是把他们作为人的力量的象征来塑造的。16世纪新兴资产阶级意识到,要解放被封建制度束缚了几百年的生产力,人的力量的解放是首要问题。卡冈都亚和庞大固埃是知识渊博的人,是人文主义者拉伯雷的理想人物。

《巨人传》描写的德廉美修道院体现了作者的社会理想。在这个修道院里,人与人之间的关系不是尔虞我诈,而是互相信任。不论男女,都可随时进院修道,也可随时退出。他们不受任何教规的约束,"可以光明正大地结婚,人人都可以发财致富,自由自在地生活。"修道院只有一条院规:"做你所愿做的事。"拉伯雷标榜的社会原则体现了文艺复兴时期资产阶级个性解放的要求。

《巨人传》的主要特点是揭露性强。作者认为宗教迷信妨碍社会向前发展。他揭露反动的罗马教廷，说它是“对世界的威胁”。他愤怒抨击封建司法。拉伯雷继承了法国中古城市文学的传统，对后来的讽刺文学有很大影响。

《巨人传》没有严密的结构。第一、二两部还有一定的脉络可寻，故事围绕着卡冈都亚和庞大固埃两个巨人的经历而发展。最后三部只凭庞大固埃等的游历冒险这条线索把故事无限地延长下去。作者利用这种结构形式，在广阔的背景上揭露封建社会的黑暗和罪恶。他特别注意人物外形的描绘，但有前后不一致之处。庞大固埃在第二部还是个魁梧的巨人，第三部以后却好像和平常人一样了。

此外，《巨人传》的语言富于创造性，有时气势磅礴，热情充沛，有时庄严雄辩，但也有一些段落流于庸俗粗野。拉伯雷大量运用各行各业的语言，这说明他对社会下层的行话也很熟悉。

总之，《巨人传》这部长篇小说色彩斑驳，变幻无穷，全面地反映了16世纪上半叶法国社会的大千世界，折射出了新时代的信息。

▼此图为描绘拉伯雷的代表作《巨人传》故事情节的铜版画

欧洲第一部现实主义长篇小说的出版

1605年和1615年西班牙作家塞万提斯分两部分出版了他的反骑士小说《堂吉诃德》。这部书对当时流行的骑士小说是一个反讽，从这部书出版后，骑士小说开始销声匿迹，退出文坛。《堂吉诃德》是一部脍炙人口的世界名著，是欧洲长篇小说发展史上的一座里程碑。从艺术角度讲，塞万提斯通过《堂吉诃德》的创作奠定了世界现代小说的基础，就是说，现代小说的一些写作手法，如真实与想象、严肃与幽默、准确与夸张、故事中套故事，甚至作者走进小说对小说指指点点，在《堂吉诃德》中都出现了。

▶塞万提斯晚年的一张素描

塞万提斯的冒险生涯

米盖尔·德·塞万提斯·萨维德拉，是文艺复兴时期西班牙的伟大作家，他的一生经历，是典型的西班牙人的冒险生涯。

▼塞万提斯像

塞万提斯出生于马德里附近的一个小城镇的贫困之家，父亲是一个跑江湖的外科医生。因为生活艰难，塞万提斯和他的7个兄弟姊妹跟随父亲到处东奔西跑，直到1566年才定居马德里。颠沛流离的童年生活，使他仅受过中学教育。

23岁时，他到了意大利，当了红衣主教胡利奥的家臣。一年后不肯安于现状的性格又驱使他参加了西班牙驻意大利的军队，准备对抗来犯的土耳其人。他参加了著名的雷邦多大海战，这次战斗中，以西班牙为首的联合舰队重创了土耳其人的舰队。带病坚守岗位的塞万提斯在激烈的战斗中负了3处伤，以至被截去了左手，此后即有“雷邦多的独臂人”之称。经过了4年出生入死的军旅生涯后，他带着基督教联军统帅胡安与西西里总督给西班牙国王的推荐信踏上返国的归途。

不幸的是，途中遭遇了土耳其海盗船，他被掳到阿尔及尔。由于这两封推荐信的关系，土耳其人把他当成重要人物，准备勒索巨额赎金。做了奴隶的塞万提斯组织了一次又一次的逃跑，却均以失败告终，但他的勇气与胆识却得到俘虏们的信任与爱戴，就连奴役他们的土耳其人也为他不屈不挠的精神所折服。1580年，亲友们终于筹资把他赎回，这时他已经34岁了。

以一个英雄的身份回国的塞万提斯，并没有得到国王的重视，终日为生活奔忙。他一面著书，一面在政府里当小职员，曾干过军需官、税吏，接触过农村生活，也曾被派到美洲公干。他不止一次被捕下狱，原因是不能缴上该收的税款，也有的是遭受无妄之灾。就连他那不朽的《堂吉诃德》也有一部分是在监狱里构思和写作的。

阅读版本推荐

《堂吉诃德》，(西)塞万提斯著，杨绛译，人民文学出版社，1978年版。本书译者杨绛先生，系中国当代知名女作家，她的译文生动活泼、幽默诙谐，忠实地体现了原作的思想内涵和艺术风格，堪称名作名译，相得益彰。她因成功翻译了这部世界名著，而于1986年获西班牙“智慧国王阿方索十世勋章”。

塞万提斯十分爱好文学，在生活窘迫的时候，卖文是他养活妻儿老小的唯一途径。他用文学语言给一个又一个商人、一种又一种商品做广告。他写过连他自己也记不清数目的抒情诗、讽刺诗，但大多没有引起多大反响。他也曾应剧院邀请写过几十个剧本，但上映后并未取得预想的成功。他出版的田园牧歌体小说《伽拉苔亚》(第一部)，虽然作者自己很满意，但也未引起文坛的注意。塞万提斯50多岁开始了《堂吉诃德》的写作。

《堂吉诃德》第一部出版后，立即风行全国，一年内竟再版了6次。这部小说虽然未能使塞万提斯摆脱贫困，却为他赢得了不朽的荣誉。书中对时弊的讽刺与无情嘲笑遭到封建贵族与天主教会的不满与憎恨。于是，有人出版了一部伪造的续篇，站在教会与贵族的立场上，肆意歪曲、丑化小说主人公的形象，并对塞万提斯本人进行了恶毒的诽谤与攻击。塞万提斯为了抵制伪书的恶劣影响，赶写了《堂吉诃德》第二部，人们的热情和喜爱不减，然而，穷困交加的塞万提斯不久在马德里因水肿病逝世。

◀西班牙马德里广场上的塞万提斯像(中间靠上坐着)，前面的雕像分别是堂吉诃德和桑丘·潘沙。

梦幻骑士堂吉诃德

《堂吉诃德》原名《奇情异想的绅士堂吉诃德·台·拉·曼》，作者在序言中申明：“这部书只不过是对于骑士文学的一种讽刺”，目的在于“把骑士文学地盘完全摧毁”。但实际上，这部作品的社会意义超过了作者的主观意图。在这将近100万言的作品中，出现了西班牙在16世纪和17世纪初的整个社会，公爵、公爵夫人、封建地主、僧侣、牧师、兵士、手艺工人、牧羊人、农民，不同阶级的男男女女约700个人物，尖锐地、全面地批判了这一时期西班牙的政治、法律、道德、宗教、文学、艺术以及私有财产制度，使它成为一部“行将灭亡的骑士阶级的史诗”，一部伟大的现实主义文学名著。

▶《堂吉诃德》首版封面，第一部出版后，立即风行全国，一年内竟再版了6次。这部小说虽然未能使塞万提斯摆脱贫困，却为他赢得了不朽的荣誉。

EL INGENIOSO HIDALGO DON QVIXOTE DE LA MANCHA,
Compuesto por Miguel de Ceruantes Saavedra.
DIRIGIDO AL DVQVE DE BEIAR, Marques de Gibraleon, Conde de Benalcaçar, y Bañares, Vizconde de la Puebla de Alcozer, Señor de las villas de Capilla, Curiel, y Burguillos.
Año, 1605.
CON PRIVILEGIO, EN MADRID, Por Iuan de la Cuesta.
Vendese en casa de Francisco de Robles, librero del Rey nro señor

作品主要描写主人公堂吉诃德因沉迷于骑士小说，决定外出历险，做一名行侠仗义的骑士。临死前，他醒悟到自己迷信骑士小说之过。塞万提斯通过堂吉诃德的故事嘲讽了流行一时的骑士小说，指出它们既违背现实的真实又缺乏艺术的真实。从此以后，骑士小说在西班牙和欧洲一蹶不振。

堂吉诃德是一个不朽的典型人物。在第一部中写道，这个瘦削的、面带愁容的小贵族，由于爱读骑士文学，入了迷，竟然骑上一匹瘦弱的老马，找到了一柄生了锈的长矛，戴着破了洞的头盔，要去游侠，锄强扶弱，为人民打抱不平。他雇了附近的农民桑丘·潘沙做侍从，骑了驴儿跟在后面。堂吉诃德又把邻村的一个挤奶姑娘想象为他的女公主。于是他以一个未受正式封号的骑士身份出去找寻冒险事业，他完全失掉对现实的感觉而沉入了漫无边际的幻想中，唯心地对待一切，处理一切，因此一路闯了许多祸，吃了许多亏，闹了许多笑话，然而一直执迷不悟。他把乡村客店当作城堡，把老板当作寨主，硬要老板封他为骑士。店老板乐得捉弄他一番，拿记马料账的本子当《圣经》，用堂吉诃德的刀背在他肩膀上着实打了两下，然后叫一个补鞋匠的女儿替他挂刀。受了封的骑士堂吉诃德走出客店把旋转的风车当作巨人，冲上去和它大战一场，弄得遍体鳞伤。他把羊群当作军队，冲上去厮

◀堂吉诃德和桑丘·潘沙，此画为19世纪法国浪漫主义画家杜米埃作。

杀，被牧童用石子打肿了脸面，打落了牙齿。桑丘·潘沙一再纠正他，他总不信。他又把一个理发匠当作武士，给予迎头痛击，把胜利取得的铜盆当作有名的曼布里诺头盔。他把一群罪犯当作受迫害的绅士，杀散了押役救了他们，要他们到村子里找女公主去道谢。

在第二部中，他继续去冒险，又吃了许多苦头，弄得一身病。主仆二人在巴塞罗那遇到了旁人装扮的“白月骑士”。堂吉诃德被“白月骑士”打败后，只得服从命令，从此停止游侠活动。堂吉诃德回家后一病不起。临终时，他回光返照，承认自己不是骑士堂吉诃德，而是善人吉哈诺。

堂吉诃德这个人物的性格具有两重性：一方面他是神智不清的，疯狂而可笑的，但又正是他代表着高度的道德原则、无畏的精神、英雄的行为、对正义的坚信以及对爱情的忠贞等等。他越疯疯癫癫，造成的灾难也越大，几乎谁碰上他都会遭到一场灾难，但他的优秀品德也越鲜明。桑丘·潘沙本来为当“总督”而追随堂吉诃德，后看无望，仍不舍离去也正为此。堂吉诃德是可笑的，但又始终是一个理想主义的化身。他对于被压迫者和弱小者寄予无限的同情。从许多章节中，我们都可以找到他以热情的语言歌颂自由，反对人压迫人、人奴役人。也正是通过这一典型，塞万提斯怀着悲哀的心情宣告了信仰主义的终结。这一点恰恰反映了文艺复兴时期旧的信仰解体、新的信仰（资产阶级）尚未提出的信仰断裂时期的社会心态。

在创作方法上，塞万提斯善于运用典型化的语言、行动刻画主角的性格，反复运用夸张的手法强调人物的个性，大胆地把一些对立的艺术表现形式交替使用，既有发人深思的悲剧因素，也有滑稽夸张的喜剧成分。尽管小说的结构不够严密，有些细节前后矛盾，但不论在反映现实的深度和广度上，还是塑造人物的典型性上，都比欧洲在此以前的小说前进了一大步，标志着欧洲长篇小说创作跨入了一个新的阶段。

总之，在17世纪文学刚刚启蒙复兴的时代，塞万提斯出版的小说《堂吉诃德》，它给予现代小说的发展是深刻的、革命性的影响。所以说他是现代小说第一人，正因为他是第一人，他的《堂吉诃德》对西班牙文学、欧洲文学、乃至整个世界文学的影响也是不可估量的。

▼《罗兰之歌》插图，《罗兰之歌》是骑士文学的鼻祖，最初是一首口头吟唱的史诗，后来整理成文，本图取材于查理曼大帝的侄子创建查理曼帝国的故事。塞万提斯的《堂吉诃德》是对骑士文学的讽刺，目的是为了完全摧毁骑士文学的地盘。

英国最伟大的戏剧天才诞生

▲莎士比亚没有生活肖像，这幅画像是模仿莎士比亚的戏剧集第一卷首插画的雕刻（1623年）。

1564年4月26日他出生了，默默无闻。1616年4月26日他去世了，举世闻名。在整整52年的生涯中，他为世人留下了37个剧本，一卷14行诗和两部叙事长诗。他的剧本至今还在世界各地演出。在他生日的那天，每年都有许多国家在上演他的剧本纪念他。马克思称他是“最伟大的戏剧天才”。他就是英国文艺复兴时期最杰出的艺术大师——莎士比亚。

英国最伟大的剧作家

莎士比亚出生在英国中部爱汶河畔的斯特拉特福镇，父亲是个商人。4岁时，他的父亲被选为“市政厅首脑”，成了这个拥有2 000多居民，20家旅馆和酒店的小镇镇长。这个小镇经常有剧团来巡回演出。莎士比亚在观看演出时惊奇地发现，小小的舞台，少数几个演员，就能把历史和现实生活中的故事表现出来。他觉得神奇极了，深深地喜欢上了戏剧。他经常和孩子们一起，学着剧中的人物和情节演起戏来，并想长大后从事与剧本相关的工作。但不幸的是，他父亲经商失利，14岁的莎士比亚只好离开学校，给父亲当助手。

18岁时他结了婚，不到21岁，已有了3个孩子。他的妻子比他大8岁，莎士比亚对自己的婚事常常感到遗憾，在他的作品中曾说：“女人应该与比自己年纪大的男子结婚”。不过，他对辛勤持家，抚养孩子成人的妻子依然关怀备至。

1586年，富于进取精神的莎士比亚随一个戏班子步行到了伦敦，并找到一份为剧院骑马的观众照看马的差使。这虽然是打杂，但毕竟跟戏剧挂上钩了，莎士比亚尽心尽力地干这份工作，他干得很出色。骑马来的观众都愿意把马交给他。莎士比亚常常忙不过来，只得找了一批少年来帮忙，他们被叫做“莎士比亚的孩子们”。

莎士比亚头脑灵活，口齿伶俐，工作之余，还悄悄地看舞台上的演出，并坚持自学文

▶《李尔王》的故事取材于古代英国的历史传说。该剧与《哈姆雷特》、《奥赛罗》和《麦克白》一起被称作莎士比亚的四大悲剧。莎士比亚站在人文主义者的立场上，通过王室家族的内乱和李尔王命运的大起大落，批判了伪善的人伦关系，肯定了同情、博爱的道德原则。刚愎自用的老国王李尔年迈体衰，决定把国土分给3个女儿，他要根据女儿们所表达的爱来分配每人所得的一份。他的两个大女儿使用甜言蜜语，骗取了父亲的欢心，而他的小女儿却说了恰如其分的想法。小女儿的言语没有使李尔王满意，他把国土分给了两个大女儿。这时两个大女儿露出了真面目，将父亲赶出了自己的家，善良的小女儿收留了他。多年后，两个大女儿因争风吃醋相继死去，小女儿也被恶人害死，李尔王在忧伤中死去。图为李尔王抱着女儿的尸体悲痛不已的情形。

学、历史、哲学等课程，还自修了希腊文和拉丁文。当剧团需要临时演员时，他“近水楼台先得月”，再加上他的才华，他终于能演一些配角了。演配角时，莎士比亚也认真演好，他出色的理解力和精湛的演技，使他不久就被剧团吸收为正式演员。

那时候，伦敦的剧团对剧本的需要非常迫切。莎士比亚决定尝试写些历史题材的剧本。

27岁那年，他写了历史剧《亨利六世》三部曲，剧本上演，大受观众欢迎，他赢得了很高声誉，逐渐在伦敦戏剧界站稳了脚跟。

1595年，莎士比亚写了悲剧《罗密欧与朱丽叶》，剧本上演后，莎士比亚名震伦敦，观众像潮水一般涌向剧场去看这出戏，并被感动得流下了泪水。

随着一系列剧本的成功上演，莎士比亚已经很有钱了，他所在的剧团建成了一个名叫环球剧院的剧场，他当了股东。他还在家乡买了住房和土地，准备老了后回家备用。

不久，他的两个好友为了改革政治，发动叛乱，结果遭逮捕。莎士比亚悲愤不已，倾注全力写成剧本《哈姆雷特》，并亲自扮演其中的幽灵。

在以后的几年里，莎士比亚又写出了《奥赛罗》、《李尔王》和《麦克白》，它们和《哈姆雷特》一起被称为“莎士比亚的四大悲剧”。

1616年，莎士比亚由于生病离开了人世。在他的墓碑上刻着这样的碑文：“看在上帝的面上，请不要动我的坟墓，妄动者将遭到诅咒，保护者将受到祝福。”

西方的梁祝

爱情是文学作品永恒的主题。古往今来，不知有多少人为之倾倒，用炽热的感情唱出一曲曲爱的赞歌。尽管我们都衷心祝愿有情人终成眷属，文学史上还是留下了许多凄恻哀婉的爱情故事。莎士比亚的《罗密欧与朱丽叶》，就是一部反映人文主义者爱情、理想与封建压迫之间冲突的一出充满诗意的悲剧。剧本根据一个流传久远的故事创作而成。情节是这样的：

名段赏析

剧中充满了浓郁的抒情性，如朱丽叶等待罗密欧前来赴约的优美独白：

来吧，黑夜！来吧，罗密欧！来吧，你黑夜中的白昼！因为你将要睡在黑夜的翼上，比乌鸦背上的新雪还要皎白。来吧，柔和的黑夜！来吧，可爱的黑夜，把我的罗密欧给我；等他死了以后，你再把他带去，分散成无数的星，把天空装饰得如此美丽，使全世界都恋爱着黑夜，不再崇拜眩目的太阳。

这深情热烈的词句不知打动过多少少男少女的心。

在维洛纳城，卡普列特与蒙杰克两大家族之间有着不共戴天之仇。然而，浪漫的爱情却偏偏在这两个家族之间发生了。

清晨，卡普列特庄园正在举办盛大的舞会。舞曲声传来，罗密欧的朋友梅尔库乔和本沃里奥劝说罗密欧一起戴上假面具混入家族仇敌卡普列特家参加舞会。在舞会高潮的时候他们混入场内。

达官贵人提巴尔特和被选定为朱丽叶的未婚夫的帕里斯在欣赏着朱丽叶那迷人的舞姿。趁梅尔库乔吸引人们注意的机会，罗密欧走近朱丽叶，向她倾述爱慕之情。他的假面具意外地掉了，年轻人那英俊的面孔深深地吸引主了朱丽叶。意外的暴露迫使罗密欧和他的朋友不得不匆匆离开庄园。奸诈的提巴尔特发现了罗密欧和他的朋友们，并且告诉了朱丽叶的父亲。

舞会结束后，这对一见钟情的恋人互诉爱慕之情，约定翌日成婚。在昏暗的教堂秘室里，劳伦斯神父为这对恋人举行订婚仪式，他希望通过这桩婚姻，消除两家族之间的仇恨。

▲《罗密欧与朱丽叶》剧照

然而，可怕的灾难降临了。傲慢的提巴尔特阴险地杀害了梅尔库乔，而他自己也在决斗中死于为友复仇的罗密欧之手。罗密欧被判终生离开维洛纳城。

朱丽叶的父亲逼女儿嫁给帕里斯伯爵。绝望的朱丽叶找到劳伦斯神父恳求帮助。神父想出一个办法，建议她喝一种假的毒药，喝完后会像死去一样昏睡，她的父母以为她真的死了，就会在家族墓地给她举行葬礼。神父会把实情告诉罗密欧，让罗密欧连夜赶回来，带着苏醒后的朱丽叶一起远走高飞。

晚上，朱丽叶假装答应父母第二天嫁给帕里斯。第二天早晨，当父母和新郎来找朱丽叶时，他们见到的是躺在床上一动不动的朱丽叶。朱丽叶服毒自杀的消息不胫而走，迅速传遍全城。得知心上人噩耗的罗密欧不知内情急奔维洛纳城。

卡普列特家族墓地，全城的人们都来参加葬礼。当人们离开时，罗密欧冲入墓地。他目不转睛地看着自己的心上人，喝下随身带来的毒药，倒在了朱丽叶身旁。苏醒过来的朱丽叶看见身边死去的罗密欧悲痛已极。失去罗密欧，生命于她已毫无意义，她拔出匕首，刺入自己的胸膛。

看着死去的儿女，双方老人终于抛弃前嫌把手伸向对方。爱情的力量远远超出了维洛纳城两个家族之间的不共戴天之仇。

王子复仇记

在莎士比亚的戏剧中，篇幅最长、也受到最多讨论的就是《哈姆雷特》。许多文学家、评论家和学者，一致认为《哈姆雷特》是莎翁最伟大的作品。本剧自问世以来，就引起广泛评论，伏尔泰、尼采、王尔德、艾略特都曾论述此剧。《哈姆雷特》是莎士比亚最著名的一部悲剧，它突出地反映了作者的人文主义思想。

丹麦王子哈姆雷特在德国威登堡大学求学。他是个乐观、充满理想的青年。但是，父王老哈姆雷特突然身亡、叔父克劳迪斯登上王位、母亲改嫁新王等一连串不幸的消息，沉重地打击了他。他对这个世界感到厌倦。更使他烦恼的是，他不清楚父亲的死因。

哈姆雷特回国奔丧，父亲的鬼魂告诉他：自己是被弟弟克劳迪斯害死的。克劳迪斯乘国王午睡时，用毒草汁滴入他的耳朵里，毒死国王。鬼魂要哈姆雷特为他报仇，但不要伤害王后，让上天去裁决她。

从此，哈姆雷特装出狂妄怪诞、精神失常的样子。哈姆雷特的恋人奥菲利娅把他的行为告诉了自己的父亲——御前大臣波洛涅斯，御前大臣又报告了国王克劳迪斯。克劳迪斯对哈姆雷特的“发疯”表示怀疑，多次授命朝臣刺探虚实。

▲《哈姆雷特》的剧照

哈姆雷特渴望复仇，但一直得不到机会。正在他犹豫之际，王宫里来了一班戏子，哈姆雷特乘机安排了一场戏，邀请奸王和王后一起观看演出。这出戏讲的是一件发生在维也纳的谋杀案：一个公爵的近亲觊觎公爵的权位和财产，在花园里把公爵毒死，又骗取了公爵夫人的爱情。哈姆雷特发现奸王观看演出时脸色阴沉，坐立不安，中途离座而去。鬼魂的话已经证实：奸王确是弑君篡位的恶棍。

诡计多端的克劳迪斯为摸清哈姆雷特“演戏”的意图，授意王后找哈姆雷特谈话。可是他又怕王后与王子有母子之情，对自己隐瞒真实情况，便派波洛涅斯躲在内宫帷幕后面偷听。王子要母亲用镜子照一照自己的灵魂，帷幕后面的波洛涅斯内心恐慌，大喊救命。哈姆雷特以为这是奸王，一剑刺去，波洛涅斯随即丧命。

奸王以哈姆雷特杀害御前大臣为借口，把他“护送”去英国，妄图借刀杀人，要英王加以杀害。不料王子的船遇到海盗，被放回本国。王子走后，奥菲利娅因伤心过度，发狂落水而死。

不久，哈姆雷特和波洛涅斯之子雷欧提斯在奥菲利娅的葬礼上相遇，仇人见面，分外眼红。雷欧提斯向哈姆雷特提出挑战。阴险的克劳迪斯“建议”他俩比剑，唆使雷欧提斯在剑上涂上毒药，自己又置备毒酒，阴谋让哈姆雷特或死于剑下，或饮鸩身亡。

比剑休息时分，雷欧提斯乘其不备，用毒剑刺伤了哈姆雷特。哈姆雷特顿时警觉，夺过此剑刺中了雷欧提斯。雷临死有所醒悟，揭露了克劳迪斯的阴谋。这时王后因误饮了毒酒而死。哈姆雷特怒不可遏，拚出全力刺向克劳迪斯。王子终于和弑君夺位的野心家同归于尽。

莎士比亚是16世纪后半叶到17世纪初英国最著名的作家，本·琼斯称他为“时代的灵魂”，也是欧洲文艺复兴时期人文主义文学的集大成者，在世界文学史上地位崇高，影响巨大。

▼在《哈姆雷特》一剧的死亡人物中，奥菲利娅之死显然是落墨颇重的。王后是这样叙述的：“在小溪旁，斜生着一株杨柳，它的毵毵的枝叶倒映在明镜一样的水流之中；她一个人到那儿去，用毛茛，荨麻，雏菊和紫罗兰编成了一个个花圈，替她自己作成了奇异的装饰。她爬上一根横垂的树枝，想要把她的花冠挂在上面；就在这时候，树枝折断了，连人带花一下落下呜咽的溪水里。她的衣服四散展开，使她暂时像人鱼一样漂浮水上；她的嘴里还断断续续唱着古老的谣曲，好像一点不感觉到什么痛苦，又好像她本来就是生长在水中的一般。可是不多一会儿，她的衣服给水浸得重起来了，这可怜的人儿歌还没有唱完，就已经沉下去。”应该说，这小溪、这花环都是有意识地营造的氛围，是莎翁在《哈》剧中并不多见的哀婉之笔。鲜花在这一死亡中成了一种象征。

第四章

17世纪古典主义时期

资产阶级革命后的英国资本主义迅速发展，成为欧洲最先进的国家。法国由于结束了胡格诺战争，实行重商政策，贵族势力不断遭到削弱，因而经济日趋繁荣，成为欧洲最强大的中央集权的君主专制国家，在欧洲大陆处于领先地位。意大利逐渐丧失了文艺复兴以来在欧洲文化中的中心地位，西班牙的进步文化受到反动天主教会的摧残与打击，德国与俄国文学仍处于落后状态，只有英、法两国文学取得了迅速的发展与繁荣。

17世纪是一个处于变化中的世纪。革命刚刚露出曙光，而顽固势力的阴影依然遮天蔽日。历史站在转折点上，各种思潮泥沙俱下。文艺复兴时期的人文主义思想、现实主义创作倾向仍有一定影响，但基本上走向衰落，风行一时的是巴洛克风格和古典主义。17世纪英国进步文学的主流是资产阶级革命文学。诗人约翰·弥尔顿是资产阶级革命文学的主要代表，对英国资产阶级共和国的成立做出了重大贡献。

虽然巴洛克风行一时，但在整个17世纪，欧洲文学的最主要成就是古典主义文学。顾名思义，之所以称古典主义，是因为它在文艺理论和创作实践上以古希腊、罗马为典范。自文艺复兴后，欧洲思潮中的一个特点就是向往古希腊和罗马的文明，这种热情持续了数百年之久。古典主义最早出现于法国，影响到欧洲其他国家，流行近200年，一直持续到19世纪。古典主义第一阶段的代表作家有高乃依。从1660至1688年是古典主义文学最繁荣的时期，代表作家有拉辛、莫里哀等。

17世纪中叶英国最杰出的诗人弥尔顿出现

16、17世纪之交，英国国内政治经济的矛盾加深，人心动荡，反映于文学的，除了诗剧的衰败，还有在散文作品中围绕政治与宗教问题的论争文章的急剧增多，在诗歌中出现了以玄学派诗和一些称为骑士派的贵族青年所写的爱情诗。17世纪40年代，革命终于爆发。人民经过公开审判，处决了国王查理一世，并在打了一场激烈的内战之后建立了以克伦威尔为首的资产阶级政权。在文学上，革命主要表现于两个方面：一是有大量的传单和小册子印行，各种集团特别是属于革命阵营左翼的平均派和掘地派通过它们来发表政见；二是出现了一个革命的大诗人——弥尔顿。弥尔顿对于革命的贡献，首先在于他的政论文。他的文章虽然句式繁复，却有雄奇之美，在英国散文中自成一格。1660年革命遭受了重大挫折，王政复辟。这时弥尔顿已经双目失明，受政治迫害，但他痛定思痛，把自己的一腔孤愤写进了他一生最后的三大作品：《失乐园》、《复乐园》和《力士参孙》。

革命诗人弥尔顿

弥尔顿出生于伦敦一个富裕的清教徒家庭。父亲爱好文学，受其影响，弥尔顿从小喜爱读书，尤其喜爱文学。16岁时入剑桥大学，并开始写诗，后来取得硕士学位。因目睹当时国教日趋反动，他放弃了当教会牧师的念头，闭门攻读文学6年，一心想写出能传世的伟大诗篇。

▼年轻的弥尔顿

为了增长见闻，弥尔顿到当时欧洲文化中心意大利旅行，拜会了当地的文人志士，其中有被天主教会囚禁的伽利略。弥尔顿深为伽利略在逆境中坚持真理的精神所感动。翌年听说英国革命即将爆发，便中止旅行，仓促回国，投身革命运动。弥尔顿站在革命的清教徒一边，开始参加宗教论战，反对封建王朝的国教。他在一年多的时间里发表了5本有关宗教自由的小册子，又为争取言论自由而写了《论出版自由》。

中年以后，弥尔顿从政，他写了许多观点鲜明的政治文章。其时恰逢英国内战，共和、复辟大动乱。弥尔顿曾在其国务会议中任拉丁文秘书，当王政复辟后，弥尔顿被捕入狱。

一切结束后，弥尔顿重新开始诗歌创作，并以口述的形式写就了使他名扬后世的三部伟大著作：长诗《失乐园》和《复乐园》，诗剧《力士参孙》。弥尔顿死于1674年 11月8日 ，死后他与乔叟、莎士比亚齐名。

就17世纪而言，弥尔顿所代表的英国文学与风行一时的法国古典主义不同，他真正继承了文艺复兴的精神，又开启了启蒙运动的先河，具有重要历史功绩。就文学成就而言，300多年以来，大浪淘沙，但弥尔顿的声名和他的作品一样不朽，并影响到了整个世界。

名作介绍

《复乐园》在思想上与《失乐园》一脉相承，主要写耶稣受洗后在荒郊经受利诱威逼的考验战胜撒旦，开始布道，替人类恢复乐园，颂扬了主人公完美的道德品质和非凡的精神力量，显示了诗人对资产阶级革命坚定的信仰和始终不渝的态度。

《力士参孙》通过以色列民族英雄参孙的斗争精神，反映了封建王朝复辟后作者的内心痛苦、所受的迫害和复仇的决心。

《失乐园》

《失乐园》是弥尔顿的代表作。这部叙事长诗共分12卷，一万余行，取材于《旧约·创世纪》。

作品中描写天使撒旦率众反抗上帝，败后被打入地狱，变成魔王。听说上帝在创造新的世界伊甸园，里面居住新的种族“人类”。撒旦决心以引诱人类来完成复仇使命。他飞出地狱之门，来到伊甸园。先是偷听了亚当和夏娃的谈话，知道上帝禁止人吃智慧树的果实。他变形为蟾蜍，使夏娃做了一个想吃智慧果的梦，后又变形为蛇，引诱夏娃偷尝智慧果。亚当为了和夏娃共命运，也吃了禁果。上帝知道后，将他们逐出伊甸园。亚当和夏娃擦干懊悔的眼泪，携手踏上孤寂的路途。撒旦及众魔受到上帝的诅咒，蜕变为蛇，用腹行路，终生吃土。

▶《失乐园》插图，撒旦正在煽动天使反抗。在弥尔顿的笔下，魔鬼撒旦成了英雄。

弥尔顿在诗歌开篇处指出，《失乐园》的目的是证明“上帝对待人的行为是正确的”。但是，诗歌中的上帝形象并不那么可爱。他要人绝对服从，显得独断专横，预见到人要堕落，却又禁食智慧果，显得不合情理。和抽象，灰暗，遥远的上帝相比，撒旦的形象具体而又可信。初看起来，撒旦与上帝为敌，诡计多端，是诗歌中罪恶的化身。但是，渐渐地，读者便发现撒旦其实追求自由，怀疑上帝的统治，对上帝的权威提出挑战。撒旦被天雷打入地狱后，和其他造反的天使在火海中遭受煎熬，仍然表现出昂扬的斗志。他说，“战场失败有什么可怕？我的不可征服意志，报复的决心，切齿的仇恨和永不屈膝投降的志气并没有丧失。”威武不屈，坚持斗争，反对上帝的撒旦颇像革命时期的弥尔顿。因为弥尔顿和撒旦一样，都是挑战权威的叛逆者，而这两个叛逆者似乎都以失败告终。作品中的撒旦是一个敢于反抗上帝权威和专制统治的叛逆者，也是英国资产阶级革命者的象征。长诗同时探讨了英国革命失败和人类不幸的根源。

《失乐园》结构上继承了古希腊罗马的史诗传统，描写了天堂和地狱、混沌和人间多种壮阔的场景。比如，描写天国的战争时，撒旦发明了火药，动用了排炮，打得天兵天将狼狈不堪，场面十分雄伟奇特。诗歌的用典设喻，内外古今，无所不包。长诗用简练的英语和古典拉丁语相结合，成就了一种“庄严和崇高的文体”。《失乐园》格调高亢，壮怀激越，气魄宏大，形象雄伟。它是17世纪英国诗坛的一部杰作，是英国资产阶级革命的宏伟史诗。

诗人约翰·弥尔顿是17世纪英国进步文学的主要代表，在英国古今诗人的排行榜上，他的名次仅次于莎士比亚，而排在所有诗人之前。

《熙德》于1636年公演时轰动巴黎

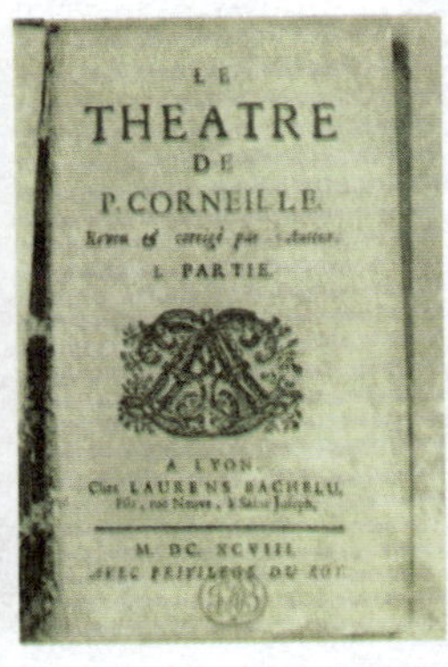

▲法国剧作家高乃依和他的著作《论戏剧》封面

1636年他的5幕韵文剧《熙德》公演，轰动巴黎，由于这个悲喜剧违背了古典主义的三一律，在评论界引起了一场论战，为法国古典主义戏剧的建立奠定了基础。此剧上演时虽轰动了巴黎，但也遭到了当时的红衣主教兼首相黎塞留的报复，在他的授意下，法兰西学院在1638年发表了《法兰西学院对〈熙德〉的批评》。小小的剧本，竟由法兰西学院出面干涉，这在法国戏剧史上算得上一件大事。高乃依在这种压力之下沉默了几年，终于改变了创作倾向，被迫接受三一律后，又写出几部优秀悲剧。

法国悲剧之父

高乃依生于鲁昂的一个律师家庭，长大后继承父业。然而他爱好诗歌，在一次偶然的机缘下写出第一部喜剧《梅里达》，此后接连又创作了五部作品。当时的红衣主教黎塞留为巩固中央集权制、确立自己在文学领域的领导地位，到处收买御用文人。他很欣赏高乃依的才华，将他吸收到5人写作班子。高乃依也为自己能跻身上流社会而庆幸，视黎塞留为自己的保护人和导师。可是高乃依生性耿直，一次竟敢对权倾朝野的主人说："我的声名是全靠我自己挣来的。"他还对黎塞留的诗文坦率指出其中的缺点，因而不再受青睐，不久也就离去了。

后来，高乃依根据西班牙英雄传奇创作的《熙德》在巴黎公演，哄动全城，成为法国戏剧史的第一个光辉篇章。但是黎塞留授意法兰西学院，以不符合古典戏剧奉为圭臬的三一律为由，对《熙德》口诛笔伐。小小的剧本，竟由法兰西学院出面干涉，这在法国戏剧史上算得上一件大事。高乃依在强大的压力下不得不蛰居鲁昂。4年后复出，成功地推出3部杰作《贺拉斯》、《西拿》、《波里厄克特》。那是他的创作旺盛期，年年都有作品问世。

高乃依入选法兰西学院后，正式放弃律师工作。但是《佩尔塔里特》的失败又给他沉重的打击，搁笔将近7年。以后虽与莫里哀合作写出富有诗情的《普赛克》也无济于事。那是因为时代变了。法国穷兵黩武完成了统一大业，太阳王路易十四时期的豪气渐渐耗尽，宫廷沉湎于逸乐享受，上行下效，社会风气萎靡。高乃依的英雄主义已唤不起观众的热情。戏剧讲究缠绵悱恻，舞台已是后来者拉辛的天下。

阅读版本推荐

《熙德》，（法国）高乃依著，陈绵译，中华教育文化基金会董事会编译委员会编辑，商务印书馆，1936年版。

《熙德》（五幕剧），（法）高乃依著，齐放译，作家出版社，1956年版。

高乃依的一生共写了30多部剧本。晚年，他曾与年轻的拉辛进行过抗衡，终于在悲剧《苏连娜》失败后，永远地退出了舞台。

◀拉辛像

《熙德》

高乃依所作的《熙德》，是法国第一部古典主义名剧，取材于西班牙史。熙德是历史上的英雄，此剧作于1636年公演时轰动了巴黎。

剧中的主人公罗狄克是西班牙贵族青年，其父狄哀格是卡斯蒂利亚王国的老臣。罗狄克与伯爵高迈斯的女儿施曼娜相爱，不久将要举行婚礼。当时，国王正在为太子选师傅，高迈斯自恃对国家有功，认为这个位置非他莫属。但国王选中了狄哀格，高迈斯觉得受到了屈辱，于是与狄哀格发生了争吵。盛怒之下的高迈斯打了狄哀格一记耳光，根据封建荣誉观，挨人耳光乃是奇耻大辱，狄哀格对罗狄克说："没有光荣，我也不配生存"，要儿子为他报仇雪耻。罗狄克面临着重大的抉择：要家庭荣誉，还是要个人爱情？最后他决定要洗刷家庭所受的耻辱，在决斗场上杀死了高迈斯伯爵。

施曼娜得知后痛不欲生，她高喊着"以血抵血"，请求国王处决罗狄克。但在内心深处，她仍一往情深地爱着罗狄克，她对保姆所说的"我要他的头，又怕得到手"真实地反映了她的复杂心理。因此，当罗狄克主动跑到施曼娜跟前请她处置时，她反到犹豫起来。

这时，摩尔人前来进犯，狄哀格鼓励儿子上阵杀敌，报效国家。罗狄克出奇制胜，击溃了入侵者，还俘获了摩尔人的两个国王，他们都把罗狄克尊称为"熙德"（即"君王"之意）。当罗狄克大胜而归后，施曼娜再次向国王提出报杀父之仇的要求，并选定了另一个向她求爱的贵族青年唐桑士为她的决斗手。国王接受了她的请求，当场宣布：谁在决斗中获胜，施曼娜就做谁的妻子。罗狄克认为，人心是不能用武力赢得的，因此在决斗前他向施曼娜表示："我是去赴死，不是去决斗"。其实，施曼娜的内心一直是矛盾的，她对罗狄克的爱情始终没有动摇，此时她向罗狄克吐露了真情，要他"只许打胜，不许打败"。英雄受到爱情的激励，在决斗中击败了对手。故事的结局是美满的：遵照国王的旨意，施曼娜服丧一年之后，与罗狄克结为夫妻。

总之，《熙德》被公认为法国古典主义第一部典范性作品，高乃依也被公认为法国古典主义悲剧的创始人。

◀17世纪法国兴起的喜剧表演

1664年莫里哀的《伪君子》在凡尔赛宫首演

1664年5月，在凡尔赛宫的盛大节日晚会上演出《伪君子》(初演时为3幕)。这部喜剧大胆地讽刺了封建社会的基础之一——天主教会，被国王下令禁演。莫里哀经过5年不懈的斗争，利用教皇颁布“教会和平”诏书的机会，使这个剧本以5幕诗体喜剧的形式于1669年公演。在这部思想深刻、艺术成熟的政治喜剧里，莫里哀塑造了一个性格突出而又有极大概括意义的典型形象骗子答尔丢夫，后来这个名字就成了“伪君子”的同义语。

名作推荐

《悭吝人》是5幕散文喜剧，被看作是与《伪君子》齐名的杰作。主人公阿巴贡是个高利贷商人，他贪婪吝啬、爱财如命，与他儿女之间矛盾重重。为了节省开销，他要把女儿许配给年已半百的老头，要儿子娶一个寡妇，自己则要不花分文将年轻美貌的姑娘娶过家门，而这姑娘恰是儿子的情人，因而父子反目。阿巴贡是莫里哀笔下的一个典型性格和不朽的艺术形象。他爱钱胜过荣誉、美德甚至爱情。

“法兰西精神”的代表者

莫里哀，生于巴黎一个具有“王室侍从”身份的宫廷室内陈设商家庭。中学受到良好教育。他自童年时代就对戏剧产生了浓厚的兴趣，不愿意走他父亲给他选择的经商道路。他向父亲宣称放弃世袭权利，与朋友们组成“光耀剧团”在巴黎演出，取艺名为莫里哀。但因缺乏经验，经营惨淡，负债累累，还因此被捕入狱，由父亲保释出狱。他重振剧团，到外省流浪，几乎踏遍了整个法国。

在13年的流浪艺人生活中，他历经坎坷，却加深了对法国社会的观察和理解，也磨练了他戏剧艺术的才华。后来他返回巴黎演出了独幕喜剧《多情的医生》，为取得保护又收回“王室侍从”头衔。即使这样，在等级森严的封建制国家里，他的创作道路仍极为坎坷。为了争取剧本的上演，不得不进行持久的艰苦的斗争。他是杰出的喜剧诗人、编剧戏剧理论家，又是优秀的演员，饰演了许多重要的角色，演技和嗓子为当时的人们所称道。他为法国培养出一批有才能的青年演员。他的剧团成了今日法兰西喜剧院。他长期紧张工作使他积劳成疾，得了肺结核，在参加《没病找病》演出后在巴黎去世。

莫里哀共留下了30多部剧作和8首诗。第一部重要现实主

◀莫里哀作品《悭吝人》剧照

义喜剧是《可笑的女才子》，后来又演出了反对封建夫权思想、歌颂恋爱自由的社会问题喜剧《丈夫学堂》和《太太学堂》。1664年在凡尔赛宫的盛大节日晚会首演《伪君子》。此剧是部思想深刻、艺术成熟的"政治喜剧"，塑造了一个性格突出而又有极大概括意义的典型——骗子答尔丢夫，后来成了"伪君子"的同义语。演出了《唐璜》和《恨世者》后，莫里哀对喜剧形式作了多方面的探索。又推出了《乔治·唐丹》、《悭吝人》等剧，《悭吝人》是最深刻的"性格喜剧"之一。之后又写了几出芭蕾舞喜剧，最后杰作是谴责自私自利的资产者为了自己健康而牺牲女儿美满的爱情的《没病找病》。

▲反对封建夫权思想、歌颂恋爱自由的社会问题喜剧《太太学堂》的绘画

莫里哀的喜剧种类和样式多样化，已超越古典主义的范围。他又是法国芭蕾舞喜剧的创始人。他的喜剧都有闹剧成分，坚持平民趣味。但革新了民间的闹剧，在风趣、粗犷之中表现出严肃的态度。他的喜剧都是直接为舞台演出而写作的。他把日常的生活用语提炼后搬上舞台，显得自然生动。他自觉地站在人民大众一边的民主主义精神，反映了他具有法国社会第三等级的反封建倾向。

莫里哀有一套有创见的现实主义喜剧理论和编导经验，主张作品要自然、合理，强调以社会效果进行评价。他的喜剧已成为典范性作品，影响了许多国家喜剧的发展。在法国，他代表着"法兰西精神"。

伪君子答尔丢夫

《伪君子》是一出五幕诗体喜剧。故事发生在巴黎富商奥尔恭家中。这一天，奥尔恭去乡下办事，不料家中人——奥尔恭的母亲柏奈尔夫人、儿子达米斯、女儿玛丽亚娜、续弦夫人欧米尔、姻兄克雷央特和女仆桃丽娜——为一个叫答尔丢夫的人争执起来。答尔丢夫本是外省的一个没落贵族，可是后来穷得连双鞋也没有，于是走了宗教这条路。奥尔恭在教堂里结识了他，马上被他苦修节欲的"虔诚"所打动，不仅施舍钱给他，还把他接回家中，尊为圣徒，奉为良心导师。答尔丢夫受到宠信，便处处以宗教道德标准约束奥尔恭一家人的行为，此举深得奥尔恭和虔诚的柏奈尔老夫人的欢心，可是其他人对此却积怨颇深。

◀在听一位先生朗诵莫里哀剧本的人们

▲莫里哀像

这一天，老夫人要求全家人都要听答尔丢夫的话，众人不服，结果不欢而散。不久，奥尔恭回来了，第一件事就是问“答尔丢夫呢？”桃丽娜快人快语：“他的身体别提多么好啦！又胖又肥，红光满面，嘴唇红得都发紫啦！他晚饭吃了两只竹鸡，外带半只切成细末的羊腿。一离饭桌，就回到了卧室，一下子躺在暖暖和和的床里，安安稳稳地一直睡到第二天早晨。他老是那么勇气十足，早饭喝了四大杯葡萄酒。”奥尔恭丝毫不理会桃丽娜对这个所谓苦修节欲的圣徒的嘲讽，只是一连串说着：“怪可怜的！”姻兄克雷央特也劝诫奥尔恭，不要被答尔丢夫矫饰的热诚所迷惑，“他是把侍奉上帝当作了一种职业、一种货物，利用上帝的圣名作武器来刺死我们。”不过奥尔恭置若罔闻，还想把女儿玛丽亚娜嫁给答尔丢夫。

玛丽亚娜已经与瓦赖尔订婚，两人正处于热恋中，所以坚决反对父亲的这个愚蠢的决定。欧米尔为了帮助她，预备与答尔丢夫好好谈一谈。桃丽娜请出了答尔丢夫，后者一出场的第一句话就是要仆人把他苦修用的鬃毛紧身衣和鞭子藏起来，第一个动作则是丢给桃丽娜一块手帕，并说：“把你的胸脯遮起来，我不便看见，因为这种东西，看了灵魂就会受伤，能够引起不洁的念头。”欧米尔来了，答尔丢夫却马上变了一副嘴脸，百般向她挑情，甚至动手动脚。他没料到，他的这些情话，恰被躲在一边的达米斯听到。正巧奥尔恭进来，达米斯当即把答尔丢夫的这一丑行告诉了父亲。答尔丢夫哭叫起来：“老兄，是的，我是一个坏人，一个罪人，一个不讲信义、对不起上帝的可怜的罪人，一个世上从未见过的穷凶极恶的人。无论人们怎样责备我，说我犯了多大的罪恶，我也决不敢自高自大来替自己辩护。”没想到，他的这番话比抵赖辩解还令奥尔恭感动。奥尔恭认定答尔丢夫蒙受了不白之冤，于是将儿子赶出家门，不仅剥夺了儿子的财产继承权，还写下契约把全部家产赠送给答尔丢夫，又决定当天晚上就让答尔丢夫和玛丽亚娜结婚。

▼莫里哀代表剧作《伪君子》的插图

在这严重的局面下，为了让奥尔恭明白真相，欧米尔设下巧计，她让丈夫藏在桌子下，然后叫人去请答尔丢夫。答尔丢夫果然露出色鬼本相，欧米尔提出此举会得罪上帝，答尔丢夫无耻地声言：“这在我是算不了一回事的。”紧要关头，忍无可忍的奥尔恭冲了出来，大骂答尔丢夫。此时，答尔丢夫抛掉画皮，露出狰狞面目，宣布全部财产都是自己的，还扬言要揭穿奸计。原来，奥尔恭的一位朋友犯了法，逃亡前把一个机密的首饰盒托付给他保管，但他竟然把它交给了答尔丢夫。

▲凡尔赛宫的兴建，1664年莫里哀在凡尔赛宫的盛大节日晚会首演《伪君子》，引起极大轰动。

全家人闻之此事，顿时一片慌乱。

不一会儿，执法吏到来，宣布凭契约，所有财产已经归答尔丢夫所有，勒令奥尔恭一家明日搬出。答尔丢夫又在国王面前控告了奥尔恭，并领来了宫廷侍卫官预备逮捕奥尔恭。但是，最后侍卫官逮捕的却是答尔丢夫，原来国王英明，认出答尔丢夫就是有人向他报告过的那个著名的骗子。国王念奥尔恭旧日有功，原谅了他私通罪犯的过错，发还财产。奥尔恭感恩不尽，高兴之余，答应玉成瓦赖尔与女儿的婚事。

答尔丢夫这个形象是莫里哀最高的艺术成就之一，由于这一形象的典型概括性，答尔丢夫一词在法语中已经成了“伪君子”的同义语。又由于莫里哀成功地调动全部构思和艺术手法塑造了一个伪善的性格，这出戏剧也成了一部典型的性格喜剧，在欧洲古典主义喜剧中占有重要地位，莫里哀也因此成了法国古典主义喜剧的创始人，他是欧洲戏剧史上继莎士比亚之后的又一个戏剧大师，在欧洲戏剧史上占有十分重要的地位。

▼凡尔赛宫的落成

第五章

18世纪启蒙文学时期

18世纪初期，欧洲古典主义文学占有相当的优势，但随着封建专制王权的逐渐衰落，以“忠君爱国”为内容的古典主义文学逐渐沦为封建贵族阶级维持其统治的工具。新兴资产阶级启蒙思想家在思想领域发起启蒙运动的同时，在文学艺术领域也迫切要求摆脱古典主义的束缚。在他们的倡导下，一种以揭露封建制度罪恶，表现普通平民生活和理想为内容的文学应运而生，形成了一股启蒙文学的潮流，从而标志着欧洲资产阶级文学开始一个新的阶段。启蒙文学具有鲜明的政治性和民主性，它继承和发扬了人文主义文学的传统，充分体现了18世纪欧洲的时代风貌。18世纪的启蒙文学的主要成就在于现实主义小说，启蒙作家继承了文艺复兴时期流浪汉小说的优良传统，较为真切地反映了英国社会的现实生活。这一时期成就最大的作家是笛福和菲尔丁。在法国，以孟德斯鸠、伏尔泰、卢梭为代表的启蒙思想作家用他们充满战斗精神的笔锋创作了大量的启蒙文学经典作品。18世纪30年代德国启蒙运动开始。德国启蒙作家在反封建专制统治的斗争中逐渐创立了德国的民族文学，莱辛把启蒙文学推向了高峰，他和歌德、席勒等一起成为德国古典文坛的重要作家。

《鲁滨逊漂流记》标志着英国现实主义小说的诞生

▲笛福像

《鲁滨逊漂流记》于1719年4月25日出版，是英国作家丹尼尔·笛福的代表作。这部小说一问世即风靡全球又历久不衰，在世界各地拥有一代又一代的读者。小说从初版至今，已出了几百版，几乎译成了世界上所有各种文字。据说，除了《圣经》之外，《鲁滨逊漂流记》是出版最多的一本书。该书被誉为英国文学史上的第一部长篇小说，成了世界文学宝库中一部不朽的名著。该书故事情节引人入胜，叙事语言通俗易懂，是一部雅俗共赏的好作品。笛福在西方文学发展史上占据着一个特殊的位置，被称为“英国现代小说之父”。18世纪，长篇小说兴起，笛福作为西方新兴资产阶级的代言人，他的创作开辟了以写实为风格，追求逼真效果的现代长篇小说发展的道路。他的小说情节曲折，采用自述方式，可读性强。并表现了当时追求冒险，倡导个人奋斗的社会风气。自14至15世纪新航路开辟以来，航海成为每个青年人都抱有的一种理想，其代表作《鲁滨逊漂流记》闻名于世，鲁滨逊也成为与困难抗争的典型人物，因此他被视作英国小说的开创者之一。

▼笛福因发表《处理异教徒的最佳捷径》，假托对方的口吻，说出满纸是反讽意味的话，讽刺当政的托利党的宗教政策，他被捕入狱，戴枷示众3次，善于机变的笛福早写好《立枷颂》。打油诗的玩世不恭，为托利党政治家哈利赏识，最后获释。

戴过枷锁的作家

丹尼尔·笛福是英国18世纪启蒙文学的重要作家，他的代表作《鲁滨逊飘流记》是一部流传很广、影响很大的文学名著，它表现了强烈的资产阶级进取精神和启蒙意识。

笛福的父亲为伦敦的制烛商，后来改营屠宰。家庭不信国教，颇能以另外的角度看待世界。笛福不喜欢当牧师，在一所进步的学校学习，获益匪浅。20岁左右当中间商。24岁结婚，新娘带来丰厚的嫁妆，从此经营袜织品，7年后亏空。在政府谋些小差使，因子女众多，甚为艰难。41岁时发表讽刺诗《真正的英国人》，为威廉三世唱颂歌。次年发表《处理异教徒的最佳捷径》，假托对方的口吻，说出满纸是反讽意味的话。因讽刺当政的托利党的宗教政策，他被捕入狱，戴枷示众3次，善于机变的笛福早写好《立枷颂》。打油诗的玩世不恭，为托利党政治家哈利赏识，受命收集情报。买卖彻底破产后，10年间债主不断上门。1704年创办《评论》杂志，周刊，为社论开先河。因游戏笔墨，后来又曾下狱两次。晚年著书立说颇多，在昏睡中死去。

▼笛福的《鲁滨逊飘流记》第一版插图

荒岛上的鲁滨逊

《鲁滨逊飘流记》这部小说是笛福受当时一个真实故事的启发而创作的。小说是以第一人称写的。鲁滨逊在青年时代不安于平庸的小康生活，违背父亲的劝告，私自逃走，到海外经商。他为摩尔人所掳，做了几年奴隶。后来，他逃往巴西，成了种植园主。由于缺乏劳动力，他到非洲购买奴隶。途中遇难，他独自飘流到南美附近的无人荒岛。

小说主要描写他在岛上28年的生活。漂流到荒岛上的鲁滨逊很快战胜了忧郁失望的心情，从破船上搬来枪械和工具，依靠劳动改善了自己的环境。他猎取食物，修建住所，制造各种用具，种植谷类，驯养山羊，表现出不知疲倦、百折不挠的毅力。独自生活多年后，他遇见一些土人到岛上来举行人肉宴，他从他们手中救出一个将要被杀的土人，把他收为自己的奴隶，取名“星期五”。最后，他帮助一个舰长制服叛变的水手，搭乘舰长的船返国。他又获得历次冒险所积累的财物，成为巨富，并派人到他经营过的荒岛，继续垦殖。

阅读版本推荐

《鲁滨逊漂流记》，(英)丹尼尔·笛福原著，肖泾译，光明日报出版社，2000年版。《鲁滨逊飘流记》，(英)笛福著，罗志野译，漓江出版社，1996年版。

我们从这部小说可以认识到资本主义原始积累时期新兴资产阶级的精神面貌。作者在鲁滨逊身上注入自己的理想，把他塑造成为资产阶级心目中的英雄人物，对他的品质极力加以美化。鲁滨逊的父亲具有保守的世界观，而鲁滨逊则不安于现状，他总是在行动，在追求。他在荒岛上不惜劳力，不怕艰难，凭着似乎是开辟新天地的热情，用自己的手创造了自己的小王国。他勤劳的目的当然是为了个人生存，为了创造私人财富。他的活动还给人以个人能够创造一切财富的假象。鲁滨逊这个形象也反映了殖民主义者的一些特点。他贩卖黑奴，经营种植园，在荒岛上以代表资本主义文明的火枪和基督教征服土人，并把资本主义社会人与人的关系带到了岛上。以上种种，作者都以肯定的态度加以叙述。

《鲁滨逊飘流记》的主人公是普通的中产阶级人物，这是和英国过去的传奇与流浪汉小说不同的。作者擅长写具体的行动和环境的描写，使读者如身临其境，信以为真。他塑造的唯一人物具有典型意义。

菲尔丁出版《汤姆·琼斯》

▲菲尔丁像

1749年，菲尔丁出版了《汤姆·琼斯》，全名是《弃儿汤姆·琼斯的历史》，为19世纪英国批判现实主义小说奠定基础。这部小说在叙述角度、结构、人物塑造等方面都富有创造性，同时继承和发扬了英国幽默讽刺文学的传统，被视为英国小说发展史上的里程碑。菲尔丁在《弃儿汤姆·琼斯的历史》小说各卷首插入文学论述，明确提出他的写实主义创作主张，并对小说创作的各种基本技艺作了全面介绍。基于他在小说创作实践和理论方面对英国小说传统的始创性建树，他被称为英国小说之父。

菲尔丁

菲尔丁出生于英国西南部的一个贵族家庭。父亲是上校军官，母亲是乡绅的女儿。少年时代的菲尔丁过着富裕的生活，幼年受教于一个牧师，随后在贵族学校接受中等教育。在16岁以前，他已经精通了希腊文和拉丁文，读了许多古典名著。21岁时，他赴荷兰学习语言，兼攻法律。可惜家道中落，在荷兰只念了一年就不得不退学。

菲尔丁回到英国后，他没有走同阶层的其他青年所走的道路——寻找有声望的保护者，而是决定自力更生。他毅然选择了写剧本开始自己的职业生涯。由于他才学渊博、谈吐幽默，立即受到文艺界的欢迎，很快正式踏上伦敦剧坛。

菲尔丁27岁时结婚，生有许多子女，因此生活很贫困。妻子和女儿因贫病先后亡故后，菲尔丁娶了亡妻的陪嫁女仆，白头偕老。

成为职业剧作家后，他共写了25部剧本。这些剧本谴责贵族阶级的道德腐化，揭露英国政府的贪污腐败，艺术上广泛地吸收了民间戏剧的手法，把诙谐怪诞的成份与现实生活中的重大政治问题杂糅在一起，创造了社会政治喜剧这一体裁，因此锋芒毕露。伦敦剧院的老板们怕开罪权势集团，拒绝上演菲尔丁的戏剧。于是，菲尔丁和一个朋友合伙买下一个剧团，亲自主持小剧场戏剧。他的社会和政治喜剧触怒了当权的辉格党的首领，剧院不得不关闭，他的戏剧生涯也就被迫结束了。同年，菲尔丁在他30岁的时候改学法律，仅用了3年的时间就完成了7年的课程，取得律师资格，并曾在伦敦威斯敏斯特区任法官，后来又担任伦敦警察厅长，训练了最早的一批侦察犯罪活动的侦探警察。菲

阅读版本推荐

《汤姆·琼斯》，（英国）亨利·菲尔丁著，黄乔生译，译林出版社，2004年版。

《弃儿汤姆·琼斯的历史》，（英国）亨利·菲尔丁著，萧乾译，太白文艺出版社，2005年版。

尔丁是个绝对正直的人，这种职业经历使他加深了对社会的认识，为创作积累了广泛的素材。菲尔丁同时又兼营报刊，撰写文学批评、杂文、小说。

《汤姆·琼斯》

菲尔丁共创作5部长篇小说，其中最著名的是《汤姆·琼斯》。这部小说在叙述角度、结构、人物塑造等方面都富有创造性，同时继承和发扬了英国幽默讽刺文学的传统，被视为英国小说发展史上的里程碑。

就作品反映现实的广度和深度来说，这部作品可以称为英国18世纪社会的散文史诗。全书共分18卷，人物有40多个，中心情节是描述弃儿汤姆·琼斯的生活遭遇。汤姆·琼斯是私生子，出世不久即被抛弃。后为绅士奥尔华绥所收养。奥尔华绥让汤姆·琼斯与庄园主女儿苏菲亚产生了爱情，布力非对此非常嫉妒，极力在舅父奥尔华绥面前中伤汤姆·琼斯。于是汤姆·琼斯被逐，四处流浪。到了伦敦，他因打伤了一个流氓而下了监狱。苏菲亚的父亲强迫苏菲亚嫁给布力非，苏菲亚违抗父命，也逃到伦敦，找到汤姆·琼斯。最后，汤姆·琼斯的身份得到揭示，原来是奥尔华绥的亲妹妹的私生子，和布力非是异父同母的兄弟。全书以布力非迫害汤姆·琼斯的阴谋败露，汤姆·琼斯与苏菲亚结婚而结束。

小说的社会背景十分广阔，前六卷写乡村，中间6卷写由乡村到伦敦旅途中的情景，最后6卷写伦敦。作者通过各类不同人的言行和思想感情，概括了当时英国社会生活的全貌，同时，通过各类人物的命运及相互关系的描写，表现了善必将战胜恶的人道主义理想。

菲尔丁是英国小说之父，自称师承于阿里斯托芬、塞万提斯、拉伯雷、莎士比亚、莫里哀、斯威夫特等人，以幽默和讽刺作为向虚伪、谎言、暴虐和罪恶进行斗争的有力武器。菲尔丁与笛福、理查生并称为“英国现代小说的三大奠基人。”

▶《汤姆·琼斯》中描述的一个场景

《波斯人信札》首开哲理小说先河

1721年启蒙运动的先驱孟德斯鸠化名“波尔·马多”发表了名著《波斯人信札》。《波斯人信札》是孟德斯鸠的唯一的一部文学作品。大约从1709至1720年，他花了10年时间酝酿和写作。书信体小说在18世纪的法国十分盛行。这本书可以说是一部游记与政论相结合的小说，也可以说是一部哲理小说，它为18世纪的法国文学所特具的哲理小说体裁奠定了基础。

▲孟德斯鸠像

孟德斯鸠

孟德斯鸠出生于法国波尔多附近的贵族家庭。他的祖父和伯父相继担任波尔多法院院长，父亲是军人。家庭的影响，使他从小就关心国家政治事务，尤其对法律有浓厚的兴趣。早年就读于波尔多大学，毕业后当律师，长期在巴黎专门研究法律。后来继承了伯父的爵位和遗产，成为孟德斯鸠男爵，还一并继承了伯父在波尔多议会兼法院主席的职务，若干年后，他把这个公职转卖他人。他对地质学、生物学和物理学都有兴趣，写了不少论文。他还曾经营葡萄酒生产和出口生意，是资产阶级化了的贵族，因此在思想上对封建体制不满，决定了能够成为启蒙思想者。

孟德斯鸠发表的书信体讽刺小说《波斯人信札》是他的代表作，一举成名。之后他去巴黎，出入宫廷和文艺沙龙，并进入法兰西学士院。后半生他博览群书，到欧洲各国旅行，交游甚广，重点研究过英国的宪法和议会制度，被选为英国皇家学会。回法国后，历时20年写出政治理论史和法律史专著《论法的精神》，主张三权分立。

哲理小说的先河

《波斯人信札》是法国启蒙运动思想家孟德斯鸠的第一部、也是唯一的一部小说。该书一出版便取得巨大的成功，一时出现洛阳纸贵，有的书商在巴黎大街上看见文人模样的过客就拉住说：“先生，请你给我写一本《波斯人信札》吧！”当年就出了4版，印刷10来次，还有若干伪版，并立即被译成欧洲各国文字。孟德斯鸠靠着这部处女作，从一个外省法官，跻身巴黎上流社会，出入著名沙龙，于38岁就摘取了法兰西学

阅读版本推荐

《波斯人信札》，(法) 孟德斯鸠著，梁守锵译，商务印书馆，2006年版。

《波斯人信札》，(法) 孟德斯鸠著，罗大冈译，人民文学出版社，2000年版。

士院院士的桂冠，得到了法国知识分子梦寐以求的荣誉，这一切应归功于该书的美学价值和认识价值。

▲启蒙运动把人的地位提高到前所未有的高度，人们开始关注普通人的生活，而不是宗教和帝王。在启蒙派画家夏尔丹的作品里，我们看到的是普通家庭生活的各个场景。

《波斯人信札》写两位波斯青年乌斯彼克和里卡初到法国，以东方人的标准和波斯社会准则衡量法国社会，有种种观感，通过信札的形式写下来，寄给在意大利定居的波斯朋友。两人居住在巴黎的时间正是路易十四逝世的前后，法国社会正经历着深刻的变化。乌斯彼克的思想比较成熟，他是由于政治原因离开祖国的，在巴黎遥控波斯宫廷，信中有许多戏剧性和刺激性的细节，合乎读者猎奇心理。里卡聪明乐观，得以出入上流社会，主要写法国有趣的风俗习惯。

这部书通过两个波斯人漫游法国的故事，揭露和抨击了封建社会的罪恶，用讽刺的笔调，勾画出法国上流社会中形形色色人物的嘴脸，如荒淫无耻的教士、夸夸其谈的沙龙绅士、傲慢无知的名门权贵、在政治舞台上穿针引线的荡妇等。书中还表达了对路易十四的憎恨，说法国比东方更专制。

全书借波斯人之口宣扬孟德斯鸠的批判精神和反传统思想，他揭露政府弊端，倡扬反教会观点，针砭社会积弊。作品没有完整情节，只是通过零星的故事和人物议论，抒发作者的启蒙思想，同时以清新明快的风格、嘻笑怒骂而富于哲理的语言，为哲理小说开了先河。

博马舍架起了近代喜剧的桥梁

▲博马舍像

博马舍是18世纪后半叶法国最重要的剧作家，他的代表作喜剧是《塞维勒的理发师》和《费加罗的婚姻》。他在1772年写的喜剧《塞维勒的理发师》因公开抨击当时的贵族政治，被禁演3年。1784年创作的《费加罗的婚姻》刚开始也因批评贵族而遭禁演。这两出喜剧后来分别由罗西尼和莫扎特改编成著名的歌剧。1777年他组建著作人协会让剧作家能得到王室的酬劳。因过于富有，在法国大革命期间曾被短暂监禁，据说这次事件时常激发他写剧本的灵感。晚期的作品有写费加罗的第三部剧本《有罪的母亲》，但思想性和艺术性都不如前两部。博马舍喜剧的出现意味着古典主义喜剧向资产阶级喜剧的过渡完成。博马舍的喜剧标志着古典主义戏剧向近代戏剧的转变，对以后欧洲现实主义戏剧的发展作出了贡献。

博马舍

博马舍出生于巴黎一个钟表匠的家庭。成年后，做过宫廷表师和公主的竖琴教师。由于同王室的关系，与人合作做投机生意发了财，进入了上流社会。结婚后改以妻子领地名称“博马舍”为名，成为贵族。他的合伙人去世后，博马舍与其继承人发生诉讼，结果败诉破产。此后，他一面经商，一面写作，完成了《塞维勒的理发师》、《费加罗的婚姻》、《有罪的母亲》三部喜剧。三部喜剧有共同的主人公费加罗，被称为“费加罗三部曲”。

名篇介绍

《塞维勒的理发师》又名《防不胜防》，叙述老医生巴尔多洛强迫养女罗丝娜和自己结婚，罗丝娜却爱上年轻的阿勒玛维华伯爵(化名为兰多尔)，伯爵靠他的旧仆人费加罗的帮助，冲破了老医生的提防，和罗丝娜结婚。

巴尔多洛是一个资产者，但满脑子封建思想，用暴力和愚昧控制罗丝娜。他反对一切新事物，咒骂他的时代为“野蛮的时代”，憎恨“思想自由、万有引力、电气、信教自由、种牛痘、金鸡纳霜、《百科全书》、正剧”。罗丝娜反对他的奴役，决心要跳出火坑，她说道：“我孤苦伶仃，被人软禁，遭受一个非常可厌的男人的折磨，难道想要打破奴隶的枷锁就是罪恶吗?”阿勒玛维华伯爵热情豪迈，在爱情问题上有新的看法，对封建爱情观念抱批判否定的态度。这是他的进步的一面。但他究竟是一个大贵族，在思想感情上是和人民对立的。费加罗是全剧的灵魂。他不同于莫里哀喜剧中的仆人，他对政治、社会、文艺各方面都有他自己的见解。他帮助伯爵骗巴尔多洛，因为他同情罗丝娜，也因为他知道为伯爵服务对自己有利。同时，他对伯爵也有斗争的一面。他要保持自己的独立人格，不受伯爵侮辱，他直言不讳地告诉伯爵，主人在道德上比不上仆人。这部剧本反映了大革命前夕法国的社会生活，提出一些尖锐的社会问题，是一部现实主义作品。

▲《百科全书》的作者们聚集在一起讨论理性主义、新科学、宽容和人道主义的发展。

《费加罗的婚姻》

《费加罗的婚姻》，又名《狂欢的一日》。剧中，阿勒玛维华伯爵与罗丝娜结婚3年了，完全暴露了他轻浮淫邪的本性。他企图趁罗丝娜的第一使女苏珊娜与仆人费加罗结婚之际，偷偷赎回他曾经宣布放弃的贵族特权——初夜权。并利用权势，软硬兼施，想诱逼苏珊娜顺从，满足他的兽欲。医生巴尔多洛赶来了，他对3年前遭受费加罗的捉弄耿耿于怀，想破坏费加罗的婚姻，给予报复。而伯爵的女仆马尔斯林从前跟巴尔多洛生过一个私生子，如今又想将费加罗从苏珊娜的身边抢过来，这就给费加罗的婚姻造成了重重的障碍。费加罗机巧、诡谲，在苏珊娜的帮助下，先把罗丝娜争取到自己一边，因为罗丝娜对于丈夫的荒淫无耻也是深感不满的。伯爵想收回初夜权的阴谋被费加罗粉碎了，但他并不甘心，利用自己是"全省首席法官"的权势，又对费加罗进行报复。费加罗以乐观主义的斗争精神同伯爵巧妙周旋。他诙谐幽默、锋芒毕露的话语，无情揭露了伯爵的嘴脸。接着，费加罗把原先被伯爵利用来反对自己的人，如巴尔多洛、马尔斯林以及喜好帮闲拍马的音乐教师等人都拉到自己的一边。并在婚礼之夜，设下圈套，让伯爵在众目睽睽之下当众出丑。他与苏珊娜终于在那狂欢之夜喜结良缘。

18世纪70到80年代的法国，处于资产阶级大革命的前夜，各种思想空前活跃。作者通过这个富于表现力的婚姻题材的喜剧，形象地揭示了当时社会的阶级矛盾，尽情地嘲讽了封建贵族势力的荒淫无耻、腐朽没落，热情地歌颂了资产阶级雄心勃勃的风貌。

《费加罗的婚姻》虽然故事假托发生在西班牙，实际上反映的是法国的现实生活。作者同情、歌颂费加罗这样的第三等级，对阿勒玛维华伯爵和整个贵族阶级进行了尖锐的揭露和讽刺。费加罗出生贫寒，地位低贱，但他始终能维护自己的基本人格和尊严，不向权贵低头。他以下层平民所特有的顽强和乐观精神，最后以胜利告终。这一结局预示着贵族阶级已走向衰落，第三阶层正在崛起。这部喜剧情节紧凑，冲突鲜明，人物性格饱满，讽刺辛辣，后为莫扎特改编成同名歌剧。

伏尔泰发表哲理小说《老实人》

伏尔泰在文学上的独特成就是哲理小说，尤以《查第格》、《老实人》、《天真汉》最为著名。《老实人》是一部乐观主义的讽刺性哲理小说，该小说相信“世界是一个所有的最好的可能都会发生的世界，同时在这个世界中一切又都必然是罪恶的”。这个理论是哲学家莱布尼兹的观点。但是伏尔泰拒绝接受哲学家的关于罪恶和死亡都是普遍和谐的一部分这一观点，于是他就写作了《老实人》来展示哲学家的这一思想的荒谬性。伏尔泰在出版《老实人》一书的时候隐去了该书的真实出处，而是署名说该书是“从德国的拉尔夫博士那里转译过来的，只是在公元1759年拉尔夫死于明登以后，又加上了一些从拉尔夫博士的口袋里新发现的部分内容”。

▲伏尔泰像

伏尔泰

伏尔泰24岁就已闻名于世，在其一生的60年间，他是法国文学的主要人物。他出生于巴黎一个富裕的资产阶级家庭，曾在耶稣会主办的贵族学校读书。中学毕

▼在波茨坦的无忧宫，伏尔泰和普鲁士的弗里德里克大帝共同进餐。

业后，曾因写诗讽刺权贵，两次被捕入狱。在狱中，他开始写史诗《亨利亚德》和第一部悲剧《俄狄浦斯王》。他的《俄狄浦斯王》在巴黎上演，获得成功，从此跻身文坛。

阅读版本推荐

《老实人》，（法）伏尔泰著，傅雷译，安徽文艺出版社，1998年版。

长期以来，他避居英国，潜心钻研考察英国的政治、哲学和自然科学。他发表的《哲学书简》表现了伏尔泰对英国的印象，宣传了唯物主义哲学思想。因法国政府查禁此书并下令逮捕作者，伏尔泰被迫隐居偏僻的西雷村的庄园，在女友家埋头创作15年。这时间他完成了悲剧《恺撒之死》、《穆罕默德》、讽刺长诗《奥尔良少女》、哲理小说《查第格》、历史著作《路易十四时代》，以及科学论著《牛顿哲学原理》等等。

1746年伏尔泰当选为法兰西学院院士。他抱着“开明君主”的幻想，应邀访问柏林，但终因失望而同普鲁士国王决裂。他离开柏林，在法国与瑞士的边境费尔奈庄园定居，度过了他的最后20年。这期间完成的著作有小说《老实人》和《天真汉》等。

伏尔泰一生著作颇丰，最有价值的是哲理小说。在紧张的创作之余，他每日接待来自各地的哲学家、艺术家，并与欧洲各方人士保持通讯联系，他定居的费尔奈庄园成了欧洲启蒙运动的中心。1778年伏尔泰返回巴黎，同年去世。

伏尔泰的“黄金国”

《老实人》是伏尔泰重要的哲理小说，作品通过老实人的种种意外的遭遇，以幽默诙谐的笔调和漫画夸张的手法，表达了作者启蒙哲学思想。老实人，一个法国男爵的养子，曾轻信邦葛罗斯的说教，认为世界“尽善尽美”，但流浪中的重重磨难，女友不幸的遭遇，同伴们的苦难经历以及无休止的战乱、凶杀、奸淫、掳掠彻底地粉碎了他盲目乐观主义的幻想。奉信世界十全十美的邦葛罗斯也处处遭到现实的嘲弄，他先是染上性病，烂掉半截鼻子，后遭宗教裁判所的火刑，沦为奴隶。老实人历尽磨难，认识到世界就像一个屠宰场，他抛弃了乐观主义。最后他找到了一个黄金国，国内遍地都是黄金、碧玉和宝石，人人过着自由平等，快乐而富裕的生活。当然，这只是伏尔泰的理想。小说批判了盲目乐观主义思想，揭露了封建制度的腐朽和教会的反动。

▼伏尔泰像

在艺术上，小说把哲学的论争带进了文艺领域，用离奇荒诞的情节、具有突出思想特征的人物形象，夸张和讽刺相结合的艺术手法来反映客观现实，表达生活哲理，收到了奇特的艺术效果。小说有辛辣的讽刺和荒谬的夸张，又不乏轻松、诙谐的嬉笑；有俏皮的警句，又充盈哲理的光芒，使读者有一种酣畅淋漓又余味无穷的感觉。

卢梭出版《新爱洛绮丝》

▲卢梭像

1761年，卢梭出版了《新爱洛绮丝》，在法国文学史上，第一个把爱情当作人类高尚情操来歌颂。自传体小说《新爱洛绮丝》出版后，成为人人争看的畅销书，并被翻译成多种语言，风靡全欧。

卢梭

卢梭出身下层，一生困顿。在《论科学与艺术》、《论人类不平等的起源和基础》和《社会契约论》等著作中，他谴责封建专制，反对暴力和不平等，提倡“天赋人权”，主张国家应以社会契约为支柱，形成民主政权。这一学说成了资产阶级推翻封建专制的强大思想武器。

卢梭的文学作品主要有《新爱洛绮丝》、《爱弥尔》和自传体散文《忏悔录》。《爱弥尔》是一部表达作家教育思想的哲理小说。《忏悔录》以坦率的方式表达了自己的感情，赞扬了自己善良本性和所受历史名人的影响，并指出他身上的缺点乃是万恶社会扭曲所致而非本性。

卢梭把人类分为“文明人”和“原始人”，认为正是文明社会使人与人的关系变得虚伪、冷酷、不平等，并产生罪恶。因此，他美化原始社会，赞扬人类的原始状态，强调抒写个人对大自然的感情。他认为，只有这样，人们才能心胸开阔，精神爽朗，忘却世俗的纷扰，这就是他的“返回自然”的口号。在文学创作上，虽然他认为艺术会败坏风俗，剧场是伤风败俗的场所，但他的崇尚自我、抒发感情、热爱自然的特点，使作品充满了热情和幻想，开了一代文风，对浪漫主义文学产生了巨大影响。

《新爱洛绮丝》

《新爱洛绮丝》是卢梭著名的书信体小说。作品描写的是平民出身的家庭教师圣·普洛和贵族学生朱丽小姐的不幸爱情故事。这对情人的故事同中世纪法国哲学家阿贝拉

名作推荐

卢梭在悲惨的流亡生活中，感到有为自己辩护的必要，于是怀着激愤的心情，写下了《忏悔录》。在书中，他回忆了自己五十多年的经历，在表白自己“本性善良”的同时，也暴露了自己的种种劣迹，他想强调一个哲理：人性本善，是罪恶的社会环境使人堕落。

尔与学生爱洛绮丝相爱的情节相似，故取名“新爱洛绮丝”。

贵族小姐朱丽出身名门，温柔贤淑，恪守贵族的传统观念。其父专横霸道，等级观念森严。对朱丽的婚姻大事，父亲毫不犹豫地选择了门当户对的贵族青年伏尔玛。但是，朱丽深深爱着圣·普洛。

普洛虽是平民出身，但学识渊博，人品高尚。他来到朱丽家当家庭教师之后，由于和朱丽朝夕相处，彼此产生了爱情。普洛十分珍惜他和贵族小姐朱丽之间的感情，怀着一颗真诚的心对待她。而朱丽经过激烈而痛苦的思想斗争，终于冲破了家庭长期灌输给她的封建等级观念，接受了普洛的爱情。他们通过信件互相倾诉衷肠，表示要“尽人类的一切职责”，好好地生活。但是，悲剧发生了。

▲卢梭像

朱丽的父亲作为贵族阶级传统观念的维护者，是决不允许自己的女儿和一个第三等级的平民结婚的，他粗暴地粉碎了这一对年轻恋人对美好生活的希望，硬把女儿嫁给了贵族青年伏尔玛。普洛离开了朱丽，去世界各地漂流，把失恋的痛苦深深埋在心底。

几年过去了，普洛割不断对朱丽的思念，鬼使神差地又回到了朱丽的家。这时，朱丽和伏尔玛住在瑞士一处风景秀美的地方，已经有了孩子。

朱丽和伏尔玛结婚时，曾向他袒露了自己和普洛的那段恋情，伏尔玛理解和谅解了朱丽，所以这次普洛重又出现，伏尔玛表现了宽宏的态度，并请普洛作自己孩子的家庭教师。

普洛在朱丽家住下之后，虽然双方旧情未泯，但彼此都努力克制自己的感情，恪守伦理道德，还算相安无事。但是，内心感情的压抑毕竟是不能持久的，一次普洛和朱丽在莱蒙湖泛舟的时候，普洛“很想抱她一起跳下湖里，在她的拥抱中结束我的一生，也结束我的痛苦。”但是，理智终于控制了感情，冷静下来之后，他不由得仰天发问：“我何以会和她有这样大的距离？”

对朱丽来说，她的痛苦是双重的，一方面她难以割舍与普洛铭心刻骨的情愫，另一方面，理智又使她必须遵守妇道，维护对丈夫的忠贞。心灵的痛苦，精神的创伤，终于把朱丽压垮了。在一次抢救落水的孩子时得了病，含恨离开了这个世界。临终时，她说：“上帝保卫了我的名誉，他预告了我的不幸，未来的事谁又能担保呢？再活下去，我也许就有罪了！”

1784年首演席勒的《阴谋与爱情》

1784年，席勒的五幕悲剧《阴谋与爱情》首演。《阴谋与爱情》是德国狂飚突进运动最重要的创作成果之一，也是青年席勒创作的顶峰，同时它又是德国市民悲剧的代表作。1755年莱辛的《萨拉·萨姆逊小姐》是德国第一部市民悲剧，1772年莱辛的《爱米莉亚·迦洛蒂》则是德国市民悲剧成熟的标志，而席勒的《阴谋与爱情》达到了市民悲剧前所未有的革命高度。创作《阴谋与爱情》的80年代初，正是青年席勒反封建意识最强烈的时候，也是席勒的狂飚气质表现得最鲜明的时候，因此这部剧本是席勒全部创作中反封建倾向最为突出的作品。《阴谋与爱情》的反封建性，尤其体现在它并不取材于历史，而是直接取材于席勒生活的时代，观众对此剧的现实性一目了然，而法兰西共和国则由于此剧的反封建思想，授予席勒荣誉公民的称号。

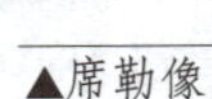

▲席勒像

席勒

席勒出生于符腾堡公国的马尔巴赫城，父亲是医生，母亲是面包师的女儿。席勒从童年时代就对诗歌有兴趣。9岁进入拉丁语学校，但13岁就被强行选入军事学校，这是所不让学生有任何自由的专制学校，人称“奴隶养成所”，在此度过的8年囚徒式生活，使席勒对专制充满了憎恨。好在有一位思想进步的心理学教师，使席勒接触了莎士比亚、卢梭、歌德等人的著作，并接受了狂飙突进的影响，他开始秘密地写诗、写戏剧。

17岁时，席勒开始在杂志上发表了一些抒情诗，而且开始写剧本《强盗》。席勒从军事学校毕业后到斯图加特当军医。席勒自费发表《强盗》后，该剧首次在曼海姆上演，引起巨大反响，据说当时剧院就像疯人院，人们顿足、叫喊，素不相识的人们抽泣着拥抱在一起，有评论家把席勒誉为德国的莎士比亚。后来上演的《阴谋与爱情》，有强烈的狂飙突进色彩，而《堂·卡洛斯》的上演，则标志着席勒向古典主义的转变。完成《堂·卡洛斯》剧后，席勒写出了名诗《欢乐颂》。

▼本图所绘为18世纪著名的启蒙运动的思想家在乔弗朗夫人著名的文艺沙龙交流思想的情景

1787年，席勒前往诗人荟萃的魏玛，结识了赫尔德。席勒的反抗精神渐渐消退，此时中断了文学创作。

从1794年开始，席勒与歌德在文学创作中开始合作，10年之中，硕果累累，文学史家称这10年为古典文学时期。席勒因长期生活困难而体弱多病，他与病魔斗争了14年之久，于1805年5月9日病逝。终年46岁。

德国第一部有政治倾向的戏剧

席勒的代表作是《阴谋与爱情》。这是一部市民悲剧，直接取材于德国现实。悲剧主要情节是：

斐迪南少校和露伊丝是一对热恋中的情人，但是在他们之间有一道人为的障碍：斐迪南的父亲瓦尔特是公国的宰相，而露伊丝的父亲是宫廷乐师米勒。悬殊的门第给这对情人带来无尽的苦恼。

宰相瓦尔特是靠使用阴谋手段害死了前任宰相之后获得现在这个位置的。此人阴险、毒辣、冷酷无情。为了向上爬，他怀着卑鄙的个人目的，千方百计地讨好公爵。终于机会来了，他秉承公爵的旨意，逼迫儿子斐迪南娶公爵情妇、英国女子米尔佛特为妻。为了达到这一目的，瓦尔特极力破坏斐迪南和露伊丝之间的关系。他花言巧语，用名利地位引诱自己的儿子，但斐迪南不为所动。瓦尔特又跑到米勒家中，污辱、谩骂露伊丝，并威胁要逮捕他们全家。

一向胆小怕事的米勒，在瓦尔特的辱骂面前，表现了做人的尊严。米尔佛特夫人也威胁露伊丝，让她放弃对斐迪南的爱情。露伊丝明确表示："我不怕报复"。

斐迪南虽然出身名门，但他只有在平民的家庭中才感到平静和幸福。他痛恨父亲靠阴谋手段飞黄腾达的历史，所以当父亲逼他和米尔佛特夫人结婚时，他扬言要当众揭穿父亲丑恶的罪行，这才使老奸巨滑的瓦尔特不得不收敛一下。

瓦尔特的秘书伍尔牧早就觊觎露伊丝的美色，为了讨好上司和占有露伊丝，他与宰相合谋，设下了陷阱，逮捕了露伊丝的父母米勒夫妇。伍尔牧对露伊丝说，要想释放米勒夫妇，露伊丝必须给宫廷侍卫长写假情书，并且发誓不能透露写信的原因。露伊丝这个单纯、善良的姑娘，在邪恶势力和陷阱阴谋面前，显得是那样柔弱和无助，她对生活，对同斐迪南的爱情已经感到绝望了。为了双亲，露伊丝违心地给宫廷侍卫长写了假情书。伍尔牧故意让这封信落到斐迪南手里，斐迪南又惊又疑，再三追问露伊丝。露伊丝为了实践不泄漏写信原因的诺言，拒不回答斐迪南。斐迪南在痛苦绝望中，毒死了露伊丝，露伊丝死前说明了真相，斐迪南追悔莫及，也服毒自尽。

《阴谋与爱情》不仅是席勒最成功的剧作，是"狂飙突进"运动最成熟的果实，它的上演也是"狂飚突进"运动的最后一次高潮。恩格斯称赞《阴谋与爱情》是"德国第一部有政治倾向的戏剧"。

▼1788 年，席勒在为魏玛德奥古斯特公爵表演并朗诵他的《堂·卡洛斯》的第一章后，公爵任命他为其领地的事务顾问，但公爵并未提供席勒期望的财务帮助。

歌德把德国文学推到一个前所未有的高峰

▲这幅名为《歌德的诞生》的寓意画，象征着真正的德国文学的降临。

歌德是18世纪中叶到19世纪初，欧洲封建制度的日趋崩溃，革命力量的不断高涨，促使歌德不断接受先进思潮的影响，从而加深自己对于社会的认识，创作出当时最优秀的文学作品，是他，把一向地位不高的德国文学推到了一个前所未有的高峰，并获得了不朽的世界性声誉。

文学世界里“奥林匹斯山上的宙斯”

歌德出生在梅茵河畔法兰克福市的名门。其父家资殷厚，曾购得皇家顾问的头衔。其母是法兰克福终身市长的女儿。在这样的家庭条件下，歌德从小就受到良好的教育。从16岁起，他先后在莱比锡大学和斯特拉斯堡大学学习法律。可是他对法律没有兴趣，在文学、绘画和自然科学的学习上倒是花费了更多的精力。他早期的创作尝试明显地受到了宫廷文学和古典主义的影响。但就在他走进斯特拉斯堡大学的时候，一个决定性的转折出现在他的面前。

▼在意大利游历的歌德

斯特拉斯堡地处德法边境，对于接受法国革命思想来说有近水楼台之便。70年代，这里成为“狂飙突进”运动的策源地。在这里，歌德受到了卢梭、斯宾诺莎的影响，更为重要的是，他在这里找到了自己的良师——“狂飙突进”运动的领袖赫尔德，是他把歌德引导到荷马与莎士比亚的艺术世界之中，引导到对民间歌谣的收集和学习之中，使这位正在觉醒的天才摆脱了宫廷文学和古典主义的束缚，写下了许多脍炙人口的名篇。

▲歌德及其作品中的人物和场景

歌德以法学博士的学位结束了大学生涯后，回到法兰克福实习法律业务。但他的主要精力仍然投入到了文学创作之中，先后完成了历史剧《葛兹·封·伯利欣根》和书信体小说《少年维特之烦恼》。这两部作品为歌德赢得了德国和全欧的声誉，使他成为“狂飙突进”运动的主将。

后来，应卡尔·奥古斯特公爵之邀，歌德来到面积不到40平方公里，人口不过10万的封建小邦魏玛公国，抱着对开明君主的幻想，以枢密顾问、内阁大臣的身份，开始了为期10年的社会改良实践。整整10年，歌德在劳而无功的繁忙公务中虚耗了自己的天才，几乎没有进行什么文学创作，只是为王公贵族们写些应制之作。在漫长的克制、妥协和深深的痛苦之后，歌德再也无法忍受这种令人窒息的环境，改名换姓，独自一人乘驿车逃离了魏玛，朝着向往已久的意大利奔去。

意大利的漫游使诗人饱览了宏伟壮丽的自然风光和美不胜收的古代艺术，并促成了他艺术理想的一个重要的转变。他批判地回顾了自己的过去，放弃了“狂飙”式的幻想而转入了对宁静、和谐的“古典主义”的追求。

歌德返回魏玛后，结了婚，推掉了政务的重担。不久，法国大革命爆发了，歌德始而为之欢呼，但渐渐地对革命中的暴力流血产生了憎恶，甚至写了一些作品对革命加以诋毁和嘲弄。

1794年，歌德与席勒交往，开始了两位伟大作家携手合作的光辉的10年。

在隐居独处中，歌德度过了他漫长的晚年。以一种超人的毅力，他完成了不朽巨著《浮士德》。1832年3月22日，歌德于魏玛病逝，终年83岁。

歌德在自然科学研究方面也卓有成就。他是公认的世界文学巨匠之一，是文学领域里“奥林匹斯山上的宙斯”。

《少年维特之烦恼》

◀《少年维特之烦恼》中女主人公夏绿蒂

《少年维特之烦恼》是一本书信体小说，也是德国文学中第一部具有国际影响的作品。该书很大程度上是根据作者自己的生活经历写成。这部小说发表后引起青年人的强烈共鸣，立即风靡欧洲，奠定了歌德在国际文坛的地位。

维特是一个受狂飙突进运动影响而觉醒的市民青年，在才智方面高于周围社会，他爱读荷马史诗和莱辛的作品，尤其擅长雕塑和绘画，这使他为周围的人们所嫉妒。

阅读版本推荐

《浮士德》，(德)歌德著，绿原译，人民文学出版社，1994年版。

▲《少年维特之烦恼》1911年版本书影

维特同封建文明格格不入，经常沉浸在山谷、溪畔、森林、草地等大自然的怀抱，非常喜欢率真的儿童和质朴无华的农民。

一次，他到一个小城处理母亲的遗产，在乡村舞会上结识了夏绿蒂。维特深爱夏绿蒂，是因为她身上体现了自然美、质朴、率真和宗法古风。维特不是没有理性，他知道夏绿蒂已有了未婚夫阿尔伯特，为了摆脱这种无望的爱情，也为了在社会中有所作为，他离开夏绿蒂，到外地一个公使馆中当秘书。可是官场社会庸俗、丑恶，普通的公务员"地位欲最旺盛"，公使大人更是个爱行使长官意志的笨伯，特别是森严的等级观念让维特无法忍受，在一次晚会中，他因出身市民、地位低下，居然被那些有门第的人当场赶了出来。

于是维特辞去秘书职务，回到夏绿蒂身边。二人往来频繁，自然引起了阿尔伯特的不满，夏绿蒂也跳不出平庸生活的圈子，宁肯服从礼俗而牺牲爱情，于是她婉言劝阻维特。维特失去生活支柱，"周围一切都是黑暗，没有希望、没有安慰、没有前途"，下定决心自尽。

最后一次他同夏绿蒂告别，二人读抒情诗，读到动人处他们压抑许久的感情被激发出来，两人抱头痛哭、拥抱狂吻，之后夏绿蒂从迷狂中醒来，悔恨交加。维特怅然离去。第二天，维特借阿尔伯特的手枪结束了自己的生命。

浮士德与魔鬼的契约

《浮士德》是歌德倾毕生心血所完成的史诗性的巨著。它取材于16世纪德国有关江湖术士约翰·乔治·浮士德的民间传说。那时，德国就出版了名为《约翰·浮士德的一生》的故事书，讲述了浮士德与魔鬼订约，漫游世界，享尽各种人间欢乐，最后惨死于魔鬼之手的故事。文艺复兴以来，不断有人利用这一传说来进行创作。

诗剧开头为"天上序幕"，描写上帝与魔鬼靡菲斯特的打赌，为浮士德的追求和探索拉开序幕。浮士德追求知识、追求生活享受、从政、追求古典美、创造事业构成诗剧主要内容。

浮士德博士躲在书斋里钻研各种知识，从占星学到炼金术，但年过半百仍一无所获，看不到生命的价值和意义究竟是什么。这是他的知识悲剧。这时魔鬼来访，他与浮士德订约，愿为浮士德服务效力，然而

▼法国画家德拉克罗瓦所绘的油画《靡菲斯特再访浮士德》

▲位于魏玛的席勒和歌德墓

浮士德一旦满足就必须死，其灵魂归魔鬼所有。

魔鬼首先把浮士德带到魔女处喝了魔汤，使他返老还童，引诱他追求生活享受。浮士德爱上了市民的女儿格蕾辛，然而他们的爱情不容于世俗，格蕾辛也因溺婴罪被处死。这是他的生活悲剧或爱情悲剧。

浮士德走出个人爱情的世界，决心从政。他来到一个封建小邦，发行纸币解决了财政危机，封建宫廷更加荒淫享乐。这是他的政治悲剧。

官场黑暗令浮士德对政治大失所望，使他转而追求古典美的宁静与和谐。魔鬼将他带回书斋。封建贵族们要观赏古代美人海伦，浮士德靠魔鬼的帮助，再现了海伦的形象。然而浮士德本人爱上了海伦，于是又在魔鬼的帮助下，靠一个只有灵魂没有肉体的人造人——何蒙古鲁士的引导来到古希腊，娶了美人海伦，生下了儿子欧福良。欧福良的形象是以英国诗人拜伦为原型的，他生来喜爱高飞，渴望战斗，听到远方自由的呼唤，他如闻号令，奋不顾身向高空飞去，不幸陨落在父母脚下。海伦悲痛欲绝，不顾浮士德的苦留，腾空飞去，只将她的白色长袍和面纱留在了浮士德的怀中。浮士德对古典美的追求，又似幻灭而告终。

浮士德在空中看到波涛汹涌的大海，顿时产生了征服大海的雄心，借魔鬼之力，他帮助一个皇帝平定了叛乱，得到一片海边的封地。按照浮士德的命令，魔鬼驱使百姓为他移山填海，变沧海为桑田。此时，浮士德已是百岁的老人，忧愁使他双目失明。魔鬼命死魂灵为他掘墓，浮士德听到铁锹之声，还以为是群众在为他开沟挖河。想到自己正在从事的伟大事业，他不由得脱口赞道："你真美啊，请停留一下！"浮士德依约倒地而死。魔鬼正要夺走他的灵魂，这时天降玫瑰花雨，化为火焰，驱走了魔鬼。当浮士德因满足而死时，他的灵魂并未归魔鬼占有，而是被天使们接到天国。因为只要是自强不息的，就能得到拯救。

《浮士德》具有宏伟的艺术结构，把神话与现实、古往今来的各种人物和天上、人间、魔界的各种场面巧妙地熔铸一炉，构成了一幅千变万化、丰富多彩的历史画卷。《浮士德》是欧洲文学史堪与荷马史诗和但丁《神曲》并列的伟大诗篇。

歌德的《浮士德》同《荷马史诗》、但丁的《神曲》和莎士比亚的《哈姆雷特》一样被誉为"名著中的名著"，既是启蒙主义文学的压卷之作，也是欧洲与世界文学史上最具价值和最高影响的作品之一。

▼《浮士德》第二部的场景

第六章

19世纪浪漫主义时期

浪漫主义文学产生在18世纪末19世纪初这个激动人心的特定时期。这个时代是欧洲社会人的精神和个性大释放时期。轰轰烈烈的大革命，自由竞争的新局面，启蒙理想的破灭，使这一时期的人处于憧憬与失望的波峰浪谷之中，释放并表现自我成为一股潮流，浪漫主义即是这股文学潮流的折射。浪漫主义在18世纪末兴起于德国，然后迅速传遍欧洲各国，并远涉美洲，成为一股世界性的文学思潮。浪漫主义最早的主要表现是德国的狂飙突进时期。海涅、歌德、席勒等人的创作也在德国浪漫主义文学中占有重要地位。19世纪初英国浪漫主义文学的代表是拜伦、雪莱和济慈等人。法国浪漫主义的代表是雨果，他的《克伦威尔》序言和《爱尔那尼》一剧的上演成功，标志着浪漫主义对古典主义的胜利。

以海涅为代表的新浪漫派出现

浪漫主义兴起于18世纪末，19世纪头30年成了德国文学的主潮。由于受到以黑格尔为代表的德国古典哲学的直接影响，德国浪漫主义文学具有浓厚的唯心主义和神秘主义色彩。早期浪漫派以文艺刊物《雅典娜神庙》为阵地，又称耶拿浪漫派。代表人物是施莱格尔兄弟。后期浪漫派以阿尔尼姆、布伦坦诺、格林兄弟等为代表，他们先后聚集在海德堡和柏林，分为海德堡浪漫派和柏林浪漫派。1830年之后又出现以海涅为代表的新浪漫派。海涅是19世纪前期德国文学最高成就的代表。

▲格林兄弟，19世纪初，德国格林两兄弟搜集了当地的民间传说加以润饰，哥哥忠于“口述历史”，而弟弟文笔优美，兄弟两人创造出仅次于圣经的“最畅销的德文作品”《格林童话故事全集》，与《安徒生故事全集》、《一千零一夜》并列为“世界童话三大宝库”。

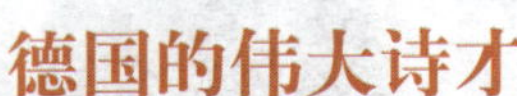

德国的伟大诗才

海涅出生在莱茵河畔杜塞尔多夫一个破落的犹太商人家庭。1795年，拿破仑的军队曾开进莱茵河流域，对德国的封建制度进行了一些民主改革。法军的这些改革，使备受歧视的犹太人的社会地位得到改善，因此海涅从童年起就接受了法国资产阶级革命思想的影响。

▶海涅素描

年轻时，海涅先后在波恩大学和柏林大学学习法律和哲学，他听过浪漫主义作家奥古斯特·威廉和唯心主义哲学家黑格尔的讲课。海涅早在20岁时就开始了文学创作，他的早期诗作：《青春的苦恼》、《抒情插曲》、《还乡集》、《北海集》等组诗，多以个人遭遇和爱情苦恼为主题，反映了封建专制下个性所受到的压抑以及找不到出路的苦恼。

从1824年到1828年间，海涅游历了祖国的许多地方，并到英国、意大利等国旅行。由于他广泛接触社会，加深了对现实社会的理解，写了4部散文旅行札记。其中《哈尔茨山游记》、《英国片断》、《北海纪游》等散文是名篇。在海涅看来，他的抒情诗只是无害的“商船”，而这些作品是为他的抒情诗护航的“战舰”，充满了金鼓杀伐之声。这4部札记的主要倾向是抨击德国的封建反动统治，期望德国能爆发一场比较彻底的资产阶级革命，这4部旅行札记的创作表明，海涅在思想上已成长为一个革命民主主义者，在艺术上，海涅已从青年时代对个人遭遇与感情的描写，转向对社会现实的探讨，走向现实主义道路。

▶海涅的作品《德国狗和英国虎头狗》。

1841年，海涅完成讽刺长诗《阿塔·特洛尔》。阿塔·特洛尔是一头熊，在一个马戏班里学会了跳舞，后来逃脱了主人的锁链回到山中，并开始按照“众生平等”的原则改造动物世界。在阿塔·特洛尔看来，人类不过是“用异族的毛皮遮掩蛇似的裸体”的畸形的族类，根本不配统治动物世界。“我们的基本法律应当是：一切造物完全平等，我们不分什么信仰，不分毛皮，不分气味。严格的平等！”阿塔·特洛尔的形象是嫉贤妒能者的典型，具有重要的美学意义。

1843年，海涅在巴黎结识了马克思和恩格斯，这对他的创作有一定影响。1844年，海涅发表《新诗集》，收入1830—1844年间的诗作，抒写爱情的欢乐和痛苦，表达对祖国和亲人的怀念，其中也包括政治抒情诗《西里西亚织工之歌》。在这部诗集的最后一部分就是长诗《德国，一个冬天的童话》。

海涅晚年思想上的矛盾与怀疑突出的表现在他对共产主义的信念与理解上，他思想上的矛盾是那个时代的产物。同

◀海涅的经典作品《哈尔茨山游记》的序言手稿

◀这是埃罗尔德为海涅德作品《罗雷莱》中的主人公罗雷莱创作的雕像，她被称作莱茵河少女。

时，也反映了海涅本身资产阶级世界观的局限。海涅一方面称自己为“人类解放斗争中的一名勇敢的战士”，他要唱“一支新的歌”，要“在地上建立起天堂”，预见了共产主义最终将取得胜利，同时又对共产主义满怀恐惧，担心它会毁坏艺术，破坏他心爱的东西。海涅思想上的这种矛盾表现了他作为一位革命民主主义诗人在世界观上的局限。1856年2月27日，海涅逝世。

德国，一个冬天的童话

《德国，一个冬天的童话》，是海涅别离祖国13年后回国探亲的产物，记述了他在德国的所见所闻所感。诗人亲眼看到祖国仍受专制主义的压迫和奴役，人民仍在艰难困苦和不自由的深渊中挣扎，封建落后的德国社会就像冬天一样阴冷萧条，那里发生的一切就像童话里的故事一样荒诞可笑。所以长诗命名为《德国，一个冬天的童话》。

长诗对德国的现实进行了激烈的批判。诗人对当时德国社会仍然流行浪漫派的麻醉人民的“断念歌”和“催眠曲”深感不满，表示要创作“一首新的歌，更好的歌”，鼓舞人民“在大地上建立起天上的王国”，在这个“地上天国”里，有面包、玫瑰、美和欢乐。诗人高呼，“我们要在地上幸福生活，绝不让懒肚皮消耗双手勤劳的成果”，至于“天堂，我们把它交给那些天使和麻雀”。

诗人把德意志的36个小国称为36个粪坑，把封建专制的堡垒——普鲁士的国徽上的鹰称为一只“丑恶的凶鸟”，发誓“一旦落入我的手中，我就

▼海涅像

▲19世纪40年代的汉堡，期间海涅曾在此游览，并有感而发，写出了他的史诗《德国，一个冬天的童话》。

揪去你的羽毛，还切断你的利爪。把你系在一根长竿上……唤来莱茵区的射鸟能手，来一番痛快的射击。谁要是把鸟射下来，我就把王冠和权杖授给这个勇敢的人！”诗人讽刺封建专制的精神支柱——天主教会，把科隆大教堂比作“精神的巴士底狱”，要“把教堂的内部当作马圈使用”，把供奉在神龛里的三个“圣王”（基督教传说中的东方三博士，比喻俄、普、奥三皇“神圣同盟”）“装进那三只铁笼里”，挂在教堂的塔顶上示众。诗人为他们找到了自然的归宿——坟墓，表示要用暴力把这些“可怜的迷信残骸”清除。诗人批判了德国的国粹主义，通过红胡子大帝（腓特烈大帝）的传说指出，不能将国家的希望寄托在红胡子这样的中世纪的幽灵身上，德国人民要自己解放自己，因为“从来没有神，没有救世主”。诗人还对汉堡资产阶级庸俗的市侩社会作了尖锐的讽刺，批判了德国资产阶级的软弱性和妥协性。诗人最后警告反动统治者，“不要得罪活着的诗人，他们有武器和烈火，比天神的闪电还凶猛。”

长诗既有革命鼓动家的热情，也有理想主义者的沉思，巧妙地把现实生活图景与幻想梦想的境界结合起来，把辛辣讽刺与轻快抒情交织在一起，成功地表现了诗人对祖国的爱。长诗嬉笑怒骂，运用自如，显示了诗人卓越的艺术技巧。后世诗人兼哲学家尼采盛赞海涅是自马丁·路德以来最伟大的语言艺术大师。

叛逆的天才诗人拜伦创作绝顶天才之作《唐璜》

▲拜伦

1818年—1823年，叛逆的天才诗人拜伦创作绝顶天才之作《唐璜》。拜伦是19世纪初叶英国最伟大的浪漫主义诗人。世界诗歌史上罕见的天才。他广泛地被人模仿着，也广泛地被人辱骂着。他是一个复杂的人，并喜爱描写自己的复杂性。在整个19世纪，他成为具有浪漫主义情调的“拜伦式英雄”的同义语：一个神秘、爱嘲弄、甚至有罪恶的艺术形象，当然也是一个被驱逐的流浪者。由于人们对于他的性格十分关注，以致于对作者的兴趣远远超过对作品的兴趣。

拜伦

拜伦生于英国的一个破落的贵族家庭，一个真正的贵族世家，但趋于没落。其父约翰·拜伦是个浪荡的花花公子，为追逐财产而结婚。败掉自己的财产和妻子的嫁妆后，离家出走，另找新欢，最后死在法国。母亲是苏格兰富裕的贵族家庭出身，但文化水平不高，而且性格乖僻，丈夫死时小拜伦刚刚3岁，她和儿子移居苏格兰，过着拮据孤独的生活。在那里拜伦受到了苏格兰长老教会的加尔文教徒的道德熏陶。由于母亲没有良好教养而脾气乖戾，对拜伦有时溺爱，有时暴躁，这对形成拜伦放荡不羁的习性有一定影响。

拜伦的叔爷去世后，把勋爵封号传给年仅10岁的拜伦，使他成为拜伦勋爵六世，还有两处地产——纽斯泰德寺院和罗岱庄园，是亨利八世封给拜伦家族的，是当时英国最大的工业中心。家境从此好转。

1800年他迁居伦敦。为了与显赫的身份相配，他被送进哈罗公学。可能是在此时期，他有一次不幸的初恋：他真心地爱上邻家姑娘玛丽，却被玛丽玩弄，为他一生留下创伤。中学毕业后进入剑桥，学习历史和文学。但他不爱学习，很少听课，却广泛阅读了英国和欧洲的文学、历史和哲学著作，受到卢梭影响。他天生跛足，由于不适当的治疗变得更糟。但他志向高远，渴望运动，打板球、拳击、击剑、骑马、游泳。同时，也追逐年轻贵族所追求的时尚——放荡悠闲。拜伦在性格上发展了两个突出的特点：顽强的反抗精神和浪漫的性格。

拜伦有神圣的使命感。他积极参加政治活动。同情工人自由主义运动。成年后，

名篇介绍

《恰尔德·哈罗德游记》描写英国贵族青年哈罗德到南欧旅行的见闻。作品注意的中心是南欧国家的政治生活，中心主题是南欧受压迫民族的解放运动。哈罗德是贵族公子，他厌倦了上流社会那种空虚和庸俗的花天酒地的荒唐生活，外出漫游南欧各国，但对一切全然不感兴趣，抱着旁观和冷漠的态度。哈罗德把自己跟社会对立起来，虽同情人民的斗争，但采取旁观态度。

适逢欧洲各国民主民族革命兴起的时代，他反对专制压迫，支持人民革命的民主思想。

20岁时，他出国游历，先后去许多国家。这次旅行大开他的眼界，使他看到西班牙人民抗击拿破仑侵略军的壮烈景象和希腊人民在土耳其奴役下的痛苦生活。在旅途中写下的长诗《恰尔德·哈罗德游记》。长诗塑造了一个漂泊四方的流浪者恰尔德·哈罗德的形象，他想投入到大自然的怀抱里，把自己和大自然融合在一起，却始终摆脱不掉忧郁的情绪和孤独厌世的人生观，在很多方面都是诗人自己的化身——出身高贵、智力超人、感受敏锐、富有教养、举止优雅。这首长诗轰动了当时英国文坛，使拜伦立刻成为著名诗人。正如他自己在日记中所写："当我在清晨醒来，已经名声远扬，成了诗坛上的拿破仑"。

1811年，英国发生了破坏机器的群众运动，当局要把破坏机器者一律处死。拜伦在上议院发表演说为工人辩护，并发表了政治讽刺诗《织机法案编制者颂》。

1816年他前往瑞士，在那里结识了雪莱。后来他又到了意大利，积极参与了烧炭党人反对奥地利侵略者的斗争，作了长诗《青铜纪事》。烧炭党失败后，1823年夏天，他决定到希腊去参加希腊反对土耳其的民族解放战争。他乘着自己出资装备的战舰"赫尔克利斯"号驶往希腊，受到人民的热烈欢迎，被任命为向利杜潘进军的远征军总司令。因过分劳累患了热病，1824年逝世，临终前还在呓语："前进——前进——要勇敢"，年仅36岁。希腊视他为民族英雄，为他举行了3天国丧，灵柩上覆盖着黑色斗篷，上放钢盔、宝剑和桂冠。他的心脏葬在希腊。他的遗体运回英国纽斯泰德，姐姐奥古斯达为

▼萨丹纳帕路斯之死，法国德拉克洛瓦作，这是一幅色彩缤纷、动人心弦的浪漫主义代表作。处于浪漫主义时期的艺术家们用阴森的色调来描绘东方的统治者，这种手法在英国诗人拜伦的作品中也有体现。

▲自由与正义始终是拜伦思想的核心，拜伦的作品正是他这种激情的宣泄，其势正如弗里德里希德这幅《云雾上的漫游人》。

他写铭文：“这里葬着乔治·戈登·拜伦，《恰尔德·哈罗德游记》作者的遗骸，他于1824年4月19日在希腊西部的迈索隆吉翁逝世，当时他正在英勇奋斗，为这个国家夺回她往日的自由和光荣”。

拜伦一生为民主、自由、民族解放的理想而斗争，而且努力创作，他的作品具有重大的历史进步意义和艺术价值，他未完成的长篇诗体小说《唐璜》，是一部气势宏伟，意境开阔，见解高超，艺术卓越的叙事长诗，在英国以至欧洲的文学史上都是罕见的。

拜伦的作品、他笔下的拜伦式英雄以及他本人的传奇般的个性对一代又一代的人产生了巨大的影响。在拜伦的时代，人们注重的是他的创作中浪漫的一面，如《恰尔德·哈罗德游记》的前两章和他的戏剧作品；现代人关注的则是拜伦的另一面，评论家们赞赏他对蒲柏的古典主义的继承，强调他的那些讽刺性作品和他对虚假的感情、伪善的社会道德的蔑视。因此，现代人看到的是一个明朗、庄严的拜伦，他的《恰尔德·哈罗德游记》的第三和第四章、讽刺诗《审判的幻景》，尤其是《唐璜》更受现代人的青睐。

绝顶天才之作《唐璜》

《唐璜》是拜伦的代表作，也是欧洲浪漫主义文学的代表作品。这部以社会讽刺为基调的诗体小说虽未最后完成，但因其深刻的思想内容、广阔的生活容量和独特的艺术风格，被歌德称为“绝顶天才之作”。

《唐璜》的主题是对英国和欧洲贵族社会、贵族政治的讽刺。主人公唐璜是西班牙贵族青年，16岁时与一贵族少妇发生爱情纠葛，母亲为了避免丑事远扬，迫使他出海远航。于是，通过唐璜的冒险、艳遇和各种经历，广泛地描绘了18世纪末19世纪初欧洲社会的现实生活。唐璜在海上遇到风暴，船沉后游抵希腊一小岛，得到海盗女儿海蒂的相救。诗歌歌颂了他们牧歌式的真诚爱情。但是海盗归来，唐璜遭受厄运。此后，唐璜被当作奴隶送到土耳其市场出卖。又被卖入土耳其苏丹的后宫为奴，逃出后参加了俄国围攻伊斯迈城的战争，立下战功后被派往彼得堡向女皇叶卡捷琳娜报捷，得到女皇的青睐，成为宠臣。诗歌中一个场景接着一个场景呈现在读者的眼前。情节发生在18世纪末，但是，描绘的却是18世纪末至19世纪初欧洲社会的现实生活。诗人是用过去的革命经验和当时的现实相比，鞭挞了“神圣同盟”和欧洲反动势力，号召人民争取自由、打倒暴君。

▲唐璜遇海难，德拉克罗瓦作，现藏于巴黎卢浮宫美术馆。

诗歌对英国贵族和资产阶级的拜金主义作了淋漓尽致的揭露和讽刺。英国统治阶级夸耀“自由”和“权利”，但是唐璜初次来到伦敦，就遭到了强盗的袭击。诗歌痛斥英国贵族卡斯尔累爵士为“恶棍”和“奴隶制造商”，谴责当时备受统治阶级称赞的惠灵顿为“第一流的刽子手”。揭露了英国上流社会外表华丽，内部却糜烂透顶，丑陋不堪。

《唐璜》中的主人公唐璜源自西班牙传说中的人物，多次成为文学作品的题材。传统的唐璜形象是个玩弄女性，没有道德观念的花花公子。但在拜伦笔下，这个人物在多数情况下却以被勾引的角色出现。他的被迫出走，就是因为他或多或少地是那个有夫之妇的牺牲品。唐璜不同于拜伦其他诗歌中的英雄人物，作者无意将他塑造成“拜伦式的英雄”，其中却不乏诗人自传的成分。唐璜热情、勇敢、拒绝虚伪的道德信条。在面临饿死的危险时，他拒绝吃被打死的人，其中不乏象征的意义。他没有忧郁绝望的天性，在士兵中间，只有他表现出对一个土耳其小姑娘的命运真正的关心。他的爱情故事大多是对上流社会虚伪道德的讽刺，而他和海盗女儿海蒂的经历，更多的是体现一种充满诗意的理想。

◀唐璜在海上遇到风暴，船沉后游抵希腊一小岛，得到海盗女儿海蒂的相救。图中地上躺着的人就是唐璜，他身边俯身的女子就是海蒂，另外的一个女子是海蒂的女仆。

天才的预言家雪莱去世

1822年，天才的预言家雪莱去世。雪莱和拜伦是人类诗歌艺术史上两座并立的高峰，他们的创作成就与壮丽人生，在当时和后世都产生了巨大的冲击与深远的影响。

▲雪莱的手迹

叛逆诗人

雪莱出生于英国乡间地主家庭，父亲是个爵士，颇有家产而目光短浅。但家族传统中也有反叛性，最经常的表现形式是私奔。母亲是郡里有名的美人，不过她更喜欢强悍的男性，作为长子雪莱太羸弱了，所以母亲对他很冷淡。雪莱6岁开始学拉丁文，12岁进伊顿公学，他长得太美了——一种孩子的稚嫩和女性的柔媚，加上他居然公开反叛学校里残酷的学仆制度，一些同学组织了“恼雪团”欺负他，这可能也加重了他的反叛性格。此外，雪莱一直都很虚弱，神经疾患，发烧，需要用鸦片，这些培养了他的诗人气质。

18岁时，雪莱进入牛津大学，他有“骂自己的父亲和国王的习惯”，被同学称作“疯子雪莱”和“不信神的雪莱”。为此，在圣诞节他回到家乡时遭到母亲的惩罚：母亲不让女儿们和雪莱有接触，已经定婚的表妹也被解除与雪莱的婚约、嫁给了一位正统的绅士。雪莱准备了毒药和手枪，不过未走上绝路。他回到学校，不久就被学校开除。

于是，父亲停止给他钱，他只得暂时住在伦敦。此时，他妹妹的朋友、16岁的哈丽特·韦斯特布鲁克因家庭压力，请求雪莱的保护，二人出走，在爱丁堡结婚。

1814年10月，雪莱和哈丽特抱着朝圣的心情访问葛德文，见到了葛德文三个女儿中的两个——范妮和珍妮，随后又和他17岁的女儿玛丽成为朋友，玛丽对雪莱产生了爱情。葛德文与哈丽特都表示反对，二人出奔国外，珍妮自愿追随，过了一段穷困潦倒的流浪生活。因为是三人行，所以遭到世俗的诋毁和遗弃。

▼雪莱的葬礼，拜伦记下了当时的情景：在荒凉的海滩上，背靠雄峰，面朝无垠的大海，雪莱葬礼燃烧的柴堆产生了一种震撼的力量……

1815年雪莱的祖父去世，雪莱的父亲每年给他1 000英磅。从这年秋季起，他逐渐进入创作的盛年。1816年三人再到瑞士，初识拜伦，两人住在日内瓦湖畔，驾小艇互访。同年底返回英国后，噩耗接踵而至，首先是哈丽特溺死在伦敦海德公园河中，然后是也爱着雪莱的范妮在孤独中服毒自尽，雪上加霜的是大法官因雪莱“道德有问题”而剥夺了他对一子一女的监护权。

1817年，在与玛丽补办了正式婚礼之后，他们定居于伦敦附近的马洛镇，以乐善好施赢得当地村民的尊敬。因为患肺病，在1818年，雪莱永远离开英国，前往意大利。意大利使人迷醉，雪莱进入不可思议的创作黄金时代，在1819年写下了《解放了的普罗米修斯》、《钦契》、《西风颂》和政治抒情诗《给英格兰人的歌》等名篇。

雪莱和拜伦同往地中海，一起泛舟、骑马、射击、谈诗。雪莱佩服拜伦诗才豪放，拜伦钦佩雪莱纯洁无瑕。

1822年7月8日 ，雪莱驾帆船出海，暴风突起，舟沉而死。10天后发现尸体，年仅29岁。根据当地法律，必须火化，拜伦参加了火化，举行了符合雪莱性格的希腊式“赫克托尔”葬礼，把乳香、酒、盐和油倒在柴火堆上。心脏未受损，与骨灰葬在罗马的新教徒墓地。旁边长眠着夭折的儿子威廉和好友济慈。墓志铭上刻着“波西·比西·雪莱，众心之心”，下面还有莎士比亚的诗句:“他的一切未曾消逝，只经历了一场海的变异，变得更加丰富，更加奇丽”。

《解放了的普罗米修斯》

诗剧《解放了的普罗米修斯》是雪莱的代表作，取材于古希腊罗马神话。普罗米修斯为了拯救人类，从天上偷来智慧之火，众神之王朱比特以怨报德把他锁在鹰鸱难越的高加索悬崖上，并嘱天鹰每日啄他的心。历经3 000年，普罗米修斯仍坚贞不屈，深信朱比特的末日终将来到。后来朱比特果然被打入地狱，普罗米修斯也被大力士赫拉克勒斯从悬崖上解放下来，整个宇宙光明一片，人类万物幸福欢庆。

雪莱在诗歌中表达了反对专制暴政，歌颂反抗斗争，展望自由幸福社会的政治理想。诗歌热情描绘了暴君垮台、人民解放后的幸福世界图景：“人类从此不再有皇权统治，无拘无束，自由自在，人类从此一律平等。”诗人预言的美好社会，在当时具有鼓舞资产阶级民主力量反对封建势力的积极作用。

▼雪莱的悲剧作品《钦契》的封面

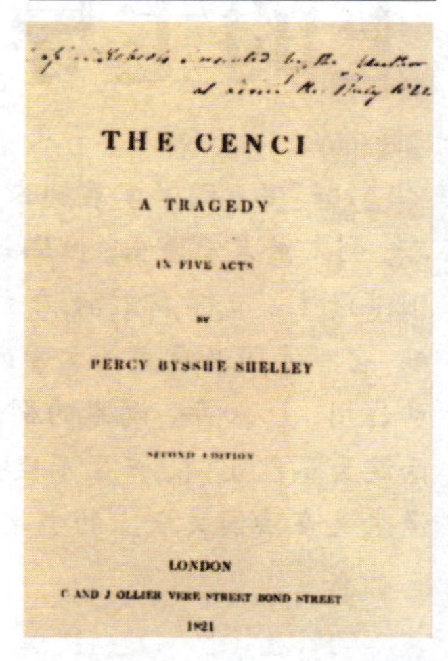

THE CENCI

A TRAGEDY

IN FIVE ACTS

BY

PERCY BYSSHE SHELLEY

SECOND EDITION

LONDON

C AND J OLLIER VERE STREET BOND STREET

1821

▼正在创作《解放了的普罗米修斯》的雪莱

▼普罗米修斯在盗火的途中受伤，休息于山顶，一只鹰嗅到血气飞来，普罗米修斯突然醒来，准备搏斗。

雨果确立了浪漫主义在法国文坛上的主导地位

1827年，雨果发表剧本《克伦威尔》及其序言。剧本虽未能演出，但那篇序言却被认为是法国浪漫主义的宣言，成为文学史上划时代的文献。它对法国浪漫主义文学的发展起了很大的推动作用。1830年，雨果的剧本《欧那尼》在法兰西院大剧院上演，产生了巨大的影响，确立了浪漫主义在法国文坛上的主导地位。

名篇介绍

《悲惨世界》是19世纪法国文学史上最重要的浪漫主义诗人、剧作家和小说家雨果的代表作之一。小说讲述了冉阿让一生的悲惨遭遇。冉阿让只因偷了一块面包而被捕，后因一再越狱而被加刑，共服了19年的苦役。出狱后受狄涅城米里哀主教的感化，决心从善。他来到滨海小城蒙特倚市，化名马德兰，从事首饰制造，成为巨富后，广施仁爱。被任命为市长。他接济女工芳汀和孤女珂赛特。一直在追捕他的沙威因为有感于冉阿让的品格，深受良心谴责，投河自杀。珂赛特与共和主义青年马吕斯相爱，婚后因对冉阿让有误解而疏远了他。但在冉阿让生命垂危之际，他的德行感动了这对夫妇，他俩双双前来探视，见到他们，冉阿让得以安详地离开人世。

《悲惨世界》是一部享誉世界的十分典型的浪漫主义小说，它拓展了雨果作品中多次出现的仁爱至上和人道主义主题，成为对资本主义社会道德、法律进行独特的社会政治批判的杰作。

永远的人道主义者

雨果1802年生于法国南部的贝尚松城。祖父是木匠，父亲是共和国军队的军官，曾被拿破仑的哥哥西班牙王约瑟夫·波拿巴授予将军军衔，是这位国王的亲信重臣。

雨果天资聪慧，9岁就开始写诗。15岁写的《读书乐》受到法兰西学士院的奖励；20岁时因发表诗集的《颂歌与杂诗》，国王路易十八赐给他年金。

雨果发表剧本《克伦威尔》及其序言后接着在1830年，雨果的剧本《欧那尼》在法兰西院大剧院上演，产生了巨大的影响。《欧那尼》写的是16世纪西班牙一个贵族出身的强盗欧那尼反抗国王的故事，雨果赞美了强盗的侠义和高尚，表现了强烈的反封建倾向。

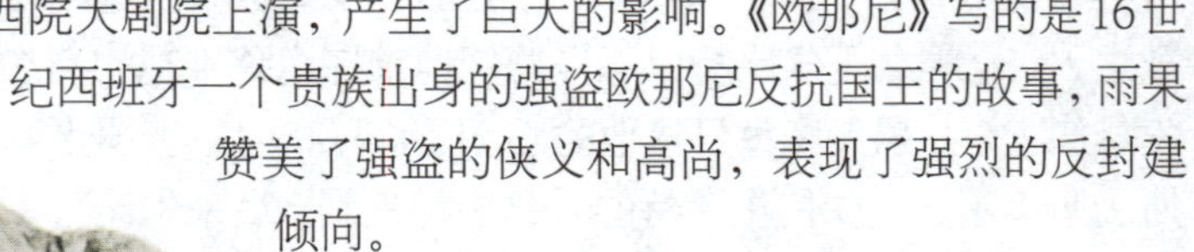

法国发生“七月革命”后，封建复辟王朝被推翻了。雨果热情赞扬革命，歌颂那些革命者，写诗哀悼那些在巷战中牺牲的英雄。

1831年发表的《巴黎圣母院》是雨果最富有浪漫主义小说。小说的情节曲折离

◀放逐者的悬台，这是雨果的儿子夏尔在1853年在泽西岛上为他拍摄的，雨果在镜头中展示了他孤独的同时，也塑造了他的传奇。

奇，紧张生动，变幻莫测，富有戏剧性和传奇色彩。

“七月革命”之后，法国建立了以金融家路易·菲力浦为首的大资产阶级统治的“七月王朝”。“七月王朝”不断对雨果进行拉拢，1841年雨果被选入法兰西学士院，路易·菲力浦封他为法兰西贵族世卿，还当上了贵族院议员。雨果创作中的斗争热情减弱了，期间他只写了一个神秘主义剧本《卫戍官》，上演时被观众喝倒彩，遭到了失败。雨果为此沉默了将近10年没有写作。

“七月王朝”被推翻后，法国成立了共和国。开始雨果对革命并不理解，但当大资产阶级阴谋消灭共和国时，雨果却成了一个坚定的共和主义者。当路易·波拿巴发动政变时，雨果参加了共和党人组织的反政变起义。路易·波拿巴上台后建立了法兰西第二帝国。他实行恐怖政策，对反抗者无情镇压。雨果也遭到迫害，不得不流亡国外。

流亡期间，雨果一直坚持对拿破仑三世的斗争，他写政治讽刺小册子和政治讽刺诗，猛烈抨击拿破仑三世的独裁统治。这时期，他先后发表了长篇小说《悲惨世界》、《海上劳工》和《笑面人》。

《悲惨世界》是雨果的代表作，揭露了资本主义社会的尖锐矛盾和贫富悬殊，描写了下层人民的痛苦命运，提出了当时社会的三个迫切问题：“贫穷使男子潦倒，饥饿使妇女堕落，黑暗使儿童羸弱，”猛烈抨击了资产阶级法律的虚伪。全面反映了19世纪前半期法国的社会政治生活。所以，小说受到全世界人民的欢迎。

▲雨果像

普法战争爆发后，法国在色当兵败，普鲁士军队直逼巴黎。在这国家危亡的紧要关头，雨果在流亡了19年之后回到了祖国。他到处发表演讲，号召法国人民起来抗击德国侵略者，保卫祖国。他还用他的著作和朗诵诗歌得来的报酬买了两门大炮，表现了崇高的爱国精神。

▼法国画家巴阿德为雨果《悲惨世界》作的插画

巴黎公社起义时，雨果并不理解这次革命。但当公社失败后，反动政府疯狂镇压公社社员时，雨果又愤怒谴责反动派的兽行，他呼吁赦免全部公社社员，并在报纸上宣布将自己在比利时首都布鲁塞尔的住宅提供给流亡的社员作避难所。为此，他的家遭到反动暴徒的袭击，他自己险些丧命，但他仍然坚持自己的立场。

CROMWELL

DRAME

VICTOR HUGO.

PARIS

▲雨果的第一部戏剧，韵文剧《克伦威尔》，此作因其序言而闻名。

在他生命的最后10年，雨果仍然创作不辍。完成《凶年集》、

▲本图描绘了“欧那尼事件”的场面

《九三年》、《历代传说》等。

1885年5月22日，雨果与世长辞。灵柩停在凯旋门下一昼夜，群众仍围住不散。巴黎公社的老战士发表宣言，号召社员们参加葬礼。6月1日，政府为雨果举行国葬，送葬者达百万，人们高唱《马赛曲》，把雨果送至先贤祠。

雨果小说创作的里程碑

雨果是法国文学史上伟大的小说家之一。他的小说是资产阶级人道主义的教科书，是浪漫主义精神的集中体现，是将浪漫主义和现实主义进行结合的最初尝试。《巴黎圣母院》是雨果小说创作的里程碑，集中体现了当时浪漫主义者对社会和个人的看法。壮阔、雄伟，熔各种浪漫主义手法为一炉。充满了反封建、反教权和反社会黑暗的浪漫主义战斗精神。

▼巴黎圣母院全景

流浪艺人爱斯美拉尔达是一位美丽动人、心地纯洁的吉卜赛少女。当她在巴黎圣母院前格雷弗广场载歌载舞欢度“愚人节”时，圣母院副主教克洛德对她动了淫心，当即指使他的养子、圣母院畸形敲钟人喀西莫多去劫持少女。少女被正在巡逻的国王卫队长法比救下，她随即爱上了这个轻浮而又负心的军官。

喀西莫多被鞭打示众，口渴如焚，少女出于同情，将水送到他的嘴边。当爱斯美拉尔达与法比幽会时，克洛德扮妖刺伤了法比，并嫁祸于少女。爱斯美拉尔达因此被判绞刑。爱斯美拉尔达宁死也不愿屈从于克洛德的淫威，拒绝了克洛德的以贞操换生存的无耻要挟。

行刑之日，喀西莫多从法场上将少女抢入圣母院楼顶避难，日夜守护着她。当法庭无视圣地避难权决定逮捕少女时，乞丐王国的流浪汉们闻讯攻打圣母院，国王下令镇压。混战之中，克洛德将少女劫出圣母院，再次逼迫她屈从自己的淫欲。遭到拒绝后，克洛德将少女交给了追捕的官兵，眼看着少女被绞死。绝望的喀西莫多认清了克洛德的真面目，将他从楼顶上推下摔死，自己则抱着少女的遗体默默死去。

作品通过法国路易十一时期一个天真少女惨遭封建王朝和教会迫害而死的故事，表达了作者反封建反教会的民主精神和人道主义思想。爱斯美拉尔达是个纯洁善良、宽厚正直的吉卜赛姑娘，她面对克洛德的淫威宁死不屈，敢于给烈日下遭受皮鞭抽打的喀西莫多送去一坛解渴的泉水。然而，这样一个光彩照人的形象却惨死在中世纪教会的暴虐之下，作家对她的悲惨遭遇寄予了深切的同情。

▼《巴黎圣母院》里的敲钟人喀西莫多

巴黎圣母院的钟楼怪人喀西莫多是作者着力刻画的又一个人物。他虽然貌丑，但内心却无比善良。雨果认为，“仁慈”和“爱情”可以出现奇迹，爱斯美拉尔达的一口清凉泉水，使他第一次感受到人间温暖，从而唤醒了内心深处判别美丑的本能，激起了善行的激情。从此，他不仅能识别爱斯美拉尔达的美，也能判别克洛德的恶，并作出种种非凡的举动。作者借此来歌颂真、善、美。

克洛德是巴黎圣母院副主教，他虚伪、阴险、歹毒，企图占有爱斯美拉尔达，而当目的不能达到时，便煽动宗教狂热，诬陷她是女巫，最后把她送上绞架。他是恶的代表。然而，作者没有对他作简单处理。克洛德并不是天生的恶人。早年也是一个聪明可爱、充满幻想的孩子，但在宗教统治一切的年代里，他只得在“弥撒书和辞典中长大”。他也有过爱心，收养过弟弟和被遗弃的喀西莫多，但教规逐渐使他的人性异化。吉卜赛女郎的出现，使他的“信仰生存”出现了危机。尽管他认为这是魔鬼作怪，会将他带入地狱，但他仍然无法抗拒这一诱惑。这说明，人文主义的春风不仅唤醒了广大市民争取爱情幸福的意识，同时也动摇了宗教圣职人员禁欲主义的“铜墙铁壁”，“人性”开始冲击“神性”。但是，在宗教毒汁里浸泡太久的克洛德，无法像正常人那样爱一个女子，一旦目的不能达到，妒忌便有可能变为可怕的迫害，加上副主教的地位和权力，惨剧更加无法避免。雨果是通过这个性格矛盾的形象更深刻地表达了主题。

▲18世纪的墨水瓶架

总之，维克多·雨果是法国浪漫主义学运动的领袖，是法国文学史上最伟大的作家之一。他的一生几乎跨越整个19世纪，他的文学生涯达60年之久，创作力经久不衰。他的浪漫主义小说精彩动人，雄浑有力，对读者具有永久的魅力。

普希金开创了俄国文学的新时代

在俄国，随着1812年反拿破仑侵略战争的胜利和1825年十二月党人的起义而出现了浪漫主义文学。俄国浪漫主义文学以诗歌为主，富有强烈的战斗精神，向往自由和民主。由于艺术上的成功，为俄国文学的繁荣打下了基础。茹科夫斯基对俄国浪漫主义的形成起了重要作用，被誉为第一位俄国抒情诗人。别林斯基认为“没有茹科夫斯基，我们就没有普希金”。普希金是俄国浪漫主义文学的代表，后期则转向现实主义。他被称为“俄罗斯诗歌的太阳”。按照屠格涅夫的说法，他不但创造了俄罗斯语言，还创造了俄罗斯文学，而这两项重大的工作在其它民族需要几代人用几百年甚至更多的时间才能够完成。他不但是俄罗斯浪漫主义的杰出代表，同时又是俄罗斯现实主义的奠基人。

◀普希金像

俄国文学之父

普希金出生于莫斯科一个古老的贵族家庭。双亲赋闲，伯父是名著名诗人，父母也爱好文学，家里沙龙经常高朋满座。在家庭教师的照料下，普希金自幼熟读古典著作，7岁开始写诗。到12岁，进入彼得堡专为贵族子弟开办的高级法政学校。这里号称“自由的摇篮”，他受到法国资产阶级启蒙思想的影响。卫国战争爆发后，他结识了一些驻扎在学校的进步军官，从而了解到许多政治新闻，读了不少查禁的文学作品，大大拓宽了他的政治视野。此时他正式开始了诗歌创作，还在“十二月党人”的秘密集会上朗读自己的诗作。

从学校毕业后，普希金以9品文官官衔在外交部任职，同时积极参加文学和社交活动。1820年，普希金完成了叙事长诗《鲁斯兰与柳德米拉》，根据民间传说改编。脱稿的当天，老诗人茹科夫斯基把自己的画像赠给普希金，上写：“失败的老师赠与成功的学生。”他在文坛上锋芒毕露，特别是那些“自由诗歌”的影响与日俱增，沙皇当局对此极为恐慌，沙皇亚历山大一世说：“普希金弄得俄国到处都是煽动性的诗歌，所有青年都争相传诵，应该把他流放到西伯利亚去。”不久，普希金被流放西伯利亚，但由于茹科夫斯基等著名诗人的奔

名篇介绍

《高加索俘虏》讲的是一个贵族青年看透了人生和社会，渴望自由，离开文明社会，愿到大自然中去过无拘无束的生活。但在去高加索途中被契尔克斯山民俘虏，一个少女爱上了他，但未能从他那颗已经冷却了的心中得到回响，少女私自释放了俘虏，自己投江殉情，俘虏仅仅回头看了看江水的波涛便转身而去。主人公那种向往自由又心灰意冷的精神气质，反映了一代人的心理特征，是多余人的先祖。代表作《茨冈》是诗人过渡到现实主义以前最后一部浪漫主义的叙事诗，对茨冈人生活的描写，为俄国贵族寻出路的主题。

走，才以调任名义改为流放南方。在赴任途中他患病，恰遇卫国战争英雄、老将军拉耶夫斯基一家，便随同他们转赴高加索和克里米亚等地休养。

难忘的4个月的旅行结束后，普希金到了任上。长官宽厚慈祥，派他去考察风土民情。于是，他一方面与“十二月党人”的南社频繁接触。另一方面领略了绮丽的克里米亚风光。雄伟的高加索群山、浩翰的海洋、峻峭的克里米亚海岸、广阔的草原，无不给了他新的灵感，使他写出了一组叙事诗:《高加索俘虏》、《强盗兄弟》、《茨冈》等，都具有积极的、叛逆的浪漫主义色彩。

名篇介绍

《上尉的女儿》取材于18世纪的普加乔夫起义。贵族青年格里尼奥夫在一场暴风雪中偶遇普加乔夫，并送给普加乔夫一件兔皮袄御寒。后来格里尼奥夫在服役时爱上了要塞司令库兹米奇的女儿玛丽娅，这导致了他与施瓦勃林的决斗。不久，要塞被普加乔夫的起义军攻陷，司令夫妇被处死，格里尼奥夫和玛丽娅也被捕，普加乔夫因念旧情，释放了格里尼奥夫，并成全了他和玛丽娅的婚姻。最后起义失败，普加乔夫被处死。

1823年，普希金被调到敖德萨，在南俄总督手下，因为迷恋上总督夫人，引起总督憎恨。沙皇将普希金革职，转而将他流放到他父亲的领地米哈依洛夫村，过了两年被幽禁的生活。

“十二月党人”起义失败后不久，新继位的沙皇尼古拉一世为了收买人心而把普希金招回，但普希金并没有被收买，他向沙皇表示：“我会站在叛乱者的行列里”。“十二月党人”就义一周年时，他写了《阿里昂》表示与“十二月党人”共命运。

1828年，诗人在舞会上遇到绝代佳人娜塔丽亚·冈察洛娃，对方刚16岁，诗人一见钟情，马上求婚，次年被接受，二人订了婚，父亲送他一个领地。普希金为了办理财产过户手续而来到父亲的领地波尔金诺，因为瘟疫流行，只好住了3个月，这是灵感爆发的3个月，文学史上称为“波尔金诺之秋”，他完成了《叶甫盖尼·奥涅金》，四个小悲剧，写了一些短篇小说《别尔金小说集》和许多抒情诗。《驿站长》开了俄国文学的“小人物”题材的先河。

普希金从波尔金诺回到莫斯科不久，和19岁的娜塔丽亚·冈察洛娃结婚。娜塔丽亚迷恋上流社会、宫廷舞会，二人迁居彼得堡。不久，在皇村花园里散步时偶遇沙皇，尼古拉一世也垂涎于娜塔丽亚，为了能经常看到娜塔丽亚，而于1833年赐给普希金一个通常给予贵族少年的宫廷近侍的头衔，普希金感到屈辱，又不得不在宫廷供职。不久，沙皇追求诗人的妻子已经成为社交界公开的新闻。

于是，诗人转向创作，写了反映破落贵族带领农民起义的长篇小说《杜布罗夫斯基》。参加暴动的贵族形象深深吸引着普希金，为了了解普加乔夫起义的历史，1833年，他到民间采访，又

◀莫斯科普希金纪念碑

▲1815年1月8日公开学术演讲会上的普希金

去了波尔金诺，在那里又完成了叙事诗《青铜骑士》、小说《黑桃皇后》等重要作品。小说《黑桃皇后》在俄国文学史上是第一个批判资本主义金钱骑士的作品。1836年完成的《上尉的女儿》描写了18世纪70年代的普加乔夫起义，揭示了农民起义的原因。塑造了普加乔夫的形象：热爱自由、宁死不屈的英雄。

1836年普希金还创办了《现代人》，发表总结自己创作的著名短诗《纪念碑》。

由于普希金的进步思想威胁着沙皇的统治，引起彼得堡统治集团的不满，他们终于使用阴谋手段，借法国公使馆的丹特士男爵调戏娜塔丽亚之机，挑起二人的决斗。1837年1月27日，普希金瞒着妻子去与丹特士决斗，在决斗中身负重伤，被抬回家时还对妻子说："我多么幸福啊，我还活着，你就在我身边。你放心吧，你没有过错，一切都会好的。"两天后逝世。

俄罗斯生活的百科全书

《叶甫盖尼·奥涅金》是普希金的代表作。这部诗体小说广阔地反映了19世纪20年代俄国的社会生活，真实地表现了那一时代俄国青年的苦闷、探求和觉醒，提出了许多重要的社会问题，因此别林斯基把它称为"俄罗斯生活的百科全书和最富人民性的作品。"

贵族青年奥涅金早已厌倦了彼得堡上流社会的浮华生活，为了继承遗产，来到了伯父的乡间庄园。通过朋友连斯基介绍，奥涅金结识了地主拉林一家。奥涅金豪放不羁的性格，超凡脱俗的风度，强烈地吸引着拉林的长女达吉雅娜。热情纯真的少女向奥涅金倾吐了爱慕之情，然而正在探求一种新的生活道路的奥涅金不愿以对妻儿的义务约束自己，拒绝了她的爱。

一次，应连斯基邀请，奥涅金参加了达吉雅娜命名的晚会。但当他不得不与他素来厌恶的邻村地主同席，当他看到达吉雅娜因他的出现而举止慌乱，失魂落魄时，他又深悔自己的到来。一种被愚弄的感觉促使他对连斯基报复。他故意向连斯基的未婚妻大献殷勤。

被激怒了的连斯基提出决斗，结果饮弹身亡。奥涅金悔恨不已，开始了长达3年的漫游。

当他再度回到彼得堡时，达吉雅娜已成了一位雍容华贵、仪态万方的贵夫人。一种仰慕、追悔的感情促使奥涅金狂热地追求她。达吉雅娜伤心、痛苦，泪流满面，但还是拒绝了奥涅金的追求。

作品的中心主人公是贵族青年奥涅金。奥涅金有过和一般的贵族青年相似的奢靡的生活道路，但是当时的时代气氛和进步的启蒙思想、亚当·斯密的《国富论》和卢梭的《社会契约论》、拜伦颂扬自由和个性解放的诗歌，都对他产生了影响，使他对现实的态度发生了变化。他开始厌倦上流社会空虚无聊的生活，抱着对新的生活的渴望来到乡村，并试图从事农事改革。但是，华而不实的贵族教育没有给予他任何实际工作的能力，好逸恶劳的恶习又在他身上打下了深深的烙印，加之周围地主的非难和反对，奥涅金到头来仍处于无所事事、苦闷和彷徨的境地，染上了典型的时代病——忧郁症。

奥涅金与达吉雅娜和连斯基的关系，进一步显示了主人公身上的深刻矛盾。如果说奥涅金误解和拒绝达吉雅娜对他的真挚的感情还多少带有不满上流社会庸俗习气的因素的话，那么他为了维护个人的虚荣而轻率地与连斯基进行的决斗则暴露了唯我主义的灵魂。奥涅金后来对已成为贵夫人的达吉雅娜的追求虽不乏真情，但其中更多的已是贵族子弟的虚荣。作品留给奥涅金的依然是迷惘的前程和一事无成的悲哀。

作者在奥涅金身上准确地概括了当时一部分受到进步思想影响但最终又未能跳出其狭小圈子的贵族青年的思想面貌和悲剧命运，从而成功地塑造出了俄国文学中的第一个“多余人”形象。

普希金是19世纪气势恢弘的俄罗斯文学的源头。他以自己的诗歌、小说和戏剧开创了俄国文学的新时代，因而被称为“俄国文学之父”。

▼俄国贵族在19世纪日益欧洲化，这幅画表现了1830年知识分子们在圣彼得堡沙龙品茶的情景。

第七章

19世纪批判现实主义文学

19世纪30年代，欧洲社会发生了巨大的变革，在资本主义最发达的英、法等国，工业革命使资产阶级政权日益巩固和发展，同时资本主义的弊端也日益暴露，劳资矛盾日益加深，无产阶级开始登上政治舞台。法国里昂工人起义、英国的宪章运动、德国西里西亚织工起义、马克思主义的诞生，都对19世纪中叶及以后的文学产生了影响。在这特殊的历史时期，“理性王国”的破灭，社会矛盾的加深，使得“人们终于不得不用冷静的眼光来看待他们的生活地位，他们的相互关系”。浪漫主义文学已经不能满足时代的要求，代之而起的是真实表现现实生活、深刻揭示社会矛盾的现实主义文学。作家们从理想的天空回到“坚实”的陆地，深入揭露和批判社会的种种矛盾，批判现存秩序。作家从狂想转入冷静，从积极呐喊转为深沉思索。人们希望看到有血有肉的活生生的人。作品中小人物增多，普通人受到关注，决定了欧洲小说越来越贴近现实。同时，欧洲叙事传统为它奠定了基础，客观性、分析性、唯物性增多，主观性引退，总体上是叙事文学。这股文学潮流，由于它对现存秩序的鲜明、强烈的揭露和批判，而被后人称为批判现实主义文学。批判现实主义的发展极不平衡。它于1830年兴起于法国，稍后在英国及其他西欧国家发展起来。俄国的农奴制改革，美国的南北战争，意大利和德国的统一，以及法国的巴黎公社革命，都对文学发展产生了影响。

19世纪欧洲批判现实主义的奠基作品《红与黑》问世

1830年，司汤达的代表作长篇小说《红与黑》问世，它是19世纪欧洲批判现实主义的奠基作品。《红与黑》现在已经被世界公认为文学史上的经典。它是法国批判现实主义的第一部杰出作品。作者被誉为法国以至整个欧洲批判现实主义文学的奠基人之一。

▲司汤达像

司汤达

1783年1月23日，司汤达生于法国格勒诺布勒城的一个资产阶级家庭。他的本名叫马利·亨利·贝尔。他早年丧母，父亲是一个有钱的律师，信仰宗教，思想保守，司汤达在家庭中受到束缚和压抑，从小就憎恶他父亲。

1799年，司汤达以优异的成绩毕业于当地的中心学校，来到巴黎，在军部谋到一个职务。从此，他跟随拿破仑的大军，参加了两种力量、两种制度在整个欧洲的大搏斗。直到1814年，拿破仑垮台、波旁王朝复辟，司汤达被“扫地出门”，不得已离开巴黎，侨居意大利的米兰。

他在米兰期间，读书、旅行、研究意大利的音乐和美术，与从事意大利民族解放战争的烧炭党人有所交往。1815年，他的第一部作品音乐家传记问世，从此开始他的写作生涯。

1821年，意大利的烧炭党人的起义遭到镇压，司汤达被当局视为危险分子，被迫离开米兰回巴黎。在巴黎，他一面写作，一面认真观察复辟时期的社会生活，对自己时代的矛盾有了深刻的认识，终于写出了深刻反映七月革命前的法国社会现实的长篇小说《红与黑》，使他成为19世纪杰出的批判现实主义作家。

1841年底，司汤达去世。墓碑上刻着他生前用意大利文写好的铭言：“米兰人亨利·贝尔长眠于此，他生活过、写作过、恋爱过。”

▼司汤达去世后，在他的遗物中发现了大量的未出版的手稿，其中包括未出版的《吕西安·娄凡》，这是该小说的插图。

批判现实主义文学奠基作

《红与黑》是司汤达的代表作，也是19世纪法国批判现实主义文学奠基作。小说副标题是“1830年纪事”。作者根据1827年《司法公报》上一则情杀案件，有意识地将其发展成为具有鲜明政治色彩和深刻社会内容的作品，展现“19世纪最初30年间压在法国人民头上的历届政府所带来的社会风气”。

主人公于连·索瑞尔是一个锯木厂主的儿子，怀有强烈的向上爬的个人野心，从小就崇拜拿破仑，想靠建立军功而飞黄腾达。但在复辟年代，他的希望不能实现，他看出只有通过教会的道路，才能达到目的。他把一部拉丁文《圣经》背得烂熟，当地神甫很信任他，介绍他到市长德·瑞那家里当家庭教师。不久，因和德·瑞那夫人恋爱，他被迫离开市长家，到神学院学习。后来他去巴黎，当了德·拉·木尔侯爵的秘书，得到侯爵的赏识重用，和侯爵的女儿玛蒂尔德发生恋爱关系，侯爵只好赠给他土地、金钱、贵族封号和军衔。正当他踌躇满志的时候，德·瑞那夫人在教士威逼下写来一封揭发他的信，使侯爵取消了女儿和他的婚约。于连野心未遂，一怒之下用手枪打伤了德·瑞那夫人，因而被捕，最后被判死刑。

阅读版本推荐

《红与黑》，(法) 司汤达著，郝运译，上海译文出版社，2006年版。

《红与黑》，(世界少年文学精选)(法)斯汤达原著，陈婉琪改写，北京出版社，2003年版。

于连代表当时中小资产阶级出身的知识分子右翼，他们和当权的贵族、教会有矛盾的一面，因为封建等级制度是他们想爬到上层地位的障碍；但更主要的是他们和上层妥协的一面。他们和封建统治阶级有千丝万缕的联系，他们根本不要推翻封建制度，只想自己爬到上流社会，满足权势和财富的欲望，和贵族、僧侣一道维护封建制度，统治人民。于连的形象就是这一阶层在法国1830年七月革命前的典型形象。

总之，司汤达是法国19世纪杰出的批判现实主义家，他的著名小说《红与黑》，以其进步的思想倾向，以及对当时社会阶级关系的深刻描写，和对典型性格的出色的刻画，在全世界享有盛名，他被后代的评论家称为“法国现代小说之父”。

▼1830年的法国七月革命是一场资产阶级反对封建复辟的革命，虽然被金融资产阶级掠夺了胜利果实，但这“光荣的三天”加快了封建势力步入坟墓的进程，也鼓舞了文坛有志之士更大的创作热情。七月革命爆发的同一月，司汤达的《红与黑》付梓出版。

巴尔扎克开始创作《人间喜剧》

▲巴尔扎克像

1829年，法国伟大的批判现实主义作家巴尔扎克发表了《朱安党人》，从此揭开了《人间喜剧》的序幕。从1829至1835年，是《人间喜剧》创作的第一阶段。为了创作《朱安党人》，他事先曾实地调查搜集材料，这种一反青年时期的写作路子，符合现实主义的写作要求。随后的创作转向正面描写当时生活和社会风俗，与流行的浪漫主义迥然有别。《欧也妮·葛朗台》和《高老头》的问世标志着巴尔扎克的创作达到成熟阶段。

文坛上的拿破仑

巴尔扎克出生于法国中部图尔城中产者家庭。父亲原是个农民，因善于经营，跻身于资产阶级，曾任文官。巴尔扎克虽然是长子，但很少得到家庭的温暖，出生不久便被送到图尔近郊，由一个宪兵的妻子抚养，几乎被家人遗忘。稍大一些便被送到旺多姆教会学校寄读，过着极其严格的幽禁生活，学习的制度古板而严肃，教师冷漠而残酷，回到家以后得不到父母的宠爱，有的是接连不断的白眼和呵斥。巴尔扎克对母亲先是害怕，后是冷淡，最后发展到憎恨，他说："我从来没有母亲，她实在太可怕了。"

巴尔扎克决意到书籍的王国里去寻找他的乐趣。他说："只有读书才能维持我的头脑活着。"1813年巴尔扎克带着狂欢后的倦怠离开旺多姆教会学校，次年随父母迁往巴黎。在巴黎，巴尔扎克以超人的忍耐力想尽一切办法完成了学业，并顺利进入大学学习法律。在校期间，去律师事务所当文书。这使他认识到巴黎是可怕的魔窟，了解到很多为法律治不了的万恶之事，也看到了资本主义法律的虚伪，为他日后的创作提供了最好的素材。

在巴黎的圣安东郊区，莱特居耶尔街9号5层楼的一间阁楼是巴尔扎克献身文学的起点。1820年《克伦威尔》创作的失败，使他的生计受到了影响，父母也向他发出最后的通牒。为了生存，他决定与"魔鬼"订立契约，"卖文"为生，发表了许多"日常消费"的浪漫小说，这些小说光怪陆离，杂乱无章，粗制滥造，平庸无奇，但发表时用了笔名。

1825年他又异想天开，与一位出版商合作，出版古典作品，谋求利益，结果欠债达万余法郎。为了还债，相继经营印刷厂、铸字厂，结果是债台高筑，沉重的债务令他年轻的梦幻成为永远，但是商人丢失的无非是钱财，作为文学家，获得了无比丰厚的创作素材。这巨额债务像恶梦一样缠绕着巴尔扎

名作介绍

1841年，巴尔扎克制定了一个宏伟的创作计划，决定写137部小说，分风俗研究、哲理研究、分析研究三大部分，总名字叫《人间喜剧》，全面反映19世纪法国的社会生活，写出一部法国的社会风俗史。到巴尔扎克逝世时，《人间喜剧》已完成了91部小说。这些小说中最有名的就是《欧也妮·葛朗台》和《高老头》。

▲这是《欧也妮·葛朗台》的绘画，葛朗台用女儿来作诱饵，诱惑那些求婚者，以便从中渔利。

克，直至1850年他生命的最后一刻。但他并未消沉，在他书房中布置了一座拿破仑的小像，并写下了激励自己一生的座右铭："我要用笔完成他用剑所未能完成的事业。"

1829年3月《朱安党人》的问世，标志着一个伟大的文学家的诞生。他的创作进入了一个全新的时期。这是他以现实主义的手法写作的第一部成功作品。作品无论从结构、表现技巧以及军事细节方面都显示出伟大小说家的才华，为巴尔扎克向现实主义道路的发展奠定了坚实的基础。

此后，1830年到1832年，作为文坛新秀，他接连创作了17个中短篇小说，显示出惊人的创作速度与才华。以后的岁月，佳作迭出，特别是《高老头》、《欧也妮·葛郎台》以及《幻灭》的发表。巴尔扎克以其对现实观察之仔细，对社会本质揭露之深刻，塑造人物形象之生动，艺术手法之高超，使他无可争议地列入世界文学史一流作家之林。

《人间喜剧》的序幕

1834年发表的长篇小说《高老头》，在《人间喜剧》中占有十分重要的地位。《人间喜剧》的许多重要角色，在《高老头》里已经出现，从人物体系来看，《高老头》可以说是《人间喜剧》的序幕。

这部小说叙述复辟王朝时期一个青年大学生在巴黎资产阶级社会影响下，逐步走向腐化堕落的故事，作者抨击资产阶级的极端利己主义和建筑在冷酷无情的现金交易上面的人与人的关系，同时又在超阶级的"父爱"的名义下，转而肯定资产阶级的腐朽寄生的生活原则。

故事发生在颓败、粗俗和寒伧的伏盖公寓。公寓中有三个房客特别惹人注目：怀着寻找个人出路目的的大学生拉斯蒂涅，行迹可疑的议论家伏脱冷以及年迈力衰、神情沮丧的高老头。高老头有两个女儿，大女儿当了伯爵夫人，二女儿嫁给银行家纽沁根。由于表姐鲍赛昂子爵夫人的介绍，拉斯蒂涅认识了高老头的两个女儿，并且特别注意二女儿纽沁根夫人，企图利用她来作为个人飞黄腾达的跳板。但是拉斯蒂涅没有钱，无法博得巴黎贵族妇女的青睐。伏脱冷猜透了他的心事，便向他宣扬要成功就不能怕弄脏手的谬论，并为他策划谋财害命的阴谋。伏脱冷原来是一个著名的苦役逃犯，他终因案破被捕。不久，鲍赛昂夫人又因为情场失意而遁世。但这两个引路人的遭遇，对拉斯蒂涅来说，都是新的人生一课，他决心接受资产阶级利已主义和金钱至上的法则。同时，高老头的命运也对拉斯蒂涅发生了重要的作用。高老头一生疼爱他的两个女儿。为了满足她们的虚荣心和金钱欲，他牺牲了全部家私，结果却被她们遗弃，在贫困和疾病中死去。高老头这种悲惨的结局，使拉斯蒂涅再一次受到了资产阶级自私自利的生活教育，促使他最终地决定他的道路：决心用一切卑鄙手段向上爬，在资产阶级世界里当一名“英雄好汉”。

名作介绍

《欧也妮·葛朗台》主要写一个贪婪、吝啬的老头如何毁掉自己女儿一生幸福。老葛朗台原来是个木匠，在大革命期间，他靠着脑子灵活，善于投机钻营发了大财。他不择手段地攫取金钱，成了百万富翁。他虽然有钱，却从不舍得花，家里过着穷酸的日子，甚至连自家的楼梯坏了也不修一修。他把自己的女儿当作鱼饵，诱惑那些向女儿求婚的人自己好从中渔利。他的女儿欧也妮象只洁白的羔羊一样纯洁，她爱上了自己的堂兄弟查理，老葛朗台却将查理从家里赶走，还把欧也妮关在阁楼上惩罚她，每天只让她喝冷水，吃劣质面包，冬天也不生火。后来，老头死了。给女儿留下1 800万法郎的遗产，可女儿已失去了青春、爱情和幸福。

拉斯蒂涅伶俐狡猾，头脑冷静；在邪恶的诱惑面前，他并不是毫无顾虑的，有时甚至也为自己的荒唐行为感到羞愧，可是他每次内心斗争的结果，总是邪恶占上风。为了添制一套漂亮衣服，他写信给母亲和妹妹告急；回信来了，他感动得流泪，责备自己不该这样狠心利用至亲骨肉的感情，他很想不拿这笔钱，但是转眼之间，想到能够穿上新衣出入交际场中，他又得意非凡，觉得整个世界已经是他的了。伏脱冷向他建议谋害维多利小姐的哥哥，使她成为唯一继承人，如果他和她结婚，他就可以弄到100万陪嫁。他虽说

◀巴尔扎克笔下的人物高老头，一个非常疼爱自己两个女儿的人，他极力满足女儿们的奢侈欲望，还把大半的财产分给她们作为陪嫁，自己却住进了伏盖公寓。但是，两个女儿信奉的是资产阶级的道德原则，攀附权贵和获取金钱是她们的人生哲学。所以，一旦高老头的钱像“柠檬被榨干了”，他就被抛在街上，她们对自己的父亲也是连瞧都不愿瞧一眼。虽然高老头在临死前意识到：“钱能买到一切，买到女儿。”但已悔之晚矣。

拒绝了这个罪恶的计划，但并没有停止对维多利小姐谈情说爱的勾当：只要罪恶的行为不是出于自己之手，也未尝不可以享受罪恶的果实。他在觉察到高老头的悲剧以后，便成为伏盖公寓中唯一同情高老头的人，他护理高老头的疾病，央求高老头的两个女儿来给父亲送终，他典当自己的表来给高老头办理后事，他差不多是唯一参加高老头的葬仪的人。但是，向上爬的野心还是在他身上占了上风，他在安葬高老头以后，就上纽沁根夫人家里吃晚饭去了。拉斯蒂涅从外省到巴黎，不是非走邪路不可，但他在巴黎社会环境的影响下，逐步腐化堕落。后来当他在《纽沁根银行》中重新出现时，他是个搞银行假倒闭的帮手；在《不自知的喜剧演员》中，他已经获得爵位，当上部长了。

▲本图描绘当时贵族举办沙龙的情景，巴尔扎克在《人间喜剧》中描绘了许多类似的情景。

高老头是资产阶级革命时期靠投机倒把大发横财的面条商人，他原想爬得更高，但是在金融势力统治日益强大的情况下，他的幻想不能实现，因而他在妻子死后，就把全部希望和感情转移到两个女儿身上。两个女儿15岁时便有自备马车，生活非常奢华，像一个有钱的老爵爷所养的情妇，只要一开口，最荒唐的欲望也会得到满足。后来高老头为了给这两个嫁给名门贵族的女儿挣面子，结束了他的面条生意。当他知道两个女婿不愿意公开接待他，他竟像乞丐一样，从旁门偷偷地去探望女儿，或者守候在马路旁，窥伺女儿乘坐华丽的马车走过去。他是伏盖公寓里大家取笑的对象，能够从拉斯蒂涅那里打听到两个女儿寻欢作乐的情况，是他的无上的快乐，而拉斯蒂涅也就因此成为他推心置腹的朋友。至于他的两个女儿，她们只有在被债主逼得无路可走的时候才跑来找他，而他总是千方百计地满足她们的需要，为的是有机会看她们一眼。他病重垂危时渴望看看自己的女儿，可是她们都不肯为了给父亲送终而牺牲一次参加舞会的机会。

▼巴尔扎克

高老头临终时，在他的嚎叫和诅咒中，夹杂着对两个女儿的凄惨的呼号。他甚至曾经发狠要再去做面食生意，赚它几百万回来，因为钱可以买到一切，也可以买到女儿。当他看出自己已经完全被女儿抛弃时，他不由得叫喊起来，他要去抗议：如果做父亲的给踩在脚底下，国家不就要亡了吗?高老头的殡葬，仅仅由于拉斯蒂涅及其朋友青年医科学生皮安训四处奔走，才得以草草了事。两个女儿和女婿都没有参加送葬，却派了他们有爵徽的空车，跟着灵车一直送到公墓。

巴尔扎克是19世纪法国伟大的批判现实主义作家，欧洲批判现实主义文学的奠基人和杰出代表。100多年来，他的作品传遍了全世界，对世界文学的发展和人类进步产生了巨大的影响。

福楼拜发表了最完美的小说《包法利夫人》

1856年4月，语言艺术大师福楼拜的《包法利夫人》问世，引起了轩然大波。许多人对号入座，批评福楼拜这部书“破坏社会道德和宗教”，他还被法院传了去：原来是有人告他“有伤风化”。这时许多读者纷纷向福楼拜表示同情和支持，甚至连一向反对他的浪漫主义作家也为他辩护。法庭上，经过一番激烈的辩论，作家被宣告无罪——由此可见《包法利夫人》的影响。因为这部作品给福楼拜带来了很大的麻烦，他十分泄气，于是转向古代题材的写作。

▲福楼拜像

语言艺术大师

福楼拜，一个独身主义者，一个冷漠的悲观主义者。他憎恨人间的丑恶，逃避尘世的喧嚣，悄然隐居乡间，藏身于艺术的象牙塔中，寻寻觅觅，度过了孤独而寂寞的一生。他的小说在对生活做现实主义的无情解剖与批判时，并不描绘令人振奋的理想的光环，主人公几乎都是难以自救的失败者。

▼1869年福楼拜的作品《情感教育》的插画

1821年福楼拜出生于法国塞纳河畔的名城卢昂。其家族在乡间世代行医，家境并不富裕，医道也并不高明。但到父亲这辈，彻底改换门庭。父亲才智出众，就读于巴黎医学院，获得博士学位，学成后回卢昂行医，技术高超的外科医生，任市立医院院长30年，谢世时全城停业为他送葬。母亲是诺曼底名门望族的后裔，其父亲也是一名医生。福楼拜还有一个哥哥、一个妹妹。按风俗，哥哥去学医，好继承父亲衣钵。父亲让福楼拜去学法律。医院的环境培养了他与宗教格格不入的思想，也培养了他的悲观厌世情绪，还培养了他的冷静的分析解剖意识。

福楼拜自幼喜欢文学，大量阅读名著，中学时就办了一种手抄本的杂志。中学毕业后他去巴黎攻读法律，但他把大量时间花在阅读文学作品和结交文人学士。不久因癫痫病发作，不得不返乡治疗，从此因祸得福，永远告别了法律。这种脑病使人的思维异常敏锐。

父亲过世后，福楼拜接受了不少遗产，同母亲以及外甥女一道住在卢昂市郊的克鲁瓦塞别墅，终身未娶，与母亲相依为命，稳定生活，直至去世。

福楼拜一生交友不广，不喜欢社交，而且很少外出旅游，除了为了创作的需要去收集素材。他在青年时期与作家杜冈、诗人布耶结下深厚的友谊，一有新作，总是先念给他们听。这二人虽然本身是成就不大的作家，但却有很好的艺术鉴赏力和判断力，能够直言不讳地提出比较中肯的意见，对福楼拜在创作上由浪漫主义转向现实主义起了不可忽视的作用。同他关系不错的还有乔治·桑、左拉、莫泊桑等。尤其是对莫泊桑的教导，是文坛佳话。

1846年7月，福楼拜在巴黎结识了女诗人路易丝·高莱，她不久就成了福楼拜的密友和情妇。友情持续了10年，留下大量信札，是研究他的创作思想的第一手资料。高莱两次向他求婚，可能是他的俄狄浦斯情节作怪，他拒绝了。

1880年因中风去世，终年59岁。

一部“最完美的小说”

长篇小说《包法利夫人》是福楼拜的代表作。作者以简洁而细腻的文笔，通过一个富有激情的妇女爱玛的经历，再现了19世纪中期法国的社会生活。《包法利夫人》的艺术形式使它成为近代小说的一个新转机。从《包法利夫人》问世以后，小说家知道即使是小说，也要精雕细琢。这不仅是一部模范小说，也是一篇模范散文。

小说的情节是这样的：夏尔·包法利从小就是那么的怯懦、迟钝，

▼《包法利夫人》的绘画

阅读版本推荐

《包法利夫人》，（法）福楼拜著，许渊冲译，译林出版社 1992 年版。

他是个容貌一般，见解庸俗，谈吐平板，安分守己，激不起笑或梦想的人。一个偶然的机会，他医治好了卢欧老爹，也结识了他的独生女儿爱玛。包法利医生妻子死后，他很快就娶了爱玛。

婚后包法利感到了人生的快乐，每天他都心满意足，吃着葱烧牛肉，啃掉一只苹果，喝光他的水晶瓶的酒，然后上床，身子一挺，打起鼾来了。

爱玛本是个生性热烈、耽于幻想的女子，但是她早年就被送进了修道院。她在修道院里接受的是违反天性的禁欲主义教育，这反而激起了她的变态的情欲心理。她偷偷地阅读传奇小说和浪漫作品，从中得到幻想的满足。平时，她唱的是宗教歌曲，可满脑子想的却是身披斗篷、骑着高头大马的翩翩少年；念的是祈祷文，梦寐以求的却是才子佳人的爱情奇遇。婚后的爱玛时常闷闷不乐了。她想象中的爱情所应带来的欢乐却没有得到。包法利的言行像人行道一样平板，他和爱玛心目中的骑士完全不沾边。

正当爱玛苦闷不满的时候，昂代尔维利侯爵邀请包法利夫妇去参加舞会。这次舞会是爱玛生活道路上的一个转折点。舞会在侯爵府邸举行。爱玛对侯爵家豪华的气派、高雅的客人以及珠光宝气的舞会场面入迷了。她怀着羡慕的心情看着那些装扮入时的贵妇人，幻想着自己也能过上那样的生活——而这时一个潇洒的子爵邀请她跳舞，爱玛觉得幸福极了。她一直跳到早上才恋恋不舍地离开了舞会。在回家的路上，她看见一个舞伴有意无意留下的雪茄盒，又引起了对舞伴的怀念。回到家里，爱玛竭力挣扎着不睡，只是为了让舞会的感觉能在自己头脑中多停留一会儿。

▼《包法利夫人》的插图

舞会之行在她的生活上凿了一个洞眼，如同山上那些大裂缝，一阵狂风暴雨，只一夜工夫就完全变了模样。从此，爱玛由追求中世纪的爱情一变而向往腐化堕落、虚假庸俗的巴黎式的爱情了。同时，像刀子样的脾气越来越坏，对丈夫更加厌烦了。她一个劲儿地怪当地的气候不好，强烈要求搬到别处去住。

他们搬到了市镇，爱玛一家结

识了见习生莱昂。爱玛与莱昂谈得非常投机，莱昂对爱玛表露了好感，但因为年轻未免在行动上显得畏缩；爱玛也爱上了莱昂，同样也不敢越轨。爱玛为了能摆脱这种烦恼，开始关心家务，并按时上教堂忏悔，但神甫漠不关心的态度使她的心情更加烦躁。而莱昂为了摆脱痛苦，离开小镇到巴黎上学去了。两人分手时，尽量压抑着悲哀的心情。

▲福楼拜像

市镇生活使爱玛更加追求物质上的享受，时装商人勒内不断给她送来各式各样的新潮时装，还慷慨借钱给爱玛。地主罗道夫觊觎爱玛的美色，不断前来献殷勤。爱玛越来越过不惯索然寡味的家庭生活，越来越看不惯刻板的丈夫，终于有一天投入了罗道夫的怀抱。

但是罗道夫对爱玛只是逢场作戏，当然不会答应带爱玛远走高飞的要求。爱玛的加倍热情换来的是罗道夫的冷淡。他又试图努力去爱丈夫和孩子，热心支持丈夫的事业。但在丈夫动手术割治跷脚几乎断送人命的事件后，她对丈夫完全绝望了，重新投入情人的怀抱，残存的一点妇德彻底崩溃了。她要求罗道夫带她私奔，但罗道夫悄悄地弃她而去。爱玛大病了一场。

在朋友的建议下，她来到卢昂，一次看戏时，由意外地碰上了莱昂先生。几次幽会之后，爱玛又与他构筑他们的“爱情”去了。此事被勒内发现，他便上门催账，爱玛瞒着丈夫变卖家产，签订了一系列的期票、借契。爱情正在慢慢消退，但新的希望又屡次把失望情绪掩盖住。

由于勒内的期票到期而无法付款，她收到了一张“拒付谴责书”。欠款的数额太大了，法院毫不留情地限令她 24 小时内偿还 8 000 法郎，否则没收全部家产。

她再也借不到钱了。莱昂说了声“再见”就不知去向。罗道夫除了企图再次占有她外，只镇静地反复说：“我没有钱！”她跑进了药房，抓了几把砒霜吞在肚里，就像一个人完成了一项任务似地感到十分畅快。

包法利不愿把他毕生信服的忠诚的妻子的任何家具卖掉。但有一天，他偶然发现了罗道夫写给爱玛的所有信件和照片。第二天，包法利也死了。

福楼拜的出现是具有划时代意义的，其《包法利夫人》被认为是“新艺术的法典”，一部“最完美的小说”，“在文坛产生了革命性的后果”。波德莱尔、圣伯父、左拉等人纷纷给予这部作品极高的评价。由于这部作品的问世，福楼拜在一夜之间成为足可与巴尔扎克、司汤达比肩的小说大师，举世公认的杰出的文学家。他曾是莫泊桑文学上和精神上的导师，也是世界上许多国家的同行们公认的语言艺术大师。

萨克雷开始创作《名利场》

1847年，萨克雷开始创作长篇连载小说《名利场》，小说发表后立即引起轰动，被认为是英国文学的一个里程碑，是他生平著作里最经得起时间考验的杰作，奠定了他在文学史上的地位。《名利场》是萨克雷的成名作品，也是他生平著作里最经得起时间考验的杰作，在英国现实主义小说的发展史上开辟了新的天地。

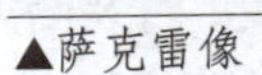
▲萨克雷像

萨克雷

萨克雷是英国19世纪杰出的批判现实主义小说家，1811年7月18日出生在印度加尔各答附近的阿里帕小镇，父亲是英国东印度公司的税收员兼行政官，家境富裕。4岁时父亲去世，母亲改嫁，他继承了父亲的一笔相当丰厚的遗产。6岁时被送回英国读书，11岁入查特豪斯私立学校，从该校毕业后进入剑桥大学三一学院。但他对当时的学校教育不感兴趣，在剑桥未得学位就中途离校去德国的魏玛游学，并结识了大学者歌德等名流。后来，他听从家人建议，回到伦敦学习法律，但因兴趣不浓又放弃了律师职业。他主办《国旗》周刊，并前往巴黎专攻美术，后又半途而废。1836年，他出任伦敦《立宪报》驻巴黎的记者。不久，《立宪报》停刊，他又回国，立志以写作为生，为报刊撰稿，并与爱尔兰一位陆军上校的女儿结婚。婚后生下3个女儿，4年后妻子患病，从此精神失常直至去世。

▼萨克雷的小说《名利场》的插图

萨克雷自1833年起在报纸杂志上发表了很多文章，用了不少笔名，也出了好几本集子，颇得好评，但直到长篇小说《名利场》问世，他才被公认是一位天才小说家。为了保障病妻弱女的生活，他发愤写作，自绘插图，作品接二连三地发表，同时还在英国各地和美国演说、讲学。1857年，他在牛津选区竞选下议院议员失败。1859年他担任新创刊的《康希尔杂志》的第一任主编。最后，他终于积劳成疾，于1863年圣诞节前夕因心脏病发作在伦敦去世。

萨克雷是处于发展阶段的英国工业资本主义社会的严峻法官。其作品对英国社会的种种势利风尚、投机冒险和金钱关系进行了极深刻的揭露。他著有多部小说、诗歌、散文、小品，以特写集《势利人脸谱》和代表作长篇小说《名利场》最为有名。

阅读版本推荐

《名利场》，（英）萨克雷著，杨必译，人民文学出版社，2000年版。

《名利场》（彩色插图本），（英）萨克雷著，彭长江译，国际文化出版公司，2006年版。

《名利场》

长篇小说《名利场》是萨克雷的成名作和代表作。《名利场》通过主要人物的遭遇和各式各样势利者的事迹，揭发了英国社会中的金钱统治和门第的权势。小说的副标题是《没有正面主人公的小说》。女主人公蓓基·夏泼出身贫寒，父母双亡，在学校中遭受歧视，感到忿懑不平，离校后便开始投机、冒险的生活。她认为她没有条件成为一个“有品德”的女人，她靠自己的美貌，利用一切手段，力图在上流社会里取得一个稳固的地位。她虽然费尽心机，但上流社会始终门禁森严，她的出身和贫寒阻碍她获得成功。作者借此来批判社会上的种种丑行，但也以欣赏态度描写了她那不择手段的个人奋斗，并把责任归于社会，为她开脱。这部作品的主要成就在于塑造了一个小资产阶级冒险家的典型，并通过蓓基的遭遇，揭露了封建贵族和资产阶级社会中的利害关系和腐朽堕落的风尚。小说着重剖析主要人物的阴暗的心理活动，善于运用冷嘲热讽的笔调。书中穿插着许多与情节无关的议论。萨克雷因《名利场》叱咤文坛，与狄更斯齐名。

萨克雷是英国19世纪著名的批判现实主义作家，历来被认为是与狄更斯齐名的英国小说家。他的叙述方式、讽刺的洞察力以及对动机的分析，开拓了维多利亚末期及后维多利亚时代作家的写作范围和方法，其风格影响了艾略特、梅雷迪斯、霍桑和豪威尔斯等著名作家的创作。

◀萨克雷喜剧作品中的一幅插图

西方女性文学的迅速崛起

19 世纪是真正意义上的西方女性文学产生的时期。从某种意义上说，这是一个女性想象力得以驰骋的黄金时代。需要指出的是，这也是西方历史上一个重要的文化转型时期。在这个世纪里不仅妇女生活状况有了前所未有的变化，女性文学传统也得到前所未有的加强。妇女已经相继取得了选举权、财产权、离婚后孩子的监护权，她们可以接受高等教育，从事医生、护士、律师、记者等职业，组织贸易会，创办企业，写作畅销书。妇女取得的多种成就显耀在世人面前，以至于到19 世纪末，所谓的“妇女问题”成了思想家们讨论的主要议题。就女性文学而言，作家人数剧增，涌现了一批才华出众、卓尔不群的女作家和许多经典作品。被伍尔夫称为英国最伟大的四位女作家简·奥斯丁、夏洛蒂·勃朗特、艾米莉·勃朗特和乔治·艾略特都生活在19 世纪。

勃朗特三姐妹

勃朗特三姐妹是英国家喻户晓的作家：夏洛蒂·勃朗特在《简爱》中对女性独立性格的叙述、艾米莉·勃朗特在《呼啸山庄》中对极端爱情和人格的描写、安妮·勃朗特在《安格妮斯·格雷》中让人印象深刻的寂寞情绪，令人回味无穷。

她们出生在英国北部约克郡的穷牧师家庭，幼年时母亲因肺癌去世，生活十分凄苦，夏洛蒂是老三，上面还有两个姐姐，老四是唯一的儿子勃兰威尔，艾米莉和安妮是老五、老六。生活的艰难，家庭的重担，使父亲变得日益暴躁。哈沃斯村地处山区，远离尘世，她们几乎

▼勃朗特三姐妹生活和写作的地方——牧师公馆，摄于1956 年。

◀勃兰威尔为勃朗特三姐妹所画的肖像，由左到右依次为夏洛蒂·勃朗特、艾米莉·勃朗特、安妮·勃朗特。

与外界隔绝。

1825年，姐妹们在临近的一所慈善学校读书时，流行斑疹伤寒，两个姐姐去世。她们开始领略命运的残酷。剑桥大学毕业的父亲早年在爱尔兰办过学校，懂得如何启迪孩子们的智慧，他教四个孩子读书、绘画、弹琴、唱歌。孩子们最喜欢的还是写作。哈沃斯的旷野高地赋予孩子们无穷的遐想，她们读了许多有趣的书，以丰富的想象力编出许多迷人离奇的故事和小剧。幼年的夏洛蒂已经创作出22本线装的作品。

1831年，15岁的夏洛蒂到伍勒小姐办的学校学习了一年，她的求知欲得到满足，能力也得到了发挥。1835年，为了使正在学习绘画的弟弟有足够的钱进皇家学院，他重返伍勒小姐的学校当了一名教师。工作3年，在清规戒律下一直郁郁寡欢。在此期间，她试着写了几首诗歌，寄给骚塞，遭到讥讽。逆境造就了她自尊的性格，而对生活的深刻理解又使她在爱情婚姻上形成了迥异于当时流行的门当户对的金钱婚姻的爱情观，因此，她先后拒绝了两位青年的求婚。在1839和1841年，她曾两次到富人家里当家庭教师，在当时这是屈辱的职业。1842年，夏洛蒂和艾米莉在姨妈的赞助下，来到比利时的首都布鲁塞尔，学习法语和德语。她们进了埃热夫妇办的学校，一年的愉快生活后，姨妈去世，她们回到家乡。

▼艾米莉·勃朗特像

1843年，夏洛蒂只身回到埃热夫妇的学校，当英语老师，并爱上了埃热先生，但她努力克制住情感，在1844年回到家乡。办学的计划落空后，姐妹们和弟弟都在家，勃兰威尔自暴自弃，父亲体弱多病，在沉闷的气氛下，她们开始重拾儿时的爱好，写作。1845年秋季的一天，夏洛蒂偶然发现了艾米莉的一卷诗歌，她极力劝说她出版，三个人都拿出自己的得意之作，倾尽钱囊，在1846年出版了一本诗集，为了避免当时对妇女的偏见和歧视，她们使用了

名作介绍

孤女简爱自被刻薄刁钻的舅母送往洛德学校，受尽折磨和欺凌至成年后，应征至桑恩费尔德当家庭教师。庄主罗切斯特冷酷忧郁，高深莫测，简爱仍为其所动并付出真情，然而到婚前一刻，才知道罗切斯特原妻为疯女。幸福生活一闪即逝，简爱离开罗切斯特，两人陷入了痛苦的深渊。简爱虽然身离罗家，但仍时刻想起罗切斯特撕心裂肠的呼唤，待重返桑恩费尔德时，北园因火灾已面目全非，只剩残垣断壁及双目失明的罗切斯特，简爱勇敢走向罗切斯特，重建幸福家园。

《简爱》是英国著名作家夏洛蒂·勃朗特的代表作品，女主人公简爱是一个追求平等与自主的知识女性形象，本书以其对于一位"灰姑娘式"人物奋斗史的刻划而取胜，《简爱》也是女性文学的代表作品，是全世界能阅读小说的妇女必读的经典之作。

笔名。可是只卖出去两本。她们并不气馁，继续创作。

1846年，她们先后完成了《教师》、《呼啸山庄》、《安格妮斯·格雷》。作品又先后被数家出版社拒绝。夏洛蒂又写出了《简爱》。1847年，《简爱》率先出版，马上轰动一时，到年底再版时，《呼啸山庄》和《艾格妮斯·格雷》也出版了。前者遭到非议、后者反响不大。不幸的是，第二年艾米莉和勃兰威尔相继去世。5个月后，小妹安妮也死于肺结核。

夏洛蒂在1849年出版了另一部《谢莉》。同年和第二年，她两次来到伦敦，见到许多名人，并和大文豪萨克雷进行了探讨，她还到苏格兰游玩了几日。1850年，她几经交涉，再版了两位妹妹的遗作，她又结识了第一个为她写传记的盖斯凯尔夫人，二人成为好友。她拒绝了第三位求婚者。1851年，她第三次到伦敦参加文化活动，受人瞩目。回到家后，她开始了《维莱特》的创作。1852年年底，她父亲的副牧师尼古拉斯向她求婚，父亲不同意，夏洛蒂起初也不同意，但夏洛蒂逐渐发现对方是个诚实可靠的人，便说服了父亲，在1854年6月结了婚。夏洛蒂成了姐妹6人中唯一结了婚的一个。可惜的是病魔袭来，1855年3月，已经怀有身孕的夏洛蒂离开了人间，年仅39岁。

▼夏洛蒂·勃朗特像

夏洛蒂·勃朗特的代表作《简爱》塑造了敢于冲破年龄、门第和传统观念束缚，去追求真正的爱情的女性形象。作品采用自叙和回忆的形式，让主人公直接向读者讲述童年的苦难、慈善学校的冷酷，使人有身临其境之感。小说中人物感情跌宕起伏，颇具吸引力。

夏洛蒂的妹妹艾米莉·勃朗特的代表作《呼啸山庄》是一部充满浪漫和怪诞色彩的作品。小说主人公希斯克利夫粗犷、自尊。他不相信上帝能改变自己的卑微地位。他也不听从坏人能改恶从善的说教，他用极端残酷的手段报复仇人，成了一个失去理性的恶魔式的人物。小说控诉和揭露了冷酷的社会对人性的摧残，表现了强烈的反压迫、争自由的叛逆思想。

博学的女作家乔治·艾略特

女作家乔治·艾略特，本名为玛丽·安·依文斯，出生于英国渥尔维克郡的阿伯利乡间，父亲是一位农庄管理人，她是维多利亚女王时代三大小说家之一，与狄更斯和萨克雷齐名。

年轻时，由于长相平凡，曾经为此苦恼，但因其学识渊博，往往在言谈间散发一股无法言喻的知性魅力，旁人因而能感受其内心世界之广阔与浩大。30几岁时，她因翻译工作而开始文学生涯，之后还担任杂志的编辑。在此期间经由介绍，她认识了一生的挚爱路易斯，路易斯已有妻室，但艾略特依旧不顾外在压力，与其同居；两人随后迁居德国。回国后，虽不见容于当时社会，但两人仍恩爱幸福，在工作与生活中，相互扶持。

▲女作家乔治·艾略特

由于曾在两所宗教气息浓厚的学校就读，艾略特受宗教影响颇深；平日最喜研究语言，拉丁文、法文、德文、意大利文、希伯来文、希腊文皆能通晓。她一生笃信宗教，却依然极富怀疑精神，1841年，随父迁居考文垂，结识自由思想家查尔斯·布雷，受其著作影响，艾略特遂放弃基督教，强烈质疑宗教。因之，在其著作中，偶见其对宗教的理性批判。

因为爱人路易斯的鼓励，艾略特年近40岁才开始写作，发表文章于杂志上。1859年，才真正发表她的第一部长篇小说《亚当·比德》，这部小说一年内再版了8次，受欢迎程度不在话下。此后，她发表了两部极为成功、最为著名之作《织工马南传》与《福洛斯河上的磨坊》，奠定了在英国文坛的地位。

艾略特虽相貌平凡，但情感路上却仍有深刻真挚之真情相伴。爱人路易斯对其影响甚大，二人挚爱弥坚，路易斯去世时，艾略特痛不欲生，但仍发奋完成爱人之遗作。两年后，艾略特更下嫁小她20岁的约翰·克劳斯，二人情深意浓，但艾略特却在同年便病故了，结束了她平凡却又丰富的一生。

狄更斯出版他的巅峰之作《双城记》

▲这是R·W·布士所绘的“狄更斯的梦”

1859年，英国的写实主义大师狄更斯出版了《双城记》，这是他最重要的代表作之一。早在创作《双城记》之前很久，狄更斯就对法国大革命极为关注，反复研读英国历史学家卡莱尔的《法国革命史》和其他学者的有关著作。他对法国大革命的浓厚兴趣发端于对当时英国潜伏着的严重的社会危机的担忧。1854年底，他说：“我相信，不满情绪像这样冒烟比火烧起来还要坏得多，这特别像法国在第一次革命爆发前的公众心理，这就有危险，由于千百种原因——如收成不好、贵族阶级的专横与无能把已经紧张的局面最后一次加紧、海外战争的失利、国内偶发事件等等——变成那次从未见过的一场可怕的大火。”可见，《双城记》这部历史小说的创作动机在于借古讽今，以法国大革命的历史经验为借鉴，给英国统治阶级敲响警钟；同时，通过对革命恐怖的极端描写，也对心怀愤懑、希图以暴力对抗暴政的人民群众提出警告，幻想为社会矛盾日益加深的英国现状寻找一条出路。

狄更斯

被誉为英国的写实主义大师的狄更斯，在他多年的写作生涯中，共创作了15部长篇小说和许多篇中短篇小说，以及散文、剧作、游记等等。

查尔斯·狄更斯出生于朴次茅斯一个海军小职员家庭。12岁那年，狄更斯的父亲因负债而被关进负债人监狱，他也因此辍学，在一家皮鞋油公司当了一名学徒。悲惨的生活、坎坷的经历，在狄更斯幼小的心灵上留下深深的伤痕。

15岁时，狄更斯到一家律师事务所当抄写员，接触了许多诉讼案和社会上的各种人物。1831年，他成了一名报社记者，经常奔走于城乡之间，对英国社会有了更广泛的了解。青年时代的狄更斯靠自学和深入生活，获得了广博的知识和文

名篇介绍

《匹克威克外传》是狄更斯的成名作。全书通过匹克威克及其三位朋友外出旅行途中的一系列遭遇，描写了当时英国城乡的社会生活和风土人情。本书语言幽默风趣，情节生动曲折，其中既有正义与邪恶的斗争，又有辛辣的政治讽刺；既有妙趣横生的民间故事，又有对社会阴暗面的无情揭露；作家既对上层社会的虚伪庸俗进行了猛烈的抨击，又对下层的穷苦百姓表现出深切的同情。该书是狄更斯最为重要、最具代表性的作品之一，自出版以来，一直受到各国读者的欢迎，无可争辩地成为世界文学的经典名作。

学素养。1833年开始发表特写，后创作小说。

19世纪30年代是狄更斯的早期创作时期。1836年，他发表了处女作、特写集《波兹札记》。狄更斯的第一部长篇小说《匹克威克外传》1837年开始在报纸上连载。这是英国批判现实主义文学的奠基之作。小说通过匹克威克及其朋友们的游历，广泛反映了英国城乡的社会风貌，也描绘了作者向往的“古老而美好的英格兰”。《奥利弗尔·退斯特》是一部社会问题小说。小说通过孤儿奥列弗的遭遇尖锐地讽刺了慈善机构的欺骗性和残酷性，愤怒地谴责了资产阶级法律保护富人、扼杀人性、迫害穷人的本质。

狄更斯创作的一开始就把真实地反映现实生活、尖锐地揭露社会黑暗作为自己的主要任务。但是，这一时期他对社会的本质认识尚不深入，因此作品谴责的对象往往局限于个别的坏人，结构也往往以暴露黑暗开始，以大团圆结束。风格上幽默多于讽刺，幻想和乐观的色彩较浓。

▲狄更斯的《奥利弗尔·退斯特》的插图

40年代初，狄更斯应邀访问了美国，对美国的奴隶制度和虚伪的民主制度大为失望。1844年起，他长期侨居欧洲大陆，欧洲大陆的革命斗争和英国国内的社会现状加深了他对资本主义社会的认识。这一时期，他写出了《老古玩店》、《圣诞欢歌》、《马丁·朱什尔维特》、《董贝父子》和《大卫·科波菲尔》等著名小说。《大卫·科波菲尔》是半自传体性质的小说，作品中的主人公始终保持优良的品质，乐于助人，依靠自己的聪明才智和艰苦奋斗，终于获得成功。小说以此否定了大资产阶级以损人利己的卑鄙手段攫取名利的道路。这一时期，狄更斯的小说批判性有所加强，批判的锋芒指向主宰社会的金钱关系，尽管在情节处理上还往往以大团圆为结局，但乐观幻想的成分已大大减少，失望的阴影逐渐增多。

1849年，狄更斯开始主办报刊，积极宣传自己的政治观点。他后来的许多作品都发表在他自己主办的报刊上。此外，他还组织过业余剧团。50年代，狄更斯的创作进入高峰时期，写出了《荒凉山庄》、《艰难时世》、《小杜丽》、《双城记》、《远

◀狄更斯的第一部长篇小说《匹克威克外传》插图

阅读版本推荐

《双城记》，（英）狄更斯著，石永礼，赵文娟译，人民文学出版社，2004年版。

《双城记》，（英）狄更斯著，张玲，张扬译，上海译文出版社，2006年版。

大前程》和《我们共同的朋友》等长篇小说。

狄更斯由于常年的辛勤写作损坏了健康，在轻度中风之后，仍然坚持写作，1870年去世。

狄更斯在作品中塑造了众多的人物形象，性格真实生动。他以高度的艺术概括、生动的细节描写、妙趣横生的幽默和细致入微的心理刻画，真实地反映了英国19世纪的社会风貌。狄更斯的创作既贴近生活，又有浓郁的浪漫色彩，总体上说，小说结构巧妙，层层设疑，环环相扣，故事波澜起伏，情景交融，具有巨大的艺术感染力和认识价值。

狄更斯的《双城记》

《双城记》是狄更斯的代表作。小说真实地反映了法国大革命前夕贵族阶级与平民的尖锐阶级矛盾以及人民群众高涨的革命热情。

故事发生在巴黎和伦敦。巴黎医生梅尼特因目睹厄弗里蒙地侯爵兄弟草菅人命的暴行，被侯爵关入巴士底监狱。梅尼特在监狱中写下了血书，控诉侯爵兄弟奸污农妇，并杀害农妇和她丈夫、弟弟的罪行。18年后，身心交瘁的梅尼特被他的英国朋友劳雷、女儿露茜以及仆人救出，到了伦敦。

厄弗里蒙地侯爵的妻子十分贤惠，他看不惯侯爵兄弟的作为，教育儿子查理斯将来好好做人。后来查理斯长大了，母亲也已去世，他决心放弃贵族身份，去英国自食其力。他和梅尼特父女同路，由于他的热情相助，博得了梅尼特父女的好感。

到英国后，查理斯化名代尔那常来梅尼特家，并和露茜相爱。结婚前，代尔那向梅尼特公布了自己的真实身份，梅尼特虽然痛苦地知道了代尔那是自己仇人之子，但为了女儿的幸福，他把痛苦埋在内心深处。

英国青年律师卡尔登也早已暗暗爱上了露茜，当露茜与代尔那结婚后，这位正直的青年衷心祝愿他们幸福。

在法国，代尔那的父母早已死去，叔父厄弗里蒙地侯爵飞车压死一个小孩，被孩子父亲加斯伯杀死。1789年法国大革命爆发了，情绪激昂的群众攻下了巴士底狱。群众领袖得伐石是梅尼特的老管家，得伐石太太便是当年被侯爵折磨致死的农妇的妹妹。她像复仇女神一般，狂热地投入了这场革命之中。

▼狄更斯在家中写作

代尔那家的总管被捕，代尔那听说后，立即赶回法国营救这位无辜的管家。但他一到巴黎便被抓起来了。得伐石太太在法庭上宣读了从监狱里找到的梅尼特的血书，真是字字血、声声泪，激起了

▲狄更斯笔下的伦敦贫民，作者给予极大的同情。

群众的义愤。作为侯爵一家的后代，代尔那被判处绞刑。

这时，卡尔登来到巴黎，他买通狱卒，麻醉了代尔那，让人送他出去，自己顶替代尔那。为了露茜的幸福，具有人道主义理想的青年卡尔登勇敢地走上了断头台。

遵照卡尔登事先的安排，梅尼特父女和苏雷先生备好了马车，等代尔那一到，马车立即出发，直奔国境，朝英国驶去。

如果说厄弗里蒙地兄弟集中体现了统治阶级的罪恶和可悲下场，那么侯爵兄弟的儿子和侄儿代尔那形象则体现了作者对贵族阶层的劝告。代尔那与家庭决裂，放弃贵族特权和财产，以教书为生，选择了自食其力的道路。革命者得伐石太太的形象具有两重性。她的父兄和姐姐死于侯爵之手，同贵族有深仇大恨。革命爆发后，她毅然拿起武器，率领妇女攻打巴士底狱。随着时间的推移，得伐石太太变成了一个冷酷无情的复仇女神，竟然把无辜的贵族子弟代尔那送上断头台。作者赞扬她的革命精神，称她是“伟大的女人”。同时，又从人道主义的立场对她的报复成性持批评态度。

小说中的梅尼特医生和得伐石太太形成对照。梅尼特医生一身正气，目睹贵族倒行逆施，挺身揭发，却遭到迫害。但是他不记前嫌，同意女儿露茜和仇人的后代代尔那结婚，并且在后者被革命者逮捕时，挺身相救。梅尼特医生善良、正直和以德报怨，是作者的理想人物，也表明作者希望用仁爱来代替仇恨、以博爱来取代残杀的愿望。卡尔登也和得伐石太太形成对照。他为了所爱之人的幸福甘愿自我牺牲，在代尔那处于危急关头以生命的代价相救，换来了心上人的家庭幸福。卡尔登的举动的确惊世骇俗，本质上仍然体现了作者的人道主义思想。

狄更斯是英国文学史上批判现实主义的创始人和代表人物，他的创作是有世界意义。他和萨克雷等称为英国的“一批杰出的小说家”，《双城记》是狄更斯的巅峰之作。

哈代发表悲剧小说《德伯家的苔丝》

阅读版本推荐

《德伯家的苔丝》,(英)哈代著,张谷若译,人民文学出版社,1984年版。

1891年,哈代发表了悲剧小说《德伯家的苔丝》,这部小说是哈代著称于世的“威塞克斯系列”中的一部力作,不仅在本国,而且在世界范围,收到广大读者的青睐,为专业研究人士所瞩目,为电影、戏剧界的艺术家们多礼遇。它发表至今一个多世纪,被公认为哈代最优秀的代表作品,并被列入世界古典文学阆苑。

哈代

哈代是英国19世纪末20世纪初杰出的小说家和诗人。他出生于英国西南部多塞特郡多切斯特的一个石匠家庭,幼年深受酷爱文学的母亲的熏陶。8岁在村上的学校学习拉丁文和拉丁文学。曾经给一名建筑师当学徒,22岁去伦敦学习建筑,但是他喜爱的是文学和哲学。哈代因为不能适应伦敦气候,回到家乡当了几年建筑师,后改为专门从事文学创作。结婚之后曾到欧洲大陆旅游。后来在多切斯特郊区定居,直至逝世。

哈代的文学创作始于诗歌,后为了生活转而创作小说。哈代一生基本上在乡村度过,对农村生活十分熟悉。他的小说大部分以故乡的自然环境为背景。19世纪60年代至90年代。哈代主要从事长篇小说创作。他把自己的小说分为三类:“传奇和幻想小说、机巧和实验小说、性格和环境小说”。哈代小说的主要成就在第三类,这些小说大多以英国西南部农村为背景,因此作者又称其为“威塞克斯小说”。

《还乡》是哈代的成名作。故事的背景是多塞特郡的爱格敦荒原。作品描写人物和自然环境的关系时,突出作为背景的荒原的严酷无情,以及人类的无能为力。《无名的裘德》是哈代创作的最后一部小说,表达的仍然是对精神价值的追求,同时具有明显的社会批判色彩。《无名的裘德》发表后,受到了批评家的责难和上流社会的猛烈攻击。哈代愤而放弃小说创作,转向诗歌领域。他的诗歌创作也取得很高的成就,在英国诗歌史上占有一席之地。他的诗歌题材广泛,富有哲理。

▶哈代像

一个纯洁的女人

《德伯家的苔丝》是哈代的代表作,它描写了一位农村姑娘的悲惨命

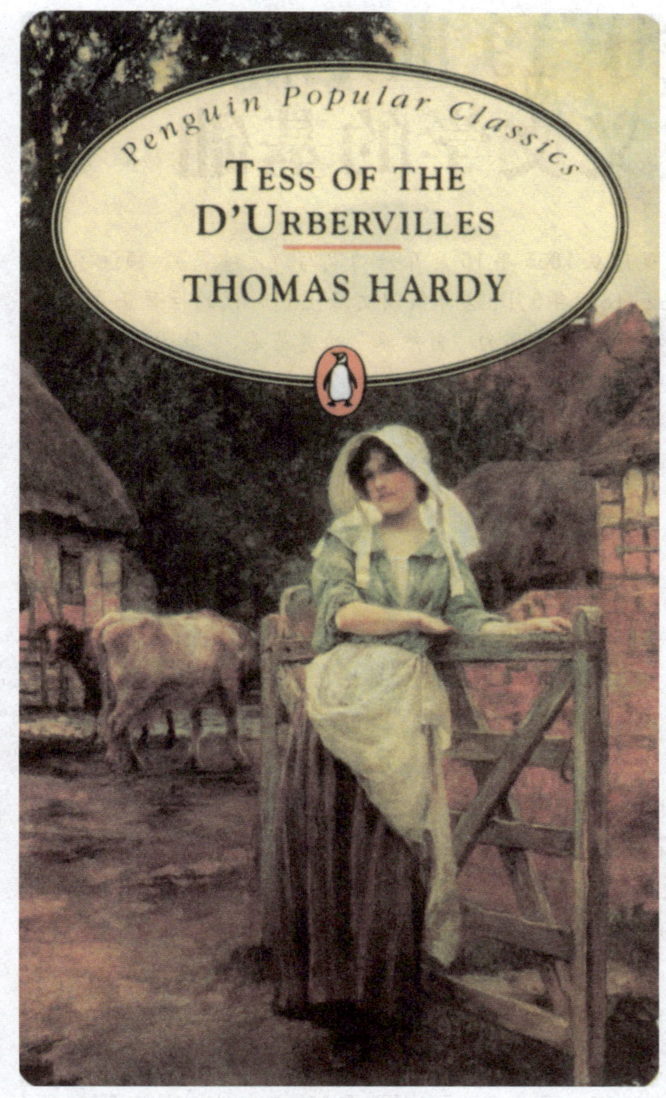

▲哈代的代表作《德伯家的苔丝》插图

运。哈代在小说的副标题中称女主人公为“一个纯洁的女人”，公开地向维多利亚时代虚伪的社会道德挑战。

女主人公苔丝是一个勤劳善良、美丽纯朴的农家姑娘，同时在她身上又有着可贵的坚强、自尊和大胆反抗厄运的品格。为了摆脱穷困，她的母亲打发她去有钱的“本家”亚雷家做工，结果遭到亚雷的蹂躏，失去了“清白”。此时的她不仅要面对生活的贫困，还要抵御“道德”的压力。

她来到牛奶场当女工，和来自城里的具有“自由思想”的安玑·克莱真心相爱了。新婚之夜，苔丝为了忠实自己的丈夫，向安玑讲述了自己以往的“过失”，表现了很高的道德勇气。当丈夫不能谅解，幸福已经破灭时，她又忍住痛苦，咬紧牙关，毅然地独立谋生。

在对待亚雷的态度上，苔丝也充分体现了自己的人格尊严。亚雷百般引诱，她不为之所动，并明确表示厌恶。最后，她在忍无可忍的情况下，杀死这个毁了她一生的仇人。

作者也真实地写到了苔丝身上的弱点。苔丝明显受到旧道德和宿命论思想的影响。她对克莱的态度和他对自己命运的悲叹都说明了这一点。这样的描写，从一定的意义上讲，也是现实生活的反映。当然，作家本身的命运观也加深了小说的悲观主义和宿命论的气氛。

苔丝的悲剧是在工业资本日益占领农村，个体劳动者丧失了生产资料，沦为雇佣劳动者的大背景下出现的。哈代对苔丝的不幸满怀同情。在小说中，他大声疾呼：“哪儿是保护苔丝的天使呢？哪儿是她一心信仰的上帝呢？”苔丝是哈代塑造得最为出色的艺术形象。

托马斯·哈代是英国杰出的现实主义作家。伍尔芙称他是“英国小说中的最伟大的悲剧大师”，韦伯称他是“英国小说中的莎士比亚”。

果戈理奠定了19世纪俄国批判现实主义文学的基础

▲果戈里像

果戈理从1835年10月开始动笔写《死魂灵》，倾注了7年的心血，1842年5月，这部俄国文坛上划时代的巨著正式出版。《死魂灵》，被公认为“自然派”的奠基石，“俄国文学史上无与伦比的作品”，这是一幅无情揭露农奴制社会的讽刺画，深刻解剖地主世界的百丑图。它的问世，像响彻万里长空的一声霹雳，“震撼了整个俄罗斯”。

果戈理

果戈理出生在乌克兰的一个小地主家庭。爱好戏剧的父亲和乌克兰丰富多彩的民间文学对他早年生活产生过影响。中学毕业后，果戈理来到彼得堡，他找到一个小公务员的职位，这段经历为他后来创造同类形象提供了丰富的素材。

1831年，果戈理以小说集《狄康卡近乡夜话》步入文坛，年仅22岁。这部小说集是浪漫主义与现实主义创作相结合的产物，被普希金誉为“极不平凡的现象”，从而奠定了果戈理在文坛的地位。1835年，果戈理出版中篇小说集《密尔格拉德》。同年，他又出版小说集《彼得堡故事》。在写作小说的同时，果戈理又创作了《婚事》等多部剧作，并于1836年完成五幕讽刺喜剧《钦差大臣》，该剧演出轰动一时，但作者却遭到贵族社会的攻击，被迫离开祖国。

1841年，果戈理在国外完成长篇小说《死魂灵》第一部。出版后，再次震动俄国文坛，俄国批判现实主义文学由此形成波澜壮阔的主潮。他接着写《死魂灵》的第二部，想在其中塑造出正面的地主形象。1848年，果戈理回到祖国。1852年，他以毁稿而终止了自己的创作生涯。晚年，他贫病交加。

俄国文坛上划时代的巨著

果戈理的代表作《死魂灵》是俄国批判现实主义文学发展的基石，也是果戈理的现实主义创作发展的顶峰。别林斯基高度赞扬它是“俄国文坛上划时代的巨著”，是一部“高出于俄国文学过去以及现在所有作品之上的”，“既是民族的，同时又是高度艺术的作品。”

《死魂灵》书名本意是指死去的农奴，而实质上指的是虽生犹死的地主。小说以骗子乞乞可夫为联缀人物，以其为牟取暴利而奔走于偏僻乡村收购死农奴的户籍为情节主线，巧妙地引出了五个乡村地主的形象。

《死魂灵》的基本情节是六等文官乞乞科夫企图利用购买“死魂灵”牟取暴利的故事。俄国地主把农奴叫做“魂灵”，当时俄国地主不仅拥有土地，而且拥有农奴，主人可以任

名篇介绍

《钦差大臣》的剧情似乎是基于一场偶然的误会，但是在这偶然中包含着必然。以市长安东·安东诺维奇为代表的官僚集团和以赫列斯达科夫为代表的纨绔子弟是“俄罗斯丑恶”的体现者。作者的讽刺犀利、辛辣。如赫尔岑所说：“在他之前，从来没有一个人把俄国官僚的病理解剖过程写得这样完整。他一面嘲笑，一面穿透进这种卑鄙、可恶的灵魂的最隐秘的角落。”喜剧中潜在的正面形象是“笑”，作者赋予这种“笑”以抨击丑恶的深刻的社会内容，并取得了极佳的艺术效果。

意买卖他们。每10年，国家进行一次人口调查，调查后死掉的农奴在国家户口花名册上仍然存在，地主照样为他们纳税，直到下次注销为止。乞乞科夫想趁新的人口调查没有进行之前，买进1 000个死魂灵，再到救济局抵押，每个魂灵200卢布，就可以赚20万。他拜访了不少地主，买了许多死农奴，但最后事情败露，乞乞科夫逃之夭夭。

《死魂灵》刻画了俄国地主的丑恶群像。乞乞科夫拜访的第一个地主叫玛尼洛夫。他是个精神极端贫乏，空虚无聊，无所事事，整天沉溺在毫无边际的幻想之中的地主。他没有个性，对任何事情，任何人都非常满意。玛尼洛夫经常抽着旱烟管，坐在屋门口幻想在自己庄园的池塘上架一座桥，桥上可以开商店。他幻想在河边建造一幢大宅子，修筑一座高高的塔楼，从那儿甚至可以看见莫斯科。他相信自己很有学问，可是书房里的一本书看了两年才看到第14页。他非常醉心于“优美的礼节”，可他的礼貌让人觉得虚假而可笑。当乞乞科夫来到他家门口时，两人谁也不愿先进门，互相谦让了两个小时，结果两人侧着身子稍微挤了一下，同时走了进去。总之，玛尼洛夫的思想感情畸形发展，是个百无聊赖、毫无价值的废物。

泼留希金是乞乞科夫拜访的最后一个地主。他又贪婪又吝啬。泼留希金有万贯家财，上千个农奴，但他仍然不满足，满脑子都想着搜刮更多的财物。他每天在村子里转来转去，东瞅瞅西看看，凡是他眼睛看见的，能拿得动的东西，他都捡回家扔在自己的院子里。什么锈铁钉、碎碗片、旧鞋跟，女人用过的破布等等他都要，以至于他走过的路根本用不着打扫。他吝啬到令人难以想象的程度。他自己吃的穿的比一个乞丐还不如，家里几十个农奴只穿一双靴子。儿子和女儿都受不了他，从家里跑掉了，而他一文钱也不给儿女。有一次女儿带着他的小外孙回来看他，他把小外孙抱在膝盖上玩了半天，临走时只给小外孙一枚旧钮扣做礼物，女儿气得发誓再不回家了。总之，通过这些地主形象，果戈理深刻揭露了俄国专制农奴制的反动和腐朽。

果戈理是俄国现实主义文学的奠基人。他的创作与普希金的创作相配合，奠定了19世纪俄国批判现实主义文学的基础，是俄国文学中自然派的创始者。以其创作加强了俄国文学的批判和讽刺倾向。他对俄国小说艺术发展的贡献尤其显著，车尔尼雪夫斯基称他为“俄国散文之父”。

▼果戈理出生在乌克兰波尔塔瓦省的一个小地主家庭，这里大自然的诗情画意，人们的善良朴实和热爱自由的性格给果戈里留下了深刻的印象，这些印象出现在他的作品《狄康卡近乡夜话》中。图为俄罗斯画家库因芝所绘的“乌克兰的傍晚”。

屠格涅夫的《父与子》激起巨大的反响

名篇介绍

《猎人笔记》是屠格涅夫第一部现实主义作品。以一个猎人在俄罗斯中部山村、田野打猎，记录见闻的形式，反映了农奴制俄国村镇的生活现状。鲜明而深刻的反农奴制的主题。作者描绘了农民的才干、聪明、善良和丰富的精神世界，但他们的生活却是异常艰难，沉重和凄凉。根本原因在于农奴制度。浓郁的抒情情调和朴实的现实主义手法，尤其是对大自然的描写，出神入化。赫尔岑评价这部作品说是“用诗写成的对农奴制的控诉书”。

19世纪60年代初期，俄国现实主义大师屠格涅夫的创作达到高峰，他创作出《前夜》和《父与子》(1862)。他把笔触从贵族知识分子身上转移到平民知识分子身上，表现了俄罗斯社会的发展趋势，传达出时代的要求。这两部作品的问世在社会上激起巨大的反响，引起激烈的论争，其激烈程度在俄罗斯文学史上是前所未有的。

屠格涅夫

屠格涅夫出生在俄罗斯中部奥勒尔省的一个贵族之家，父亲是个濒临破产的骠骑兵上校。母亲从她叔父那里继承了一大笔财产，是个拥有5 000农奴的大地主，她对农奴残暴专横。屠格涅夫从小就对农奴制产生反感。

9岁，屠格涅夫随全家迁到莫斯科，就读于一所寄宿学校。15岁进入莫斯科大学语文系，他在这里参加过赫尔岑等人组织的革命小组。一年后，他又随家迁到彼得堡，转到彼得堡大学哲学语文系，这年开始了早期文学创作活动，写了一些诗。其父在这一年病逝。屠格涅夫大学毕业后去柏林大学留学，研习哲学、历史和古典语言，同时游历了荷兰、法国、奥地利、瑞士、意大利等国。23岁时，第一次发表作品，是两首诗。

▼屠格涅夫像

回国后，在他的故居逗留期间，曾与他母亲身边的一个女奴发生关系，后来这个女奴给他生了一个女儿。9年后，他把女儿送到巴黎，交给他的密友抚养。屠格涅夫应他母亲的要求而到内务部特别办公厅供职两年。

25岁时，他结识了两个对他来说至关重要的朋友，一个是别林斯基，当时文坛上最活跃的人物，革命民主主义者、文学批评家，屠格涅夫受到不少熏陶。另一个是维亚尔多，著名法国女歌唱家，随歌舞团来彼得堡演出意大利歌剧，屠格涅夫一见倾心，维亚尔多有很高的文化教养，聪明迷人，但已是有夫之妇。因此屠格涅夫与其保持纯洁的友谊关系，而一生未娶。作家后来写的许多充满诗意的爱情作品都与这一经历有关。而这也是作家特别留恋法国的原因，他与法国作家左拉、福楼拜、都德、龚古尔以及莫泊桑交往甚密，并热衷于将俄国文学传播到欧美。

1847年，屠格涅夫陪别林斯基去普鲁士治病，在其影响下写了几篇特写。当年，《现代人》刊登了他的随笔，此后《猎人笔记》的第一篇出乎意料地大获成功。别林斯基认为，“在他以前任何人都没有以这样接近的角度，接近了人民。”屠格涅夫以前一直怀疑自己的才能而欲放弃文学事业，现在重新振作起来，在《现代人》上陆续刊出他21篇随笔，1852年，《猎人笔记》单行本出版。

19世纪五、六十年代，屠格涅夫创作进入高潮。他先后完成长篇小说《罗亭》、《贵族之家》、《前夜》、《父与子》和《烟》，中篇小说《多余人的日记》、《僻静的角落》和《初恋》等，成功地塑造了一批“多余人”和“新人”形象。

1872年，屠格涅夫迁居巴黎。在巴黎，他同福楼拜、左拉等法国作家交往甚密，并在向西欧宣传和介绍俄国文学成就方面作了大量工作。后在巴黎去世，遗体运回国内，安葬在彼得堡沃尔科夫公墓。

《父与子》

《父与子》是屠格涅夫最著名的长篇小说。贵族子弟基尔沙诺夫大学毕业后，带着他的朋友、平民出身的医科大学生巴扎罗夫到父亲的田庄作客。巴扎罗夫的民主主义观点，同基尔沙诺夫一家、特别是同阿尔卡狄的伯父巴威尔的贵族自由主义观点发生了尖锐的冲突，在这场冲突中巴扎罗夫占了上风。有一次，巴扎罗夫和阿尔卡狄到省城去参加舞会，遇见贵族寡妇奥津左娃，巴扎罗夫对她产生了爱情，但是遭到拒绝。最后巴扎罗夫回到父母家中，在一次解剖尸体的时候感染病菌而死。

▲屠格涅夫和为《现代人》杂志撰稿的作家们在一起，前排左二为屠格涅夫。

小说反映了农奴制改革前夕民主主义阵营和自由主义阵营之间的尖锐的思想斗争。巴扎罗夫是一个激进的民主主义者。他具有坚强的性格和埋头工作的习惯。在政治上，他反对农奴制度，批判贵族自由主义，否定贵族的生活准则；在哲学上，他是个唯物主义者，重视实践，提倡实用科学；但是他也表现出某些庸俗唯物主义的观点，例如否定艺术的作用，等等。

《父与子》出版以后引起当时批评界的强烈反应。自由主义者不满意作者让巴扎罗夫在精神上战胜贵族；有些民主主义者则认为作者的同情仍在贵族一边，巴扎罗夫的形象是对革命民主主义者的歪曲。这只能说是屠格涅夫本身的世界观矛盾的结果。

屠格涅夫是19世纪俄国有世界声誉的现实主义艺术大师，《罗亭》、《贵族之家》、《父与子》、《前夜》……在长达40年的写作生涯中，屠格涅夫留下了许多优美如诗的作品，他笔下的俄罗斯是那么美丽，就像天空和微风一样，带给人们光明和纯净。但是他一生却受了很多苦，得不到温暖的亲情和梦寐以求的爱情，幸好有温暖的友情，让他从未对人性失去希望。他就像一棵大橡树，牢牢地站在俄罗斯大地上，永远屹立不摇。

陀思妥耶夫斯基在彼得堡去世

1881年1月28日，“残酷的天才”陀思妥耶夫斯基在彼得堡去世。他是世界文学史上最复杂最矛盾的作家之一。19世纪俄国处于从封建农奴制向资本主义的过渡时期。陀思妥耶夫斯基是作为一个市民，一个市民知识分子深刻地反映了俄国社会发展的这一历史过程。陀思妥耶夫斯基真正获得欧洲乃至世界的声誉，是从他1866年发表的长篇小说《罪与罚》开始的。

▲《卡拉马佐夫兄弟》是陀思妥耶夫斯基最重要的一部作品，该图为作品的手稿。

陀思妥耶夫斯基

陀思妥耶夫斯基生于医生家庭，自幼喜爱文学。遵父愿入大学学工程，但毕业后不久即弃工从文。在法国资产阶级革命思潮影响下，他醉心于空想社会主义，参加了彼得堡进步知识分子组织的彼得拉舍夫斯基小组的革命活动，与涅克拉索夫、别林斯基过往甚密。

1846年发表处女作《穷人》，继承并发展了普希金《驿站长》和果戈里《外套》写“小人物”的传统，对他们在物质、精神上备受欺凌、含垢忍辱的悲惨遭遇表示深切同情。唤醒他们抗议这个不合理的社会制度。而《双重人格》、《女房东》、《白夜》和《脆弱的心》等几个中篇小说使陀思妥耶夫斯基与别林斯基分歧明显，以至于关系破裂。后者认为上述小说流露出神秘色彩、病态心理以及为疯狂而写疯狂的倾向，“幻想情调”使小说脱离了当时的进步文学。

后来陀思妥耶夫斯基因参加革命活动被沙皇政府逮捕并流放西伯利亚。10年苦役、长期脱离进步的社会力量，使他思想中沮丧和悲观成分加强，从早年的空想社会主义滑到“性恶论”，形成了一套以唯心主义和宗教反对唯物主义和无神论，以温顺妥协反对向专制制度进行革命斗争的矛盾世界观。他流放回来后创作重点逐渐转向心理悲剧。长篇小说《被侮辱与被损害的》继承了“小人物”的主题。《罪与罚》问世后，作家因哥哥去世留下满身债务，再加健康状况越来越坏，几乎到了绝望的地步。幸有安娜·斯涅金娜的帮助，才得以摆脱危机。安娜·斯涅金娜是当时应聘来家的年轻女速记员，特别崇拜作家的才华。两人很快互生情意，并结为夫妻。是她的无私的爱和悉心照料，重新唤起年近半百、贫病交加的作家的生活和创作热情。此后，作家偕夫人两度到瑞士、德国、意大利和捷克的许多地方旅游。在创作方面，几乎每年都有新作问世。其中《白痴》、《群魔》和《卡拉马佐夫兄弟》3部长篇小说，都是他后期的代表作。

◀陀思妥耶夫斯基像

《罪与罚》

《罪与罚》是一部使作者获得世界声誉的重要作品。作品通过当时圣彼得堡拉斯科尔尼科夫和马尔美拉陀夫两家穷苦人与荒淫无耻的地主斯维德利加依洛夫、卑鄙冷酷的官僚富商卢仁之间错综复杂的关系，描写了旧的封建农奴制经济、政治、道德基础等的全面崩溃和新的资本主义势力迅速发展时期俄国的城市生活，其社会冲突和人物性格都具有鲜明的时代特征。在主人公杀人犯罪及后来受尽内心折磨、投案自首这一中心情节的开展中，小说一方面十分有力地揭露资产阶级所谓“强有力的个性”可以为所欲为的极端个人主义理论反人道、反民主的实质，同时企图以主人公“超人”哲学的破产来证明任何暴力消除邪恶的办法都不可行，甚至导致自身的毁灭，又一次表明作者对革命民主派的误解和偏见。对犯罪主人公受感化的描写，还带有宗教说教的色彩。

陀思妥耶夫斯基侧重主观内在心理和意识的写法，对后来的小说创作有着十分重大的影响，虽然他非心理叙事的鼻祖，但他绝对是发展心理和意识描写的一代宗师，西方的众多作家都将其奉为圭臬。

▲这是英国艺术家比亚兹莱在1898年为陀思妥耶夫斯基的作品《穷人》英文版本所作的封面。一个女人站在阳台上的花盆旁，正冷漠的望着画外，下面有一扇门和一个黑色的管道，这些冷冰冰并且缺乏感性的元素虽然与唯美主义理论相悖，但和陀思妥耶夫斯基作品的基调一致。

名篇介绍

《卡拉马佐夫兄弟》是陀思妥耶夫斯基最重要的一部作品。小说的主要情节在一个“偶合家庭”展开：

老卡拉马佐夫年轻时是寄食于富户家的丑角，后来依靠不正当的手段发家，晚年成了富豪，他贪婪残暴，极端好色，娶过两次妻子，结果一个逃亡，一个被他折磨致死，所生的3个孩子都被他弃置不顾，幸亏有一位老仆人加以抚养，他们才得以长大。

长子德米特里当过军官，性情暴烈，生活放荡，曾利用上司老中校因挪用公款案情危急之机，逼迫中校之女卡杰琳娜接受了他的求婚。但不久他又爱上了风骚女子格鲁申卡，为了和荒淫无耻的父亲争夺这个女人以及家产，他一再声言要杀死父亲。

次子伊凡上过大学，善于思考，是个无神论者，他抗议现存的社会秩序，同情人类苦难，但是为了继承父亲的家产，他盼望父亲早死。他爱上了卡杰琳娜，希望哥哥和父亲争斗，以便自己从中渔利，独占卡杰琳娜。

三子阿辽沙纯洁善良，谦恭温和，是修道院院长卡西马长老的得意弟子，他周旋于家庭成员中起到了抑恶扬善的调节作用。

斯麦尔佳科夫是老卡拉马佐夫早年奸污疯女丽莎留下的私生子，他被父亲用作厨师，对父亲心怀不满，最后为了夺取钱财杀死了老卡拉马佐夫又嫁祸于德米特里。德米特里被捕后被判20年苦役。斯麦尔佳科夫忏悔罪行、上吊自杀。伊凡视自己是斯麦尔佳科夫的同谋，出于良心的自责而发了疯。阿辽沙勇敢地走向新的生活。

▲日俄战争期间，托尔斯泰在祈祷和平。

“俄国革命的镜子”列夫·托尔斯泰病逝

因为创作了《战争与和平》和《安娜·卡列尼娜》而名垂青史的大文豪列夫·托尔斯泰于1910年11月10日从波良纳秘密出走，在途中患肺炎，20日在阿斯塔波沃车站逝世。遵照他的遗言，遗体安葬在波良纳的森林中，坟上没有树立墓碑和十字架。

列夫·托尔斯泰

托尔斯泰出生在一个贵族庄园。其父亲参加过卫国战争，服役至中校。母亲的陪嫁是3 000多俄亩土地和1 500名农奴。托尔斯泰兄弟姐妹5人，3个哥哥1个妹妹，他排行第四。母亲很有文化素养，聪慧善良，可惜在托尔斯泰两岁时即去世。9岁时父亲亡故，托尔斯泰由姑母和亲戚监护长大。托尔斯泰自幼酷爱文学，兴趣非常广泛，虽然接受了典型的贵族教育，但由于生活在农村，所以对俄国的自然风光、农村生活有着特殊的感情，很爱和农民的孩子一起玩耍。

13岁，因监护人变化，全家迁居喀山。托尔斯泰自幼接受的是典型的贵族家庭教育，16岁考上喀山大学，攻读东方语文系，准备当外交官。当时托尔斯泰贪玩，又迷恋于社交活动，所以考试成绩常不及格。第二年转入法律系。托尔斯泰不喜欢形式主义的课程，但对哲学尤其是道德哲学有浓厚兴趣，拼命读卢梭、笛卡儿、斯宾诺莎的著作，喜爱卢梭的著作及为人。

19岁时，托尔斯泰以“健康不佳和家庭原因”自动申请退学。在这不久之前，他们兄弟析产，托尔斯泰分得了世袭领地波良纳和300个农奴。托尔斯泰回到家后，从事农业，一边着手改善农民的生活和习惯，一边为了准备硕士学位的考试而自学。这个时期是托尔斯泰人生探索、寻找自己的开始。

1851年起在驻高加索军队中服役，任低级军官，曾参加克里米亚战争。后来两度到欧洲旅游考察，第二次考察回来后，

▶列夫·托尔斯泰像，长髯覆盖了两颊，遮住了嘴唇，遮住了皱似树皮的黝黑脸膛。一根根迎风飘动，颇有长者风度。宽约一指的眉毛像纠缠不清的树根，朝上倒竖。一绺绺灰白的鬈发像泡沫一样堆在额头上。不管从哪个角度看，你都能见到热带森林般茂密的须发。他那天父般的犹如卷起的滔滔白浪的大胡子。我们见到的是一只宽宽的、两孔朝天的狮子鼻，仿佛被人一拳头打塌了的样子。透过托尔斯泰平庸甚至丑陋的外表，我们可见这位大文豪的不凡之处。

▲反映列夫·托尔斯泰亲自耕种的油画

继续以自己的方式尝试改革俄国社会。一方面在自己的领地内创办了20多所学校，对农民子弟普及教育，并担任地主和农民的和平调解人及法庭陪审员等职，尽可能维护农民的利益；同时对哲学、宗教、伦理道德问题进行广泛的研究，结果得出否定人类历史发展规律而认为古老宗法制农民是最高道德理想的化身的错误结论。

1862年同莫斯科名医别尔斯的女儿索菲娅·安德列耶夫娜结婚，这时托尔斯泰已经34岁了。索菲亚聪明能干，很有文学才气，婚后不仅为托尔斯泰操持家务、治理产业，而且在文学创作上也是丈夫的得力助手，托尔斯泰后来的许多手稿，都是索菲亚誊抄出来的，比如抄写过多次的《战争与和平》。由于婚后的幸福，更主要是由于托尔斯泰对社会生活矛盾本质的深刻认识，托尔斯泰从1863年起停办杂志和学校，他脱离社交、安居田园、购置产业，过着俭朴、宁静、和睦的生活，埋头于文学创作。

1881年迁居莫斯科，直到1901年一场大病痊愈后才又回到波良纳居住。在此期间，受俄国资本主义迅猛发展、封建农奴制进一步瓦解及人民革命斗争日益高涨的影响，他积极参加救济灾民的活动，参加莫斯科贫民区人口调查，访问监狱、法庭、教会和修道院等，还加紧对哲学、宗教、道德、伦理等问题的深入研究，最终促成自己的世界观由贵族地主向宗法制农民的转变。他辞去县贵族长的职务，从事体力劳动，力图按照农民的方式生活。

1910年11月10日，他经过长期激烈的思想斗争，最终决定摆脱贵族生活，把财产交给妻子，弃家出走，以实现自己“平民化”的宿愿。结果途中身染肺炎，这年11月20日在阿斯塔波沃车站逝世。依照他生前的愿望，遗体安葬在波良纳，坟上没有十字架，也没有墓碑。

三部长篇巨制

《战争与和平》是托尔斯泰的代表作之一，是一部史诗型长篇小说。小说以1812年俄法战争为中心，从1805年彼得堡贵族沙龙谈论对拿破仑作战的事写起，中经俄奥联军同拿破仑部队之间的奥斯特里茨战役、1812年法军对俄国的入侵、鲍罗金诺会战、莫斯科大火、法军全线溃退，最后写到1820年十二月党人运动的酝酿为止。全书以包尔康斯基、

▲《战争与和平》电影海报

别祖霍夫、罗斯托夫和库拉金四个豪族为主线，在战争与和平的交替中，展现了当时社会、政治、经济、家庭生活的无数画面；描绘了500多个人物，上至皇帝、大臣、将帅、贵族，下至商人、士兵、农民；反映了各阶级和各阶层的思想情绪；提出了许多社会、哲学和道德问题。它又是一部歌颂人民战争的史诗。

安德烈是个探索型的青年贵族知识分子，他才智过人，意志坚强，性格内向，喜欢作严肃的思考和自我分析，并具有较强的社会活动能力。他鄙视庸俗的上流社会，一度渴望在战场上赢得荣誉和功名。奥斯特里茨战役中的遭遇使他放弃了虚荣心，同时也产生了消极厌世思想，在经历了一场严重的精神危机之后，安德烈又开始积极探索人生的真谛。他参加过斯别兰斯基的改革工作，但没有结果。1812年卫国战争时，他再次来到前线。祖国的苦难使他减少了贵族习气，在与普通士兵的接近中，为他们的勇敢、乐观和爱国精神所深深触动。他开始明白战争的胜负取决于人民，在决定性的鲍罗金诺战役中他又一次身负重伤，并在未婚妻娜塔莎的照料下平静地离开了人世，安德烈鄙视贵族上流社会和积极探索人生意义的特点使他成为作家理想的贵族阶级优秀分子的代表。

作家经过12次精心修改而完成第二部里程碑式的长篇巨著《安娜·卡列尼娜》也是托尔斯泰的代表作之一。作品的问世，是托尔斯泰的批判现实主义新发展的标志，也是他的世界观矛盾的更集中的表现。起初，他只打算写一部家庭生活小说，叙述一个已婚女子的不贞和由此产生的悲剧。但70年代俄国资本主义的急剧发展，冲击着许多阶级和阶层，造成社会的大动荡。这引起作者的注意，促使他大大扩充了原来的构思，引进了广泛的社会生活内容，提出很多迫切的社会问题。

小说在广阔的社会背景中展现了安娜形象的悲剧命运，以及造成这一悲剧的原因。安娜在年轻的时候就由姑妈作主嫁给了比她大20岁的省长卡列宁，这桩封建婚姻中埋下了安娜悲剧命运的种子。卡列宁被贵族上流社会视

▼1812年，拿破仑开始了对俄国的远征，9月法俄两军在博罗季诺展开激战，图为博罗季诺会战后的惨景。《战争与和平》是托尔斯泰的代表作之一，是一部史诗型长篇小说。小说以1812年俄法战争为中心，从1805年彼得堡贵族沙龙谈论对拿破仑作战的事写起，中经俄奥联军同拿破仑部队之间的奥斯特里茨战役、1812年法军对俄国的入侵、鲍罗金诺会战、莫斯科大火、法军全线溃退，最后写到1820年十二月党人运动的酝酿为止。

作“有事业心”的出类拔萃的人物，实际上却是沙俄时代一架典型的官僚机器。他道貌岸然、冷酷虚伪，缺乏真正的人的感情。婚后8年，安娜只能把全部的情爱倾注在孩子谢辽沙身上。沃伦斯基的热烈追求，唤醒了安娜沉睡的爱情。她决心不顾丈夫的威胁，离家与所爱的人一起生活。

由三个社交圈构成的京城上流社会，极端伪善，荒淫无耻，可是却不容许安娜触犯他们的所谓道德规范。卡列宁在上流社会的支持下，拒绝离婚，并夺走了安娜的儿子。安娜始终处在可怕的侮辱和精神折磨的阴影之下。与此同时，沃伦斯基也日益暴露了贵族社会纨绔子弟的平庸面目。尽管安娜的爱情在精神上提高了他，使他稍许改变了生活的轨迹，但是他并不可能真正了解安娜的内心世界。安娜终于意识到她所处的贵族社会中的一切“全是虚伪！全是谎言！全是欺骗！全是罪恶！”她没能得到她所追求的幸福，却在愤懑和绝望中结束了自己的生命。显而易见，安娜是那个黑暗社会的牺牲品。

▲作家经过12次精心修改而完成第二部里程碑式的长篇巨著《安娜·卡列尼娜》也是托尔斯泰的代表作之一。作品的问世，是托尔斯泰的批判现实主义新发展的标志，也是他的世界观矛盾的更集中的表现。图为《安娜·卡列尼娜》中译本封面。

最充分地反映托尔斯泰后期世界观矛盾的，要算是他最后一部长篇小说《复活》。他起初的构思是以一件诉讼案为基础，写一本道德教诲小说。但在10年创作过程中，他数易其稿，主题前后迥异，最后写成一本表现尖锐的阶级对立、政治意义很强的社会问题小说。它对俄国旧社会的揭露和批判空前激烈，而对托尔斯泰主义的宣传也异常集中。可以说，这部书是托尔斯泰世界观和创作的总结。

《复活》写贵族青年聂赫留朵夫诱奸了农奴少女卡秋莎·玛丝洛娃，随后遗弃了她，使她备受凌辱，沦为娼妓，最后又被诬告犯杀人罪而下狱，并判处流放西伯利亚。聂赫留朵夫作为陪审员在法庭上与她重新见面，受到良心谴责，决定赎罪，为她奔走伸冤，上诉失败后又陪她去流放。他的行为感动了玛丝洛娃，使她重又爱他。但她为了不损害他的名誉地位，终于同一个“革命者”结婚。通过这些情节，作者反映了各个方面的社会生活，刻画了各个阶级的人物。

列夫·托尔斯泰是19世纪俄国批判现实主义文学的最高代表。他的艺术世界浩瀚深邃，深刻地反映了从农奴制崩溃到第一次俄国革命期间的俄国社会生活，列宁称他是“俄国革命的镜子”，他是俄国现实主义文学的巅峰，他的文学传统不仅通过高尔基而为苏联作家所批判地继承和发展，在世界文学中也有其巨大影响。

◀列夫·托尔斯泰像

俄国短篇小说巨匠契诃夫去世

1904年1月17日，莫斯科艺术剧院首演《樱桃园》，这天正好是契诃夫的44岁生日，这也是他过的最后一个生日。这年5月，当契诃夫再次从雅尔塔来到莫斯科时，出现严重哮喘。6月3日，契诃夫偕夫人克尼碧尔离开莫斯科赴德国瑞士交界的巴登威勒疗养。6月29日出现心力衰竭，7月2日凌晨他对匆匆赶来的医生用德语说："我要死了。"随后呷了口香槟，对妻子说："我好久没有喝香槟了。"他把一杯香槟喝完后，侧身睡着了——永远地睡着了。

▲契诃夫像

契诃夫

契诃夫出生在亚速海沿岸的一个小城。祖父是农奴，1841年，他祖父赎得了本人和家属的人身自由。父亲在城里开了一个小杂货店，出售茶叶、砂糖、肥皂等小商品。严厉的父亲经常命令儿子在学业之余站柜台、做买卖，学会应付顾客和玩弄买卖上的小骗术。此外，还要无休止地在教堂唱圣歌、作祷告。因为童年的生活困苦，后来契诃夫说他"小时候没有童年生活。"

1876年，父亲破产，一家人迁往莫斯科，只留下契诃夫一人在家乡继续学习。他不得不一边上学，一边当家庭教师以维持生计。他从小生活在贫困、屈辱、虚伪、庸俗的小市民习气的包围中，加上他从小注意观察周围生活和独立思考的习惯，这为他将来成为一个最善于揭示日常生活悲剧的作家奠定了基础。度过了相当艰苦的3年后，契诃夫中学毕业，进入莫斯科大学攻读医学。大学一年级，他便开始文学创作。当时，为了赚钱养家和供自己上大学，他的创作不得不求速成，作品也难免粗糙。契诃夫大学毕业后，开始在莫斯科附近的地区行医，这使他有机会接触农民、地主和官吏、教师等各式人物，扩展了视野，丰富了生活见识。与此同时，他继续在杂志上发表小说。在1888年以前，他创作的题材之多和数量之大，都委实惊人，一生470部小说中的约400部，都写于这个时期。

1890年4月，为探索人生和深入了解社会，不辞辛苦到政府放逐犯人的库页岛，访问了近万名囚徒和移民。这次8个月的远东之行，丰富了他的生活知识，中断了同反动报刊的合作，认识到一个作家不应不问政治。不久完成长篇报告文学《库页岛》，据实揭露俄国专制统治的凶残。他还曾出国到米兰、威尼斯、维也纳和巴黎等地疗养和游览。

1892年在莫斯科省谢尔普霍夫县购置了梅里霍沃庄园，后因身染严重的肺结核病迁居雅尔塔。在此期间，同托尔斯泰、高尔基、布宁、库普林，以及画家列维坦、导演斯坦尼斯拉夫斯基交往密切，结下深厚友谊。1900年获俄国科学院名誉院士称号。1901年与莫斯科艺术剧院演员奥尔迦·克尼佩尔结婚。

受19世纪末俄国革命运动高涨的影响，契诃夫积极投身于各种社会活动，1898年支持法国作家左拉为德雷福斯辩护的正义行为，1902年为伸张正义愤然放弃自己俄国科学院名誉院士的称号，1903年曾出资帮助为争取民主自由而受迫害的青年学生等等，表明他的坚定的民主主义立场。

1904年6月契诃夫病重后前往德国治疗，后去世，终年44岁，遗体运回莫斯科安葬。

契诃夫的创作

契诃夫早期的创作大多是幽默讽刺的短篇小说，可分为两类，一类是嘲笑揭露专制警察制度和小市民奴性心理的，如《小公务员之死》、《变色龙》等，在笑声中包含着辛酸、讽刺后潜藏着忧郁；一类是反映劳动人民不幸命运与痛苦生活的，如《哀伤》、《苦恼》、《万卡》等，带有浓重的阴郁和伤感的情调。

中期的创作主题与题材有变化，中篇小说增多，关注知识分子的精神世界，容量扩大，幽默减少，悲喜剧成分增多。艺术上愈深沉愈完美了。《第六病室》是俄国社会的缩影，批判了托尔斯泰的不抵抗主义。《带阁楼的房子》批判了错误思潮“小事情”论。

▲契诃夫和《牵狗的小姐》雕塑

晚期的契诃夫受到时代的革命气息，坚信新生活一定到来，题材范围更加扩大，批判愈加深刻。《套中人》中的别里诃夫是旧制度的卫道者，新事物反对者的典型。《姚尼奇》写庸俗琐屑的生活环境使姚尼奇从一个有朝气的知识分子堕落为无理想的、对平庸生活心满意足的资产阶级俗物。《农民》反映了农民的贫困生活。《在峡谷里》描写了资本主义在俄国农村的发展。《新娘》发出了对新生活的呼唤。

契诃夫从19世纪80年代起同时进行戏剧创作。他的《樱桃园》展示了俄国贵族庄园无可挽回的没落及其为资本势力代替的客观历史过程：同时借青年主人公的形象使告别过去的哀伤同向往美好未来的乐观情绪交织在一起，砍伐樱桃园的刀斧声伴随着“新生活万岁”的欢呼声，尽管这“新生活”并不明确。这部剧作的题材、倾向和风格，与作家中后期的一些小说基本一致。都没有离奇曲折的情节，而是通过各色普通人物的日常生活，揭示社会的重要迫切问题。剧情的开展朴质自然，同时含有丰富的潜台词，洋溢着浓郁的抒情，充满诗意。

契诃夫是19世纪俄国批判现实主义的最后一个杰出的小说家、剧作家，以短篇小说著称于世。托尔斯泰赞美他为“完美的人”。契诃夫在世界文学中占有自己的位置，他的短篇小说和莫泊桑齐名。

名篇介绍

《套中人》是契诃夫的代表作之一，堪称俄国文学史上精湛而完美的艺术珍品。《套中人》也成为因循守旧、畏首畏尾、害怕变革者的符号象征。

《套中人》写一个小城的中学古希腊文教员别里科夫，他在晴天也穿着雨鞋，带着雨伞出门，习惯于把一切日常用具装在套子里面。他与世隔绝，好比一个装在套子里的人，却喜欢到处告密，长期危害了这个小城居民的自由，小城的生活因而变得死气沉沉。他也想到结婚，但害怕“生出什么事来”，久久不敢向女方求婚，后来看见她竟骑自行车上街，认为太不体面，因此和她哥哥争吵，从楼梯上被推下来，不久即死去。

在专制制度濒临崩溃的年代，作者痛感改变俄国现状的必要，塑造了别里科夫这一典型。他是官方制度的维护者，告密的小人，“他像害怕瘟疫一样，害怕一切新事物，害怕一切超出平凡庸俗的生活常轨以外的东西。”作者认为，知识分子的猥琐生活同样是一种“套子”，它窒息了他们的创造精神。

马克·吐温开始登上文坛

1861年，美国南北战争爆发，密西西比河航运萧条，结束领港员生活的马克·吐温随着当时的淘金热来到美国的西部，想找矿，未成。发财梦破灭后，他去报馆工作，后来到弗吉尼亚城，先后在《事业报》和旧金山的《晨报》当记者，开始用“马克·吐温”这个笔名，写些通讯报道和幽默小品，并逐渐登上了文坛。

▲马克·吐温像

美国式幽默：水深两浔

马克·吐温的名字本身就代表了他的风格：幽默、诙谐。这是他22岁那年在密西西比河上学习轮船驾驶时留下的印迹，在他28岁时第一次使用，这是密西西比河上水手的行话，意为“水深两浔”，即3.66米深。他被美国著名的文学评论家豪威尔斯誉为“美国文学中的林肯”，除了赞扬这方面，还有另一个原因，就是林肯特别爱讲笑话，他有一句口头禅：“这使我想起一个小笑话”，而马克·吐温简直就是那个时代的“脱口秀”专家。在中国人看来，马克·吐温的故事像是儿童文学，马克·吐温的幽默有点太粗俗过分，这可能是文化差异，尤其是，这是美国那个时代的民族文化精神的产物。

马克·吐温本名塞缪尔·朗赫恩·克列门斯。4岁时全家迁居到密西西比河边的小镇汉尼伯尔，父亲是当地的一个小法官，母亲是肯塔基人，热情善良。幼年时代的马克·吐温非常顽皮，好几次险些淹死，还有一次带一个同龄的小姑娘去山洞中探险，惊动了全镇人前来寻找。马克·吐温12岁时父亲去世了，一年以后，他结束了学校生活，开始在哥哥创办的《信使报》当排字工人。工作之余对读书产生强烈爱好，学习法语，偶尔写些滑稽小品。

后来他结识了轮船领港员霍勒斯·毕科斯比，引起了对航行的兴趣，拜对方为师，成为领港员——汽船司机。他要根据测水员的报告驾驶，而测水员的一句行话是mark twain，说明这是安全水位，否则就有搁浅的危险。他毕生的笔名由此而来。在4年的水上生活中，他一方面阅读了莎士比亚、但丁、乔叟、塞万提斯、伏尔泰、萨克雷、狄更斯、拜伦、彭斯等人的作品，一方面接触了许多形形色色的人物，深入了解了社会。南北战争爆发后，他结束领港员的生活，和哥哥一道去内华达州“淘金”，不但没有发财，还把自己的积蓄全赔了进去。

接着他在弗吉尼亚城担任记者，1865年，他在纽约的《星期六新闻》上发表了第一部短篇小说《卡拉维拉斯镇著名的跳蛙》。

1867年，受报社委托，他以记者身份乘轮船去欧洲和中东旅行，中途发回50篇通讯，后经过整理，在1869年结集为《傻子出国旅行记》，以轻松幽默的风格轰动了美国的文学界和新闻界，成为有名人物。

1870年，马克·吐温与纽约州一位富商的女儿奥莉维亚·兰顿小姐结婚，虽然妻子来自保守的上层社会，但婚后几十年，她始终是忠实的伴侣和助手。同年发表的《竞选州长》，以其深刻的主题、幽默的语言、令人喷饭的情节和滑稽的场面，标志着他的艺术达到了新的高度。

1874年，马克·吐温夫妇定居于康涅狄格州的哈特福德，邻居华纳也是一位作家，结果二人合写了长篇小说《镀金时代》，这是一部现实主义的杰作，是美国的第一部“黑幕小说”，镀金时代也成了历史学家用来专指19世纪70—80年代的专有名词。这部作品还标志着马克·吐温早期创作的结束，从此，夸张滑稽、粗犷奔放的特点逐渐消失，代之以温和抒情的幽默，文笔也开始精致起来。在哈特福德定居的近20年中，他创作了10多部长篇小说，是一生中的多产时期。

1876年的《汤姆·索亚历险记》，深深蕴含着作家对自己童年生活的追忆和怀念。小说从儿童视角出发，把儿童的感受和体验表现得十分生动鲜明。对美国南方社会闭塞沉闷、保守虚伪的氛围的讽刺和鞭挞。1884年的《哈克贝利·费恩历险记》，是作家的重要代表作，也是美国文学史上的名篇。

▼1876年的《汤姆·索亚历险记》，深深蕴含着作家对自己童年生活的追忆和怀念。图中调皮的汤姆正划着小木筏探险。

80年代，马克·吐温还出版了两部借古喻今的讽刺小说：《王子与贫儿》和《在亚瑟王朝里的康涅狄格州美国人》。从80年代后期开始，马克·吐温致力于创办出版公司，结果在1899年终于倒闭，为了还清债务，他开始进行全球性巡回讲演，走遍国内各城市、澳大利亚、新西兰、锡兰、印度等地。这一时期的代表性作品有短篇小说《百万英镑》、《败坏了赫德莱堡的人》，长篇小说《傻瓜威尔逊》等。

晚年的马克·吐温反对帝国主义列强对弱小民族、国家的侵略压迫，同情和支持殖民地、半殖民地人民的反抗斗争，写下了《赤道环游记》、《给坐在黑暗中的人》等作品，表明了自己民主主义和人道主义的立场。

美国的流浪汉小说

《哈克贝利·费恩历险记》是马克·吐温的代表作，也是美国文学史上一部影响深远的作品。

野孩子哈克贝利·费恩是酒鬼的儿子，从小缺乏家教，虽然被道格拉斯寡妇收养，却受不了寡妇华森小姐的那套严厉的管教，只有和汤姆等孩子玩强盗游戏才觉得自在开心。有一天，失踪一年多的父亲突然回来了，父亲酩酊大醉后要打哈

▲《哈克贝利·费恩历险记》是马克·吐温的代表作，也是美国文学史上一部影响深远的作品。图为美国文学史上一个著名的富于正义感和叛逆精神的儿童形象哈克。

克，哈克伪造了一个自己被杀的假象，然后躲到一个小岛上，在那里遇到了华森小姐的黑奴吉姆。吉姆是得知自己要被卖掉的消息才逃出来的。二人准备乘木筏漂流到没有奴隶制的自由州去。一路上，哈克为究竟应不应该帮吉姆而苦恼，但还是掩护了吉姆。后来，他们救了两个骗子“公爵”和“国王”，他们一路行骗，最后竟然背着哈克卖掉了吉姆。哈克和好朋友汤姆一道经过复杂的过程救出了吉姆。

阅读版本推荐

《哈克贝利·费恩历险记》，（美）马克·吐温著，曹山柯注，上海外语教育出版社，2001年版。

《马克·吐温中短篇小说选》，（美）马克·吐温著，董衡巽选编，中国文联出版社，2007年版。

哈克是小说的中心人物，也是美国文学史上一个著名的富于正义感和叛逆精神的儿童形象。小说开始时，他虽然活泼好动，爱好自由生活，但因为长期受到种族主义反动说教和社会风气的影响，歧视吉姆，常常捉弄他，一度想写信告发吉姆的行踪。经过与吉姆同行的日日夜夜，他终于认同了吉姆，决心帮助他获得自由。小说以颇具戏剧性的笔触描写了哈克内心斗争的结果：他拿起了那封告发信说道：“好吧，那么，下地狱就下地狱吧”，随后就一下子把信撕碎了。这段非常传神的描写诚如作家所言，是“健全的心灵（即民主理想）与畸形的意识（即种族偏见）发生了冲突，畸形的意识吃了败仗”。哈克的思想转变和多次帮助吉姆渡过难关的行动，说明既然种族主义谬论连一个孩子都蒙骗不了，那么蓄奴制度的崩溃确实是历史的必然，同时也表明了作家提倡白人黑人携手奋斗，共创民主自由新世界的先进思想。

100多年来，这部小说一直受到世界各国人民的热烈欢迎，专家们也好评如潮。英国诗人艾略特认为哈克的形象是不朽的，堪与堂吉诃德、浮士德、哈姆雷特比美，美国小说家海明威称颂它“是我们所有的书中最好的一本书”。

◀暮年的马克·吐温

19世纪下半叶北欧批判现实主义文学异军突起

19世纪下半叶，北欧批判现实主义文学异军突起，获得很大发展，在当时“除俄国以外，没有一个国家能与之媲美”。丹麦的现实主义作家主要有戈尔施密特和安徒生。基维是芬兰小说和戏剧的奠基人，“瑞典四杰”易卜生、比昂松、约纳斯·李和谢朗，以及斯特林堡、拉格洛夫的出现，为北欧文学带来了新的繁荣。

为“未来一代”创作的安徒生

安徒生生于丹麦中部小城奥登塞一个贫困家庭，父亲是鞋匠，母亲是洗衣工，这使他

▼这是位于美国纽约中央公园的安徒生塑像，是专门为儿童树立的地标。

▲这是安徒生著名的童话故事《丑小鸭》的插图

从小就体会到下层人民的疾苦。1819年，他在哥本哈根皇家剧院当小配角，后因嗓子失润被解雇，从此开始学习写作。

▲这是1895年《安徒生童话集》的封面

安徒生以长篇小说《即兴诗人》闻名文坛，但以童话闻名于世。他以其丰富多彩、充满魅力的童话，第一次为北欧文学赢得了世界性的声誉。

从1835年发表第一部童话集《讲给孩子们听的故事》起，此后每年的圣诞节，安徒生都要写一本童话集，作为新年礼物送给小朋友，一生共发表童话故事86篇。安徒生毕生致力于童话创作，终身未婚，1875年8月在哥本哈根梅尔彻的宅邸辞世。

安徒生早期的童话浪漫主义色彩浓郁，想象奇特，天上飞的、地上爬的、水里游的和田里长的，无所不包。代表作有《豌豆上的公主》、《海的女儿》、《皇帝的新装》、《丑小鸭》等。其中以《海的女儿》最为优美感人。故事描写大海的公主小人鱼向往陆地上的人类生活，情愿忍受割舌之苦，以大海里300年自由自在的生活换取人世上短暂的一世；宁愿自己化成泡沫，也不愿伤害所爱的王子，歌颂了小人鱼对美好理想的追求和为了理想甘愿自我牺牲的美德。

▼易卜生像

40年代中期以后，他开始描写现实生活中人民的悲惨遭遇和凄凉身世，童话中夸张和想象的成份减少，思想性、哲理性加强。如《卖火柴的小女孩》、《柳树下的梦》、《园丁和主人》等接近现实生活的“新童话”。《卖火柴的小女孩》描写圣诞节晚上一个小女孩赤足在雪地里沿街叫卖火柴，用节日之夜小女孩的饥寒交迫与富人的灯红酒绿作鲜明对照，揭示贫富悬殊的社会现实。

安徒生的童话爱憎分明，闪烁着民主思想的锋芒，流露出人道主义的精华；语言自然清新，流畅优美，充满浓郁的乡土气息，不仅受到全世界儿童的喜爱，也深受成年人的青睐。

▲图为爱德华·蒙克所绘的1906年上演的易卜生戏剧《群鬼》的背景

一个伟大的问号

亨利克·易卜生是挪威人民引以自豪的戏剧大师、欧洲近代戏剧新纪元的开创者，他在戏剧史上享有同莎士比亚和莫里哀一样不朽的声誉。在西方现代戏剧史上，许多不同流派的剧作家，如瑞典的斯特林堡、英国的萧伯纳、德国的霍普特曼、美国的奥尼尔，无不把易卜生当作自己的导师。瑞典批评家马丁·拉姆指出："易卜生是戏剧史上的罗马，条条大道出自易卜生，条条大道又通向易卜生。"

易卜生出生于挪威海滨一个小城斯基恩。少年时期，因父亲破产，家道中落，没有上成大学，不满16岁就到一家药店当学徒。社会的势利，生活的艰辛，培养了他的愤世嫉俗的性格和个人奋斗的意志。在繁重而琐碎的学徒工作之余，他刻苦读书求知，并学习文艺写作。1848年欧洲的革命浪潮和挪威国内的民族解放运动，激发了青年易卜生的政治热情和民族意识，他开始写了一些歌颂历史英雄的富有浪漫色彩的剧作。接着，他先后在卑尔根和奥斯陆被剧院聘为导演和经理，达十余年之久。这段经历加深了他对挪威社会政治的失望，于是愤而出国，在意大利和德国度过27年的侨居生活，同时在创作上取得了辉煌的成就，晚年才回奥斯陆。

易卜生一生共写了20多部剧作，除早期那些浪漫抒情诗剧外，主要是现实主义的散文剧即话剧。这些散文剧大都以常见而又重大的社会问题为题材，通常被称为"社会问题剧"。《社会支柱》、《玩偶之家》、《群鬼》和《人民公敌》是其中最著名的代表作。

易卜生的整个创作生涯恰值19世纪后半叶。在他的笔下，欧洲资产阶级的形象比在莎士比亚、莫里哀笔下显得更腐烂、更丑恶，也更令人憎恨，这是很自然的。他的犀利的笔锋饱含着愤激的热情，戳穿了资产阶级在道德、法律、宗教、教育以及家庭关系多方面的假面具，揭露了整个资本主义社会的虚伪和荒谬。《玩偶之家》就是对于资本主义私有制下的婚姻关系、对于资产阶级的男权中心思想的一篇义正辞严的控诉书。

海尔茂律师刚谋到银行经理一职，正欲大展鸿图。他的妻子娜拉请他帮助老同学林丹太太找份工作，于是海尔茂解雇了手下的小职员柯洛克斯泰，准备让林丹太太接替空出的位置。娜拉前些年为给丈夫治病而借债，无意中犯了伪造字据罪，柯洛克斯泰拿着字据要挟娜拉。海尔茂看了柯洛克斯泰的揭发信后勃然大怒，骂娜拉是“坏东西”、“罪犯”、“下贱女人”，说自己的前程全被毁了。待柯洛克斯泰被林丹太太说动，退回字据时，海尔茂快活地叫道：“娜拉，我没事了，我饶恕你了。”但娜拉却不饶恕他，因为她已看清，丈夫关心的只是他的地位和名誉，所谓“爱”、“关心”，只是拿她当玩偶。于是她断然出走了。

女主人娜拉表面上是一个未经世故开凿的青年妇女，一贯被人唤作“小鸟儿”、“小松鼠儿”，实际上她性格善良而坚强，为了丈夫和家庭不惜忍辱负重，甚至准备牺牲自己的名誉。她因挽救丈夫的生命，曾经瞒着他向人借了一笔债；同时想给垂危的父亲省去烦恼，又冒名签了一个字。就是由于这件合情合理的行为，资产阶级的“不讲理的法律”却逼得她走投无路。更令她痛心的是，真相大白之后，最需要丈夫和她同舟共济、承担危局的时刻，她却发现自己为之做出牺牲的丈夫竟是一个虚伪而卑劣的市侩。她终于觉醒过来，认识到自己婚前不过是父亲的玩偶，婚后不过是丈夫的玩偶，从来就没有独立的人格。于是，她毅然决然抛弃丈夫和孩子，从囚笼似的家庭出走了。

但是，娜拉出走之后怎么办？这是本剧读者历来关心的一个问题。

在世界文学史上，易卜生曾经被称为“一个伟大的问号”。这个“问号”至今仍然发人深省，促使人们思考。在资本主义私有制经济基础被摧毁之后，还应当怎样进一步消除和肃清易卜生在《玩偶之家》等剧中所痛斥的资产阶级的传统道德、市侩意识及其流毒。在这个意义上，易卜生的戏剧对于以解放全人类为己任的无产阶级，正是一宗宝贵的精神财富。

▶1894年在巴黎公演易卜生第一部戏剧《布兰德》时的节目单

第八章

19 世纪后期欧洲文学的多元化

19世纪最后30年，是欧美文学的一个转折时期。主潮式的文学发展模式受到冲击，多元格局初步形成。浪漫主义文学已经失去了锋芒，作为主潮的批判现实主义继续发展，俄国、挪威等国最为出色，但“一统天下”的地位开始动摇。而自然主义文学的出现，虽然不是独领风骚，但声势和影响却超过了现实主义文学，成为令人瞩目的新流派。标榜“为艺术而艺术”的唯美主义和象征主义文学也闪亮登场。四大主要文学流派汇合成19世纪后期欧洲文学多元化的格局。

自然主义文学从19世纪中叶的法国开始萌动，而后影响逐渐蔓延至全欧洲，尤其在德国声势浩大。唯美主义文学发端于30年代的法国。90年代末，他退出文坛，英国的唯美主义思潮随之进入尾声。象征主义作为创作方法，早在中世纪的宗教文学中就已经出现。后拉美国爱伦·坡的诗歌被介绍到法国，人们从中读到令人耳目一新的东西尤其是《恶之花》的作者夏尔·波德莱尔在创作中重视诗歌的象征和暗示作用，他们被视为象征主义的先驱。70年代，象征主义在法国崛起，90年代，象征主义运动走向衰亡。

左拉开始构思系列小说《卢贡－玛卡尔一家人的自然史和社会史》

▲1891年，左拉的小说《金钱》发表，图为此书的宣传海报。

在19世纪下半叶科学技术迅速发展的条件下，左拉深受泰纳关于运用自然科学研究文艺问题的理论的影响，决心利用生物学、生理学、遗传学等的科学实验方法来指导写作。1868开始构思系列小说《卢贡－玛卡尔一家人的自然史和社会史》，为这个家族制订了世系分支图表即谱系树，在每部小说中出现的这个家族的人物都有亲缘关系和遗传因素的影响。从第一部《卢贡家族的命运》到最后一部《帕斯卡医生》，左拉共花25年时间完成了20部小说，其中最有名的有《小酒店》、《娜娜》、《萌芽》、《土地》和《金钱》等。它们是“第二帝国时代一个家族的自然史和社会史”，从政治、军事、金融、宗教、商业、工人、农民、科学艺术和日常生活等各个角度构成了一幅反映第二帝国时期社会现实的大型历史画卷。左拉的文学成就以及他在《实验小说论》和《自然主义小说家》等文集中阐述的文学理论，使他成为自然主义文学流派公认的领袖。

▼《萌芽》插图

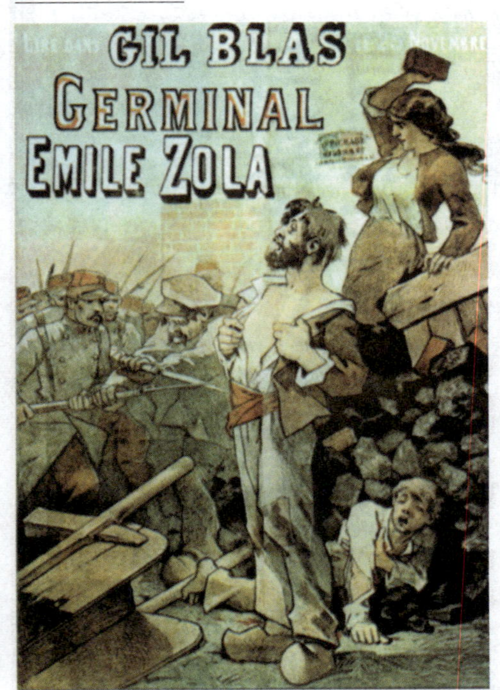

左拉

左拉生于巴黎，他在法国南部埃克斯城度过童年，7岁丧父后生活贫困，18岁时随外祖父来到巴黎，由于中学会考失败而不得不独自谋生，备受冷遇。后来到阿歇特出版社当打包工人，因写的诗受到老板赏识而提升为广告部主任，从此开始为报刊撰文，并发表了《给妮

▶漫画，1894年，犹太裔法国陆军上尉德雷福斯被指控出卖法国陆军情报给德国，军事法庭裁定其叛国罪名成立，判以终身苦役并流放外岛。事后虽经证实纯属诬告，军事法庭却因德雷福斯的犹太人身份而拒绝改判，引起左拉等知识分子和群众的抗议，并演变成为一场具有深远历史意义的运动。这就是法国近代史上轰动一时的“德雷福斯事件”。同情德雷福斯的人拉着成车指控书到巴黎先贤祠祭拜左拉。

侬的故事》等富有浪漫主义色彩的小说。1865年因第一部长篇小说《克洛德的忏悔》被警方认为“有伤风化”而遭解雇，此后成为职业作家。1902年，他在巴黎的寓所煤气中毒，不幸逝世，因为是烟囱被堵，有人怀疑是右派分子的谋害。

左拉的创作

继《卢贡－玛卡尔一家人的自然史和社会史》之后，左拉写作了三部曲《三名城》，即《卢尔特》、《罗马》和《巴黎》。1894年后，犹太籍法国军官德雷福斯被诬陷为叛徒的冤案引起轰动，法国为此分成了两派。左拉为了伸张正义，全力投入了为德雷福斯鸣冤的斗争，并于1898年1月发表了致共和国总统的公开信《我控诉》，结果被法庭处以罚款和一年徒刑。他于宣判当天逃亡英国。在流亡期间写作《四福音书》。次年7月，德雷福斯案件真相大白，他回到法国，两个月后，因煤气中毒去世。

左拉是公认的法国自然主义文学流派的领袖。作家的文学观点及大量的小说作品表明，他的自然主义实际上是现实主义在新的历史和社会条件下的一个发展阶段，它强调运用自然科学的手段和细节详实的资料客观地描绘社会现象，发展和丰富了传统的现实主义创作方法，只是有时过分夸大了遗传因素和情欲的作用。尤其是他的许多作品，并不完全符合他的理论，而是远远超出了自然主义小说的规范，是继承和发展了现实主义的传统。

◀在拿破仑三世统治下突如其来的商业革命中出现了众多的大型商场，在那里商品琳琅满目，品种齐全，而且价格固定，左拉根据这种现象，写成了小说《妇女乐园》。

《羊脂球》的诞生使莫泊桑一鸣惊人

▲莫泊桑像

普法战争爆发后，莫泊桑被征入伍。战后退伍，由于家庭经济的拮据，莫泊桑先后在海军部和教育部做小职员。在小职员空虚无聊的生活中，莫泊桑勤奋写作，并且以福楼拜为师，在他的具体指导下刻苦磨砺达10年之久。在此期间，他于1876年又结识了阿莱克西、瑟阿尔、于斯曼等作家，他们都共同以左拉为崇拜对象，经常在左拉坐落在巴黎郊区的梅塘别墅聚会，是为“梅塘集团”。1880年，“梅塘集团”六作家以普法战争为题材的合集《梅塘之夜》问世，其中以莫泊桑的《羊脂球》最为出色，这个中篇的辉煌成功，使莫泊桑一夜之间即蜚声巴黎文坛。

莫泊桑

莫泊桑出身于法国一个没落贵族之家，母亲醉心文艺，并有很深的文学修养，尤其喜爱诗歌，在其影响下，莫泊桑少年时代便憧憬作一名诗人。他13岁开始写诗。

在卢昂读中学时，他又受老师、诗人路易·布那影响，开始多种体裁的文学习作，后在福楼拜亲自指导下练习写作，参加了以左拉为首的自然主义作家集团的活动。1870年，莫泊桑参加了普法战争，退伍后，在工作之余，依然从事文学写作。

战后，他在海军部谋得一个抄抄写写的小职员职位。繁琐的公务和与那些唯唯诺诺的人共事，他感到厌烦和恼火。一到假日，他就到塞纳河畔散步，在河里游泳。这期间，他与5个酷爱水上运动的伙伴购买一艘游艇，并取名“玫瑰之叶号”。他们成立了小社团，常常是吃喝无度、私通滥交直至精疲力竭。他们常常在游艇上带几个女子，一起寻欢作乐，每次划船后总以和女人睡觉完事。他们经常交换性伴侣，互相攀比情爱业绩。莫泊桑最喜欢乡间漂亮姑娘，她们打扮朴素，体态丰满而头脑

◀巴黎街头拾破烂者，这是自然主义作家关心的题材。

名篇介绍

《羊脂球》是莫泊桑短篇小说的代表作之一。故事讲述的是：普法战争时，法国的一群贵族、政客、商人、修女等高贵者，和一个叫作羊脂球的妓女，同乘一辆马车逃离普军占领区，在一关卡受阻。普鲁士军官要求同羊脂球过夜，遭到羊脂球拒绝，高贵者们也为这深表气愤和同情。但马车被扣留后，高贵者们竟施展各种伎俩迫使羊脂球就范，为大家解围。而羊脂球最终得到的却是高贵者们的蔑视。小说反衬鲜明，悬念迭生，引人入胜，写出了法国各阶层在占领者面前的不同态度，揭露了贵族资产阶级的自私、虚伪和无耻，同时也赞扬了羊脂球的牺牲精神。

简单。他在一篇题为《绳子姑娘》的小说里就讲到了这段荒唐经历，这位绳子姑娘毫不动情地与5个小伙子上床，怀了孩子也不知道是谁的。这种放荡行为终于给莫泊桑带来了恶果：他染上了梅毒。虽然在初期他并不在意，仍旧吃喝玩乐，嫖妓宿娼，但最后正是这种疾病送了他的命。

长期以来，莫泊桑患有精神疾病，他始终在同病魔的顽强斗争中进行写作。1891年病情急转直下，求生的欲望使他四处求医，但又继续迷恋于放浪的生活。1892年，莫泊桑自杀未遂，渐渐失去康复的信心。5天后他被送入精神病院。1893年与世长辞，年仅43岁。左拉致悼词，预言莫泊桑的作品将不朽，将“是未来世纪的小学生们当作无懈可击的完美的典范口口相传”的故事。左拉在莫泊桑葬礼的悼词中还说：“他文思敏捷，成就卓著，不满足于单一的写作，充分享受人生的欢乐。”这人生的欢乐，指的是莫泊桑喜欢划船、游泳和追逐女人。对于这个终身未娶的作家来说，女性在他生活中占有重要的地位，无论是日常生活还是他笔下的人物，都是如此。

莫泊桑以《羊脂球》入选《梅塘之夜》短篇小说集，一跃登上法国文坛，其创作盛期是80年代。10年间，他创作了6部长篇小说：《一生》、《俊友》、《温泉》、《皮埃尔和若望》、《像死一般坚强》、《我们的心》。这些作品揭露了第三共和国的黑暗内幕。莫泊桑还创作了300多部中短篇小说，在揭露上层统治者及其毒化下的社会风气的同时，对被侮辱被损害的小人物寄予深切同情。

▼《羊脂球》插图

一部现实主义长篇

《俊友》是莫泊桑一生仅有的6部长篇小说中思想和艺术成就最高的一部。小说塑造了一个雄心勃勃的典型的野心家和冒险家形象，开创了法国文学中“俊友”系列的先河。恩格斯曾为这部小说表示向莫泊桑脱帽致敬。

上士杜洛瓦刚从非洲服役归来，穷得囊空如洗。在歌剧院广场的拐角处，杜洛瓦与骑兵团的同伴管森林不期而遇。管森林鼓励杜洛瓦试试新闻业，并邀请他明晚赴宴。

杜洛瓦用从管森林那里借来的一个路易找了个妓女，用另一个路易租了套赴宴的礼服。平生第一次穿上燕尾服，镜中的自己俨然一个仪表堂堂，相貌出众的上流人物。于是他面对镜子像演员练习表情一样研究自己的微笑和眼神，自信他的仪表能够使他成功。

酒宴之际，他用相当夸张的手法，大谈军队里的奇闻轶事、阿拉伯的风俗特点和战场的冒险经历。所有妇女都抬头望着他，对他充满好感。管森林趁机向报馆老板推荐杜洛瓦。

杜洛瓦在聪明俏皮的管森林太太帮助下，成功地发表了自己的处女作。杜洛瓦开始了记者的采访工作，他知道了各家戏院的内幕和一些政治内幕，他同阁员、将军、警察、王公、妓女及冒险家都有往来，他消息可靠，性情圆滑，手段高妙，思路敏捷而且精细，正如洞悉新闻记者品质的报馆老板所说的那样，对于报纸有一种真正的价值。不久，他就成了一个引人注意的人物。

两个月过去了，杜洛瓦希望的那种名利双收的好运并没有到来。做个一般的记者不会出人头地，上流社会的大门对他是关着的。他从经验上知道自己对女性有一种罕见的吸引力，但他一时认不清那些可以有助于自己前程的妇女们，焦躁得像是一匹被人锁住了脚的马。他去拜访马莱勒太太，仅在突然间用了最轻的攻击，这个上流社会的妇人便成了他的情妇。他们租下了一间房子，常在那里秘密幽会。活泼狡猾的管森林太太玛德来因也被他的甜言蜜语俘虏了，她给他出主意，要他去讨报社老板太太的欢心，以获得更大的利益。杜洛瓦立即行动，赢得了报社老板太太邀请他赴宴的请帖，他的地位很快升到报社记者的前几名。

▼《俊友》电影剧照

肺病终于夺去了管森林的生命。杜洛瓦为了巩固自己在巴黎的地位，找一个指导他前程，与他合作的女伴，在陪伴玛德来因守灵时，迫不及待地说出了想娶她的愿望。玛德来因提出婚后有完全的自由，丈夫不得干涉。两人达成了协议，杜洛瓦煞费苦心地为自己获取了贵族的姓氏。第二年5月，他们结婚了。

在妻子的督促下，杜洛瓦加紧工作，杜洛瓦再次升迁。在杜洛瓦突如其来地爱情攻势面前，一贯忠于丈夫的老板娘抵抗不住他的猛烈攻势，也做了他的情妇。

▲筛壳的妇女，1845年，法国的库贝尔作，在文艺创作中，自然主义和写实主义常常混为一谈，实际上是不同的，写实主义注重物质世界本身，而自然主义有一定的哲学倾向。《筛壳的妇女》无疑是一幅写实主义的作品。

在摩洛哥事件上，杜洛瓦夫妇大做文章，致使内阁改组，拉洛史当上外交部长。拉洛史是报纸的灵魂，杜洛瓦是他的传话工具，玛德来因的客厅变为了权势者们活动的中心。这时，一个每周都来玛德来因家做客的伯爵去世了，他留下遗嘱把全遗产100万金法郎都赠予玛德来因。杜洛瓦猜着了妻子跟伯爵之间不寻常的私人关系，遂要妻子同意分给他一半，才不作追究。这样他凭空有了50万金法郎，自以为是富人了。

在法国是否出兵征服摩洛哥的问题上，杜洛瓦不相信政府会卷入这种冒险行动。拉洛史和报馆老板暗中操纵一切，把法国占领摩洛哥的计划瞒着杜洛瓦，秘密经营在摩洛哥的铜矿买卖和土地买卖。法国终于征服了摩洛哥，在这场像下了一阵金雨的政治买卖中，拉洛史大发横财，报馆老板赚得盆满钵满。杜洛瓦没有捞到一点好处，心里恨死了拉洛史和老板。

老板娘的畸形恋情很快就倒了杜洛瓦的胃口，他用种种披着尊敬外衣的狠心态度去折磨她，企图摆脱她。同时他和马莱勒太太的恋情反而增长了，他俩的本质是相同的，都出自上流社会游荡者的冒险种族。

报馆老板成了万能的资本家，杜洛瓦去参加了他在新宅举行的油画展览。人们称赞杜洛瓦和老板的小女儿是漂亮的一对。他后悔当初没有娶她，他忽然意识到自己暴发致富的门径就是与老板的小女儿做夫妻，可是他的妻子成了他的绊脚石。

他表面敷衍着马莱勒太太和老板娘，暗中加紧追逐情妇的小女儿。他略施手腕，赢得了少女对他的爱慕，同时当场捉住了通奸的玛德来因和拉洛史。杜洛瓦离了婚，他引诱老板的女儿一道私奔，迫使老板应允了婚事。两个月后，他荣任报社总编辑。

在一个晴朗的秋日，杜洛瓦和老板的女儿在教堂举行了盛大的婚礼，既是母亲又是情妇的老板娘面对此景发出了悲泣。杜洛瓦眼望参观典礼的群众，觉得自己变成了世界的主人和统治者，确信自己不久就会跳到众议院里去。他的思想慢慢回溯到往事，眼前飘动着他心爱的情妇马莱勒太太的影子：她正对着镜子整理鬓角那些在起床后散乱的浅色卷发。

莫泊桑一生创作了6部长篇小说和300多篇中短篇小说，他的文学成就以短篇小说最为突出，被誉为“短篇小说之王”，对后世产生了极大影响。

王尔德发表小说《道林·格雷的画像》

1891 年，唯美主义的集大成者王尔德发表小说《道林·格雷的画像》，小说描写主人公在享乐主义的引导下，纵情声色，最后走向犯罪的道路。而他的画像在他死时却从衰老变得青春焕发。作者以此体现艺术至高无上的观点。两年后，他的诗剧《莎乐美》也面世，诗剧借用《圣经》题材，写主人公为了瞬间的美的享受，不顾一切，牺牲一切。

▲王尔德像

快乐王子王尔德

王尔德出生于爱尔兰首府都柏林的一个富有家庭，是家中的第二个儿子。他的父亲是一位十分高明的眼科和耳科专家，母亲是一名颇有才华和名气的诗人、政论家。王尔德很小的时候，母亲就认为他是一个“颖异”的孩子。因为她本来很希望生个女儿，所以在好长一段时期内，一直把小王尔德打扮成女孩的模样。童年时，王尔德曾经跟从访求古董的父亲到法、德两国旅行，并掌握了两国语言。这些旅行激发了他对神话和轶闻传说的爱好。在家中定期举办的沙龙上，他常常听到母亲在客人面前高谈阔论，无形中也练就了他的智慧和辩才。王尔德从小就深受父母的影响和熏陶，可以说，他一生中最好的教育，是在他父亲的早餐桌上和母

▼莎乐美这个人物，一般是认为记载在《圣经》中的古巴比伦国王希律王和其兄弟腓力的妻子所生的女儿。据记载，她帮助她的母亲杀死了施说者约翰。她的美无与伦比，巴比伦国王愿意用半壁江山，换莎乐美一舞。她的故事英国唯美主义代表人物王尔德改编成戏剧《莎乐美》。

名篇介绍

王尔德的《快乐王子》这本童话集，共包括快乐王子、夜莺与玫瑰、自私的巨人、神奇的火箭、忠实的朋友、小公主的生日、渔夫和他的灵魂、星孩、年轻的国王等九篇童话故事，几乎每一个童话都有一个因为至爱而变得至美的形象。作品虽有时流露出消极、悲观的思想，但它们所表现的幽默感和结构美使它们载入了英国儿童的史册。其中，“快乐王子”是影响面最广的一篇。王子看到人间的种种苦难和不幸后，决心尽可能帮助那些最不幸的人。一只小燕子帮了他的忙。最后，小燕子冻死在王子的脚下，快乐王子痛碎了一颗铅制的心。本篇阐述的是作者的幸福观。

▲高潮，《莎乐美》插图

亲的会客厅中得来的。

11岁的小王尔德进入波尔托拉皇家学校学习。这是一所新教徒办的学校，在这里王尔德开始接触到宗教教义，但他似乎一点儿也不虔诚、他每天打扮得像个摩登公子，头戴大礼帽进出学校，那副滑稽可笑的样子，引来不少老师和同学侧目而视，他自己却觉得十分得意。年幼的王尔德有着惊人的领悟力，读书一目十行，过目不忘，但他的数学成绩却糟透了，作文也不见得如何出色。毕业后，就读于都柏林的三一学院。在那里，他的学业平平，但在临毕业前，却由于《希腊喜剧诗人残篇》的论文而获得了帕克利主教金质奖章，随即进入牛津大学马格林达学院攻读古希腊经典著作。这时，他年仅20岁，开始为杂志撰稿。

在牛津，王尔德住的房间出名的装饰华美。房间的四壁涂满了美丽的彩色，台子上和书架上都放满了各色各样的古玩。这些古玩都是从他爱好考古、收藏的父亲那里拿来的。一方面是父亲的禀性遗传，一方面是受到颓废侈靡的社会风气的影响、他的服饰更加标新立异。

1877年，王尔德去意大利、希腊旅行了一遭。在意大利，他凭吊了英国诗人济慈的墓，寻访了意大利大诗人但丁的墓和英国诗人拜伦的旧居。在欧洲文明的发祥地希腊，他接触到许多非基督教文化，这些虽尚不足以把他造就成一个“健全的异教徒”，可是把他平日梦想中的美境大大地证实了，并且还给了他许多平日所梦想不到的美。意大利、希腊之行加速了他的艺术理论和美学思想的形成过程，用他自己的话说：“这次旅行使我对忧愁的崇拜，变而为对美的崇拜了。”回到牛津，他便以“美学教授”自居，宣扬起唯美主义文艺思想，在他的周围，也逐渐聚集起一批趣味相投的“崇拜者”。

1878年，王尔德的一首题为《拉凡纳》的诗歌荣获大学的纽狄盖特奖金，因此在他次年于牛津毕业的时候，已经在文学界颇有名气了。这时他的父亲已经去世，母亲迁来伦敦和他一起居住。在母亲的文艺沙龙中，王尔德大出风头，他那奇异的服饰，骇俗的理论，滔滔不绝的辩才和机智锋利的谈吐一时成了人们注目的焦点和谈论的话题。有不少人对他的离经叛道大为不满。他甚至被作为讽刺对象画进了伦敦《笨拙》杂志的漫画中。与此同时，他

▶肚皮舞，《莎乐美》插图

▲《不可儿戏》剧照

和罗斯金、罗塞蒂等人的关系日益紧密，一起大力倡导唯美主义运动。1881年7月，第一部精装的《王尔德诗集》在伦敦出版，收录了他上一年以前完成的部分诗作。这本薄薄的小书，标志着王尔德正式走上文坛的开始。他的第一本童话集《快乐王子》问世后，人们才真正将他视为有影响力的作家。

王尔德成人后，继承了他父亲英俊潇洒的相貌，也遗传了其放荡不羁的品性，甚至有过之无不及。1891年，他结识了一名21岁青年，两人后来竟然发展成为同性恋人。青年的父亲就是最早制定拳击规则的大名鼎鼎的昆斯伯里侯爵，知情后岂能咽下这口恶气，于是当众羞辱了王尔德。王尔德不堪忍受，向法庭起诉，不料正中了侯爵的圈套。侯爵反控王尔德有伤风化，证据确凿罪名成立，被判处两年徒刑。王尔德在监狱中度过了艰难而又漫长的两年，监狱恶劣的环境、黑暗的管制使他痛不欲生。刚入狱的几个月，连读书写作的权利也没有，初失自由的王尔德被憋闷得喘不过气来，每天都在近乎疯狂的挣扎中度过。马丁将王尔德狱中的生活逐日记录下来，后来以《狱中的诗人》为名整理出版。在这部书的扉页上，醒目地写着几个大字："莫读此，倘使你今天要幸福。"可以想见王尔德在狱中的悲惨境遇。在他服刑期间，他的妻子在意大利热那亚去世。

王尔德出狱后，移居到法国第普附近的一个小村庄。他完成了他的最后一部诗作《雷丁监狱之歌》。此后数年，他在穷愁潦倒中度过。1900年11月30日，在加入了罗马天主教数天之后，这位命运乖戾的天才离开了人间。

唯美主义的代表作

王尔德唯一一部长篇小说《道林·格雷的画像》可以说是唯美主义的代表作。

这是一个将幻想和现实奇妙地揉合在一起的富有象征意义的故事。小说的大意是：英俊少年格雷幻想永存青春，画家哈尔华德为他画了一幅奇妙的肖像，它能够反映格雷由于放荡生活在脸上留下痕迹的后果。亨利爵士是一个享乐主义者，又是一个靡非斯特式的人物，他百般引诱格雷，使他逐渐沉湎于酒色。格雷先后害死了女演员赛琵尔和谋杀了哈尔华德，他的每一件堕落秽行，都使自己画像的脸上多添了一分狰狞，身上多增了一斑血迹。当帮助格雷毁尸的化学家肯培尔因良心发现而自杀，报仇心切的赛琵尔的弟弟又被流弹打死后，格雷有了生命的安全，却无法获得心灵的平静。在心中升起一瞬间对纯洁的青春的惆怅后，邪恶的念头又压倒了他，他决心刺杀画像中的丑类，毁掉他灵魂堕落的唯一证据。一刀刺去，格雷自己却应声而倒，尸体变得丑陋不堪，而那画像重新焕发出青春和美好的光华。

王尔德通过这一故事指出，美是高于一切的。画像之所以能得到生命，甚至能比现实中的真人更能体现其本来面目，是因为哈尔华德在创作肖像时，没有掺杂丝毫功利。道德的杂念，倾注了单一的对"美"的追求。它寓意艺术比现实更能忠实地反映特性和现象的精神及本质，这正是王尔德哲学和美学思想的精髓所在。可以看出，这篇小说的灵感来源于他一向奉为典范的巴尔扎克的作品《驴皮记》，但所表现的主题及内涵无疑要比后者丰富得多。

▲王尔德作品插图

书中主人公之间的矛盾实际上就是作者内心矛盾的写照。在一封给一个崇拜者的信中，王尔德曾明白写道："巴齐尔·哈尔华德是我心目中我自己的形象，亨利爵士是世人心目中我的形象，道林是我但愿自己能够成为的形象……"然而，这部小说并不是简单的自我剖析，它涉及到许多作者本人及他同时代人极感兴趣的问题，以及艺术、道德和生活的相互关系，美的欣赏与滥用等等。这些问题有的作者得出了自己的答案，有的则没有。即使是作者自以为已得出的答案，是否正确作者也并不能肯定。日后的王尔德最终也陷入了格雷面临的美与道德冲突的困境中，并在向道德挑战的危险游戏中毁灭了自己。

王尔德为《道林·格雷的画像》作的自序1891年单独发表在《双周评论》上。序言批判了19世纪末日渐衰落的现实主义和浪漫主义文学，反复宣扬了他的唯美主义思想，不啻就是他的一将完整的唯美主义美学思想的宣言。

《道林·格雷的画像》出版后，读者评价纷纭不一，这种争论无形中给王尔德带来了巨大的名声。

王尔德被公认为是唯美主义的集大成者。90年代末，他退出文坛，英国的唯美主义思潮随之进入尾声。

◀在母亲的文艺沙龙中，王尔德大出风头，他那奇异的服饰，骇俗的理论，滔滔不绝的辩才和机智锋利的谈吐一时成了人们注目的焦点和谈论的话题。有不少人对他的离经叛道大为不满。他甚至被作为讽刺对象画进了伦敦《笨拙》杂志的漫画中。

波德莱尔出版惊世骇俗诗集《恶之花》

1857年，“恶魔诗人”波德莱尔出版了诗集《恶之花》，共收诗100首，分5个部分，出版后即遭攻击和诽谤，甚至受到法院制裁。《恶之花》是诗人追求光明、理想的一份失败记录。其形式和内容在法国诗歌发展史上具有划时代意义。它具有古典诗歌的明晰稳健，格律精严，音韵优美的特点，因内容奇特、想象奔放、放荡不羁而开创了一种新的创作方法，成为法国象征派诗歌的先驱，影响深远。

▲施洗约翰的头在显灵，法国莫罗作，图为绘画大师莫罗创作的以莎乐美为题材的象征主义作品之一。

恶魔诗人

在19世纪中叶文学史的转折时期，波德莱尔宣称：“大名鼎鼎的诗人早已割据了诗的领域中最华彩的省份。因此我要做些别的事。”

波德莱尔做了什么事呢？他认为“18世纪流行的是虚伪的道德观，由此产生的‘美’也是虚伪的。所以18世纪是一个普遍盲目的时代。”因此，他对诗的性质作了激烈的变革：“什么叫做诗？什么是诗的目的？就是把善同美区别开来，发掘恶中之美。”“透过粉饰，我会掘出一个地狱！”

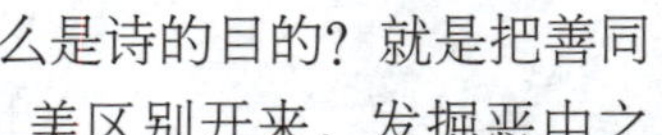

▶波德莱尔像

波德莱尔生在一个受过法国大革命洗礼的美术教师家中，6岁丧父，母亲改嫁，从此他陷于孤独，成了一个忧郁的哈姆雷特。

他所生长的城市巴黎，当时是文化艺术的中心，各国的作家、艺术家纷纷来此相聚，艺术气氛相当浓厚。诗人在这种气氛中生活、成长，逐渐形成了对艺术的敏感，也认识了这座五光十色、放荡不羁的城市。十七、八岁时，他经常在拉丁区的诗人画家中作客为朋，变成一个极端的浪漫派。后来，他又决定到印度去旅行，不料这位思想豪放的文学青年却在远渡重洋途中怀念起家乡来。于是，他停下脚步，逗留在印度洋中当时法国的殖民地留尼汪岛和毛里求斯岛上。这南国明媚的阳光和葱郁诱人的景色也未能把诗人多留一些时候，不久，他便匆匆地赶回了巴黎。这是他一生中最远的旅行，虽然旅途中外界景物并没有引起他很大的兴趣，然而却极大地丰富了他内心的感受。所以，我们不难在他作品中读到许多描写海洋、阳光和异国情调的主题。

回到巴黎后，波德莱尔索取了父亲的遗产，得到了一笔相当大的款项。于是就奢侈地生活起来，他住着豪华的宅邸，穿着风雅的衣着。依他看来，物质上追求完美，不过是“精神上胜人一筹的象征”而已。他母亲看到他这样铺张浪费、挥金如土，会很快耗尽父亲的遗产，就为他找了一位法律顾问，限定了每月的花费。从此，波德莱尔便一直过着艰苦的日子，而生活的艰苦却促使他拼命地写作。

波德莱尔在苦闷中写诗，但发表的不多。开始时，波德莱尔主要写艺术批评，以犀利的笔锋阐明自己独到的见解和思想观点，又以优美的风格创作了不少出色的散文诗。二月革命时期，傅立叶的空想社会主义理想鼓舞了他，他创办报纸，发表了好些激烈的文章。人们看到他活跃在街头的革命群众中，火药熏黑了他的双手。然而不久，理想破灭了，波德莱尔又回到了他的文学生涯中。后来，他接触到美国作家爱伦·坡的作品。这两位诗人在思想上、经历上和才智上有着惊人的相似之处。在以后的10年中，波德莱尔不断地翻译出版爱伦·坡的短篇小说。他认为，爱伦·坡是他苦难中的一位朋友，又是创作理论上的老师。爱伦·坡丰富怪诞的想象力以及他冷静准确的分析使波德莱尔受到了很大的启发，使他脱离了当时浪漫主义诗歌的个人情感与忧愁苦闷的泥潭，并且发挥了想象力在诗歌中的重要作用。

波德莱尔受美国诗人爱伦·坡的启发，写成《恶之花》，于1857年出版。此书一出，舆论大哗，波德莱尔也一举成名，但他因《恶之花》成就

▼这幅反对教权主义的法国卡通画揭示了教会与其反对者之间的对抗，这种对抗影响了19世纪和20世纪初的社会政治生活，同时也对知识分子的创作发挥了关键性的作用。

的却是“恶之名”，波德莱尔成了“恶魔诗人”。法兰西帝国法庭曾以“有伤风化”和“亵渎宗教”罪起诉，查禁《恶之花》并对波德莱尔判处罚款。

▲波德莱尔在阅读

1864年，波德莱尔旅行到达布鲁塞尔。一年后，病倒在那里。1867年，他在巴黎逝世。死时，只有46岁。

诗人的生命是短暂的，留下的作品也很少，除文艺批评论著外，只有一本诗集《恶之花》和两本散文诗集——《巴黎的忧郁》、《人工天国》。然而，这些为数不多的短小诗文却在某种意义上为世界文坛开创了一个新纪元，启发了整个一代现代派诗人和象征主义艺术家，成为人们至今还在研究和欣赏的艺术品。

毒草乎，香花乎，《恶之花》

波德莱尔的《恶之花》，是一卷奇诗，一部心史，一本血泪之书。恶之为花，其色艳而冷，其香浓而远，其态俏而诡，其格高而幽。它绽开在地狱的边缘。

1857年，《恶之花》经过多年的蓄积、磨砺，终于出现在巴黎的书店里。它仿佛一声霹雳，刹那间震动了法国诗坛，引起了沸沸扬扬的议论；它又像是一只无情的铁手，狠狠地拨动着人们的心弦，令其发出“新的震颤”。

虽然，《恶之花》遭到了“普遍的猛烈抨击，引起了人们的好奇”。“好奇”，正是作者的追求；“抨击”，也不能使他退缩。但是，跟在“抨击”之后的却是法律的追究，这是他万万没有想到的。第二帝国的法庭自然不配做诗国的裁判官，可就在文学界，这本不厚的小书也引起了数番舌战，在相当长的时间里，

◀恶之花

毁誉参半，相持不下。而且，毁中有誉，誉中有毁，莫衷一是，竟使得波德莱尔在法国文学史上的地位久久不能排定。

诗集《恶之花》初版时共收诗100首，分5个部分，出版后即遭攻击和诽谤，甚至受到法院制裁。第二版删除了6首，又增收30多首新作，分为6个部分。诗人死后，他的朋友们编订了第三版，共收诗157首，其中包括被删的6首，仍为6部分。

第一部分《忧郁与理想》，描写诗人物质上的匮乏和精神上的痛苦，虽然试图追求美和爱情来排遣愁思，实现理想，但结果失败。第二部分《巴黎风光》，把目光从内心转向外部，静观巴黎城市的景色和社会现象，心中感到忧伤。但是，现实是丑恶的、悲惨的，只能给诗人带来失望。于是诗人想乞灵于酒，这样就写下第三部分《酒》，诗人求助于酒，然而酒的天堂是虚幻的，酒也不能解决问题，于是诗人又深入到罪恶中去体验生活，这些题材构成第四部分《恶之花》。深入到罪恶中去体验快感和痛苦，得到的却是绝望和对自己的厌恶。接着，诗人写下第五部分《叛逆》，对天主发出反抗的叫喊，可是，任你怎样大声疾呼，天主也不理睬，最后，诗人只得向死亡寻求解脱，这样，就由第六部分《死亡》作为全部诗集的终曲。然而，要注意的是，诗人并不是甘心束手待毙的，死亡在这里不过是寓意，实际上诗人是要遁入另一个世界去从事新的探索，也就是说，诗人并没有完全放弃他的希望。所以，《恶之花》实际是一部对腐朽的资本主义社会进行揭露、控拆，因为她就是进行反抗的诗集，我们在读这部诗集时，应当注意到其包含的社会意义，而不要被那些表象所迷惑。

▲《恶之花》中文译本的封面

《恶之花》是诗人追求光明、理想的一份失败记录。其形式和内容在法国诗歌发展史上具有划时代意义。它具有古典诗歌的明晰稳健，格律精严，音韵优美的特点，因内容奇特、想象奔放、放荡不羁而开创了一种新的创作方法，成为法国象征派诗歌的先驱，影响深远。

波德莱尔在19世纪中叶独步文坛，标新立异的奇才，以惊世骇俗的诗集《恶之花》和数十篇见解独特的文艺批评，赢得了巨大声誉，被誉为唯美主义和象征主义的共同先驱。

第九章

20世纪现实主义时期

20世纪是一个波澜起伏、动荡不安的世纪，人类历史上两次空前的浩劫，两种意识形态的对峙以及第三世界的崛起，使20世纪的现实主义文学不能不打上了时代的深刻烙印。20世纪现实主义文学是19世纪现实主义文学的继续和发展。19世纪现实主义文学形成有史以来最壮阔的文学潮流，它的影响极为深远。20世纪的现实主义作家接受了前辈们的批判精神、广泛地反映社会生活和塑造典型人物等最基本的创作方法。同时他们并不固步自封，也接受新时期涌现的文学流派的新手法，以丰富传统的现实主义。他们在20世纪上半叶的文坛占据了举足轻重的地位。但是，第二次世界大战后至50年代，欧美现实主义文学出现不同程度的衰落趋势。大约从70年代开始，欧美现实主义文学又出现复兴的端倪，即所谓回归现象。及至80年代，有的现代派作家甚至也采用了现实主义的艺术手法来写作。这种现象对现实主义本身无疑是一种激励。一个值得注意的现象是，20世纪上半期的拉美，现实主义文学获得了迅速发展，它们为下半叶的“文学爆炸”奠定了基础。具体说来，两次世界大战使英国的实力大为削弱，其在资本主义世界的霸主地位随之丧失，这时期英国的现实主义文学呈现衰退迹象。而美国正好相反，一跃成为资本主义世界的霸主，在20世纪的欧美批判现实主义文学中，美国文学占据突出地位。德语国家文学在19世纪还处在缓慢发展阶段，到了20世纪，德国、奥地利和瑞士的现实主义文学达到前所未有的高度。现实主义的传统在法国源远流长，20世纪仍然出现了不少卓有成就的现实主义作家。在20世纪的俄罗斯、苏联文学中，现实主义文学是最主要、最有成就和最有影响的文学流派。

高尔基完成长篇小说《母亲》的创作

1906年，高尔基的代表作、长篇小说《母亲》完成。它描绘了无产阶级波澜壮阔的革命斗争，塑造了工人党员巴维尔和革命母亲尼洛芙娜的感人形象。这部小说极大地鼓舞了工人群众，使沙俄统治者十分惊恐。《母亲》被公认为世界文学史上崭新的、社会主义现实主义奠基作品。

▲高尔基（右三）在朗诵剧本《阳光之子》

高尔基

高尔基1868年出生在伏尔加河畔一个木匠家庭。由于父母早亡，他10岁时便出外谋生，到处流浪。他当过鞋店学徒，在轮船上洗过碗碟，在码头上搬过货物，给富农扛过活。他还干过铁路工人、面包工人、看门人、园丁……

在饥寒交迫的生活中，高尔基通过顽强自学，掌握了欧洲古典文学、哲学和自然科学等方面的知识。只上过两年小学的高尔基在24岁那年发表了他的第一篇作品，那是刊登在《高加索日报》上的短篇小说《马卡尔·楚德拉》。小说反映了吉卜赛人的生活，情节曲折生动，人物性格鲜明。报纸编辑见到这篇来稿十分满意，于是通知作者到报馆去。当编辑见到高尔基时大为惊异，他没想到，写出这样出色作品的人竟是个衣着褴褛的流浪汉。编辑对高尔基说："我们决定发表你的小说，但稿子应当署个名才行。"高尔基沉思了一下说道："那就这样署名吧：马克西姆·高尔基。"在俄语里，"高尔基"的意思是"痛苦"，"马克西姆"的意思是"最大的"。从此，他就以"最大的痛苦"作为笔名，开始了自己的创作生涯，而他的原名是阿列克塞·马克西莫维奇·彼什可夫。

▼这是一本杂志的封面，它描绘了高尔基流亡归来时下决心要用艺术为革命服务的情景。

青少年时期漂泊流浪的生活，使高尔基亲眼看到并亲身体验到俄罗斯劳苦大众在沙皇统治下的艰难生活。高尔基对腐朽的旧制度充满厌恶和憎恨。他在作品中抨击了沙皇制度的黑暗，揭露了资本主义社会的阶级剥削和压迫。他的作品受到广大读者的欢迎，但沙皇政府对此十分害怕，曾几次监视、拘禁和逮捕高尔基，并将他流放。镇压不但没有使他屈服，反而更加坚定了他斗争的意志和决心。

革命导师列宁是高尔基的良师益友。列宁不断地在思想、工作和生活上关怀、帮助高尔基。在列宁的建议、鼓励之下，高尔基创作了自传三部曲：《童年》、《在人间》和《我的大学》。自传三部曲不仅反映了作家本人的生活经历以及他接受马克思主义以前艰苦的思想探求过程，而且广泛概括了19世纪70—80年代的俄国社会生活，描写了劳动人民的悲惨生活和遭遇，歌颂了他们的优秀品质。

高尔基的最后一部作品是长篇小说《克里姆·萨姆金的一生》。他一生创作了大量各种体裁的作品，为无产阶级文学宝库留下了一笔巨大的财富。

《母亲》

在世界文学中，《母亲》是一部划时代的巨著，开辟了无产阶级文学的新纪元。《母亲》也标志着高尔基在探索正面人物方面达到了新的高峰。《母亲》以对新的革命现实的真实描写，以对时代本质的深刻概括，以具有高度思想性和艺术性的英雄人物形象以及新的创作方法开创了无产阶级文学的新纪元。

《母亲》深刻地反映了20世纪初无产阶级政党领导下波澜壮阔的群众革命斗争：工人运动从自发到自觉，从经济斗争转到政治罢工，农民和工人在斗争中结成同盟。小说第一次塑造了具有社会主义觉悟的无产阶级英雄的形象，因而在世界文学史上占有极为重要的地位。

为了表现小说的主题思想，作者精心设计了三组人物。第一组是革命者，包括革命工人和革命知识分子；第二组是工农群众，其中最重要的是母亲和农民雷宾的形象；第三组是敌人，这里有厂主、沙皇宪兵、法庭庭长，检察官等。在这三组人物中，高尔基突出了巴维尔和母亲这两位主要英雄人物（巴维尔是作为先进工人的代表，母亲则是作为革命群众的代表）。小说的中心思想主要是通过他们两人的成长以及群众的觉悟展示出来的。小说分为两部分。第一部分重点写巴维尔率领的马克思主义工人小组在社会民主工党领导下成长的过程，第二部分重点写马克思主义小组在群众中的作用和人民群众的觉醒。小说的人物形象体系和结构都是经过作者精心安排的。

由于在文学中的开创性贡献，高尔基博得了“苏联社会主义文学奠基人”、“无产阶级艺术最杰出的代表”的世界声誉。

名篇介绍

《童年》是高尔基自传体小说三部曲中的第一部，也是高尔基写得最投入最富有魅力的作品。阿廖沙3岁时父亲死于霍乱，母亲带着他到外祖父家生活，在这个家庭里，父子、兄弟、夫妻间勾心斗角，为争夺财产甚至为一些小事常常争吵斗殴。外祖父喜怒无常，脾气暴躁，凶狠地毒打外祖母，把阿廖沙也打得失去知觉。外祖母对阿廖沙非常慈爱，给他讲传说、童话和民间故事，虽有生活压力而毫无怨言。母亲被迫改嫁，几年后患肺结核病去世。外祖父破产后阿廖沙被迫流落人间，开始独立谋生。

小说真实地描述了阿廖沙苦难的童年，深刻地勾勒出一幅19世纪俄国小市民阶层庸俗自私、空虚无聊的真实生动的图画，同时又展现了下层劳动人民的正直、纯朴、勤劳。书中塑造的外祖母形象是俄罗斯文学中最光辉、最富有读者的形象之一。

《在人间》描绘阿廖沙走向社会外出谋生的经历。他备受生活煎熬，做过各种工役，受尽欺凌、侮辱、愚弄、甚至毒打和陷害，体验了社会生活底层的艰辛，认识到人性的丑恶。不过，外婆的善良、厨师的正直、玛戈尔皇后的博学，又使他看到生活的光明面。

《我的大学》写于1922年，是高尔基自传体小说三部曲中的最后一部，作品描写了当时俄国知识分子的精神生活和民粹派反抗沙皇统治的活动，展示了这一时期俄国知识分子的思想状况。16岁的阿廖沙到喀山上大学，但那时的大学对穷苦的孩子是关着大门的。于是，他上了一所特殊的大学——“社会大学”。在“社会大学”，他接触到许多知识分子，获得了启迪、受到了教育、开拓了思想。对市民习气的厌恶，对美好生活的向往感动了一代又一代的人。在普通人的喜怒哀乐中，融合着美好的品质和深重的灾难。

肖洛霍夫开始创作史诗性长篇小说《静静的顿河》

▲肖洛霍夫像

肖洛霍夫1925年秋开始写《静静的顿河》。1926年，他为了便于搜集创作资料，迁居维约申斯克镇。《静静的顿河》共4部8卷，1928年出版第一部和第二部，1932年出版第三部，1937年至1940年完成最后一部。《静静的顿河》可以当之无愧地被称作是哥萨克社会历史上的一面镜子。固然，运用文学形式描述哥萨克生活的远不止肖洛霍夫一人。普希金曾经写过哥萨克农民起义（《上尉的女儿》、《普加乔夫起义史》），托尔斯泰也曾塑造过许多真实可感的哥萨克形象（《哥萨克》）。然而唯有肖洛霍夫才通过20世纪头20年的社会巨变，最广泛、最深刻、最感人地表现了哥萨克的历史命运。

肖洛霍夫

肖洛霍夫出生在顿河维约申斯克镇，他的一生中绝大部分时间在那里度过。他仅受过4年教育，靠自学成才，是顿河哥萨克地区多姿多彩的生活给予了后来成为作家的肖洛霍夫取之不尽的创作素材。国内革命战争时期，顿河地区的斗争十分激烈和残酷。少年时代的肖洛霍夫不仅是这场斗争的目击者，而且直接参与了红色政权组建时的一些工作，如担任办事员和扫盲教师，参加武装征粮队等。

1922年，肖洛霍夫来到莫斯科，开始从事文学活动，并参加了文学团体“青年近卫军”。他的处女作是小说《考验》。1926年，他出版小说集《顿河故事》和《浅蓝的原野》（后合为一集），受到文坛的关注。在集子的20多篇小说中，作家把严峻而复杂的社会斗争浓缩到家庭中间和个人关系之间展开，在哥萨克内部尖锐的阶级冲突的背景中展示了触目惊心的悲剧情景和众多的悲剧人物。早期作品特色鲜明，但艺术上还欠成熟。1940年完成《静静的顿河》小说引起了极大的反响。

卫国战争时期，肖洛霍夫上过前线，写了许多通讯、特写和短篇小说。1943年开始发表反映卫国战争的长篇小说《他们为祖国而战》（未完成）。1957年发表的短篇小说《一个人的遭遇》产生了很大的影响，被称为当代苏联军事文学新浪潮的开篇之作。

肖洛霍夫的笔始终与顿河哥萨克的命运相连。他的作品反映了处于历史转折时期的哥萨克人民的生活变迁，塑造了许多个性鲜明的哥萨克形象，并开创了独特的悲剧史诗的艺术风格。1965年，肖洛霍夫因其

阅读版本推荐

《静静的顿河》，（苏）肖洛霍夫著，李志刚等译，中国戏剧出版社，2002年版。

《静静的顿河》，（苏）肖洛霍夫著，金人译，人民文学出版社，2000年版。

"在描写俄国人民生活各历史阶段的顿河史诗中所表现出来的艺术力量和正直品格"而获得诺贝尔文学奖。1984 年因病去世，终年 79 岁。

《静静的顿河》

《静静的顿河》共分 4 部。第一部着重描写一次大战前后哥萨克社会的风土人情，展示剽悍尚武、不受羁绊的哥萨克精神，以及葛利高里与阿克西妮亚的爱情生活。第二部在二月革命、科尔尼洛夫叛乱、十月革命和国内战争等重大历史事件的衬托下，写葛利高里受到革命哥萨克的影响，但又在红军和白军之间摇摆。第三部描写了1918年春至1919年5 月间哥萨克地区出现的叛乱，葛利高里成为叛军的一员。第四部写白军被击溃，哥萨克叛乱被平息，阿克西妮亚被流弹打死，葛利高里在走投无路的情况下回到已建立苏维埃政权的家乡。

《静静的顿河》是一部气势雄浑的史诗性作品，作家的笔触伸向了广阔的空间，波澜壮阔的历史事件和丰富深邃的人物命运水乳交融；在叙事方式上，小说突破了悲剧的传统模式，没有刻意制造的悲剧效果，却将读者引向更为深远和开阔的精神境界；小说中人物众多，个性鲜明，男女主人公塑造得丰满而有深度；作者厚实的生活积累，使得作品的画面极为生动，关于哥萨克习俗细节的描写和民歌民谣的运用，又使得作品充满了顿河乡土气息。

肖洛霍夫是前苏联俄罗斯文学的杰出代表，也是第一个获得东西方普遍公认的苏联作家。苏联解体后，俄罗斯的文学史界正在重新审视"苏联文学史"，应该说，许多以前的革命现实主义作家都在新的文学史中失去了一席之地，而唯有肖洛霍夫以他的一部长篇小说《静静的顿河》和一部短篇小说《一个人的遭遇》牢牢屹立。究其原因，是因为肖洛霍夫的作品在思想性和艺术性上都经得起时间的考验：在思想性上，他超越了时代的局限，高歌人道主义主题。在艺术性上，他坚持真正的现实主义，使作品具有不凡的魅力。

▲1985 年苏联为纪念肖洛霍夫而发行的邮票

苏联社会主义建设时期出现了两个著名作家

自20世纪30年代初至50年代初。这一阶段是苏联历史上全面进行社会主义建设的时代，1934年8月召开了第一次全苏作家代表大会，成立苏联作家协会，选举高尔基为作协主席，确定了社会主义现实主义审美原则。小说创作歌颂社会主义建设，讴歌一代新人的成长，弘扬苏维埃爱国主义精神，是这一阶段小说创作的主导思想。奥斯特洛夫斯基的长篇小说《钢铁是怎样炼成的》塑造了一位在革命斗争和社会主义建设事业中忘我奉献的红军战士保尔·柯察金形象。阿·托尔斯泰的长篇三部曲《苦难的历程》以第一次世界大战、经十月革命到国内战争期间俄国的社会现实为背景，刻画了捷列金与达莎、罗欣与卡佳这四位知识分子形象。

▲奥斯特洛夫斯基像

奥斯特洛夫斯基

奥斯特洛夫斯基生于乌克兰一个工人家庭。当过童工，饱尝过屈辱。十月革命后投身于捍卫苏维埃政权的斗争。1920年秋在战斗中负重伤，转到劳动战线，跳进第聂伯河打捞木材，因而患上伤寒和风湿症。后来又因劳累过度，健康日益恶化，终于全身瘫痪，双目失明。他以惊人的毅力和病魔斗争，在病榻上创作了《钢铁是怎样炼成的》。1934年冬，他开始写《暴风雨所诞生的》。小说以1918年末到1919年初国内战争为背景，反映乌克兰人民击败波兰侵略者的英勇斗争。全书原计划写三卷，作者只完成第一卷便去世了。

《钢铁是怎样炼成的》描写保尔·柯察金作为一个普通工人的儿子，经历第一次世界大战、十月革命、国内战争和国民经济恢复时期的严峻生活，把对旧生活自发的反抗改变为自觉的阶级意志。保尔的成长不是“性格的自我发展”，而是如同作者在回忆自己一生时所说:“钢是在熊熊大火和骤然冷却中炼成的……我们这一代也是在斗争和艰苦考验中锻炼出来的。”

保尔的英雄主义是早期布尔什维克的理性真诚，个人价值和集体事业在观念上处于和谐状态。小说不仅通过一个接一个的困境来塑造这位主人公，还通过激动人心的独白、发人深省的警句格言直抒这种赤诚情怀。一次，保尔来到烈士墓前悼念为革命而牺牲的战友时，曾默默地想到:“人最宝贵的是生命。它属于我们只有一次。人的一生应当这样度过:当他回首往事时不因虚度年华而悔恨，也不因碌碌无为而羞耻。这样在他临死的时候就能够说:‘我已把我整个的生命和全部精力都献给最壮丽的事业—为人类的解放而斗争。’”

阿·托尔斯泰

阿·托尔斯泰出生于萨马拉一贵族家庭。1901年进入彼得堡工学院，中途退学，投身文学创作。他早年醉心于象征派诗歌，之后转向现实主义小说的创作，出版过中篇小说集《伏尔加河左岸》和长篇小说《跛老爷》等。第一次世界大战期间，他曾以战地记者身份上过前线。

名篇介绍

阿·托尔斯泰的长篇小说《彼得大帝》主要描写彼得大帝一生的业绩及其对俄国的贡献，展现了俄国17世纪末18世纪初宏伟壮阔的生活图景和历史事件。小说共分三卷，第一卷发表于1930年，主要描写了彼得为争取权力而进行的斗争，描写了宫廷贵族之间的倾轧，描写了彼得为促进国家西欧化而采取的最初一些措施。第二卷出版于1934年，描写了彼得为夺取水域而进行的斗争，描写了西欧各国之间的冲突，描写了彼得为准备“北方战争”而从事的外交和军事活动。第一、二卷仅仅是第三卷的一支序曲，而第三卷才是长篇小说最主要的部分。它将描写彼得大帝的立法工作和改革活动，描写俄国军队保卫尤里耶夫和纳尔瓦城的英勇斗争，还将描绘国际上的叱咤风云和西方一些国家——法国、波兰和荷兰的绚丽多姿的图景。

1918年，阿·托尔斯泰出国，侨居巴黎和柏林，写了自传体小说《尼基塔的童年》，并开始写《苦难的历程》第一部《两妹妹》。1922年他与白俄决裂，次年返回莫斯科。此后，他先后完成了《粮食》、《伊凡雷帝》、《苦难的历程》的后两部《一九一八年》和《阴暗的早晨》、长篇小说《彼得大帝》。

《苦难的历程》是阿·托尔斯泰的代表作，从构思到完成，历时20载。三部曲的第一部《两姐妹》侧重描写的是主人公个人的命运，反映的是个人对时代的感受，带有“家庭生活”小说的特点。第一次世界大战前夕到十月革命前夕的俄国社会动荡不安，但是作为俄国资产阶级知识分子典型的4个主人公却都沉湎于个人的爱情而置身于社会斗争之外，生活十分空虚。小说第二部《一九一八年》则开始转向了史诗式的描写。作者在国内战争的巨大历史画面上展示人物的命运。在暴风骤雨的年代里，4个主人公的个人生活都遇到了不幸，但在斗争中有的找到了革命的真理，有的仍在进行艰苦的探索。小说最后一部《阴暗的早晨》在同样广阔的背景上描写了1919年前后苏联人民抗击外国干涉者和白匪军的英勇斗争，4个主人公也在经历了洗炼之后，先后走向了革命。他们在莫斯科重逢，并一起倾听了列宁关于电气化计划的报告。小说预示着“阴暗的早晨”以后将迎来幸福的、阳光明媚的白天。

▼阿·托尔斯泰像

罗曼·罗兰以《约翰·克利斯朵夫》开创了长河小说

1890年，罗曼·罗兰开始创作《约翰·克利斯朵夫》，开创了“长河小说”。它反映了世纪之交风云变幻的时代和具有重大意义的社会现象。该小说于1913年获法兰西学院文学奖金，由此罗曼·罗兰被认为是法国当代最重要的作家。1915年，为了表彰“他的文学作品中的高尚理想和他在描绘各种不同类型人物所具有的同情和对真理的热爱”，罗兰被授予诺贝尔文学奖。

▶罗曼·罗兰像

罗曼·罗兰

罗曼·罗兰是19世纪末和20世纪前半期法国最杰出的现实主义作家。他出生于法国中部高原上的小镇克拉姆西的一个公证人的家庭。

▲诺贝尔奖章的正反面和受奖证书

15岁随父母迁居巴黎。1886年考入巴黎高等师范学院学习文学和历史，一度去意大利考察艺术。

罗曼·罗兰年轻的时候非常崇拜三个人：贝多芬、莎士比亚和列夫·托尔斯泰。可是托尔斯泰在他写的一本名为《怎么办》的小册子里偏激地排斥世人看中的文学、艺术。他甚至把莎士比亚称作四流的作家，认为贝多芬不过是肉欲的引诱者。这使22岁的罗曼·罗兰困惑不解，就好似正在大海上航行的船失去罗盘一样，怎么办呢？

他思索再三，给托尔斯泰写了一封信，诉说内心的矛盾。很快，托尔斯泰回了他一封长信。在信中，托尔斯泰阐述了他泛爱的人道主义思想。他认为，无论从事哪一样事业，包括文学艺术的动机，都应该是为了爱全人类，而不是为了爱事业本身。艺术家如果没有这样的爱，他的作品就不会有价值。只有沟通人类的情感，消除人类的隔膜的作品，才是成功的作品；只有为了坚定的信仰而能牺牲一切的艺术家，才是有价值的艺术家。托尔斯泰这一番话，给罗曼·罗兰留下极深的印象，对他一生都产生了影响。

很长时间，罗曼·罗兰住在巴黎一幢5层小楼顶层的两间小屋里。他每日的生活就是读书、做笔记、写文章，一天只睡5个小时。寓所附近有一个公园，但是罗曼·罗兰很少到那里去散步，他所有的休息就是变换一下自己正在干的事，譬如，放下哲学书，拿起一本莎士比亚的诗集，或是放下写作的文章，给朋友复信，他唯一的娱乐，是在黄昏的时候，坐在钢琴前面弹奏一曲贝多芬。

这时的罗兰还默默无闻，他写了许多剧本却无处发表，因为他对当时文坛的浅薄非常不满。他和朋友一起自编自写，出版了个刊物，他的剧本、名人传记以及后来使他名声大噪的《约翰·克利斯朵夫》，都先发表在这个刊物上。这个刊物不为赚钱，所以既不登广告，也不问销路，当然也就没有稿酬，罗兰的生活是非常清苦的，但是信仰支撑着他，就如《约翰·克利斯朵夫》的主人公所说的，“成功不是他的目的，信仰才是他的目的”。罗曼·罗兰的信仰是沟通人类的同情，实现世界的和平、爱、真理和公道。

从1904年开始，罗曼·罗兰用了8年时间创作出10卷长篇小说《约翰·克利斯朵夫》。他说：“民族太小了，世界才是我们的题目。”他成功了。《约翰·克利斯朵夫》使罗兰在1915年获得诺贝尔文学奖。

阅读版本推荐

《约翰·克利斯朵夫》，(法)罗曼·罗兰著，傅雷译，内蒙古文化出版社，1996年版。

然而，罗曼·罗兰成名的那年，第一次世界大战爆发了，伴随成名而来的却是骂名。罗兰因为反对战争，主张人道、和平，特别是他发表的反战政论《超乎混战之上》，使他成为被民族沙文主义昏了头脑的国人攻击的众矢之的。卖国贼是他的头衔，协助敌人是他的罪状。一时间，他成了法国报纸咒骂的中心。一位“爱国者”收集了许多照片和所谓证据，编成厚厚一册，作为罗曼·罗兰“通敌”的铁证，许多朋友也纷纷离他而去。幸而罗兰当时住在瑞士，如果在法国的话，他很可能被狂热的“爱国者”所暗杀。但罗兰不为所动，矢志不渝。战争结束，大浪淘沙，那些咒骂他的人和文章以及加在他头上的骂名，自是灰飞烟灭。

第二次世界大战期间，罗曼·罗兰在沦陷的法国闭门写作，表达他对侵略战争的抗议。他的书籍被纳粹分子焚毁，法国傀儡政府禁止学校用他的作品作为教材和读物，罗兰处在很艰难的境遇中。1944年8月，巴黎光复，12月罗曼·罗兰与世长辞，他到底看到了自己毕生追求的信仰又重现光明。

长河小说

《约翰·克利斯朵夫》是罗曼·罗兰的代表作。主人公约翰·克利斯朵夫是一个个人反抗社会的小资产阶级民主主义知识分子形象。

克利斯朵夫的性格特征主要通过他的三个生活阶段显示出来。他早年生活在德国，童年和少年时代就表现出出众的音乐天赋，但卑微的出身使他从小感受到了生活的艰辛和社会的不平，开始形成反抗意识。年轻的音乐家鄙视封建贵族，痛恨资产阶级暴发户，不愿让他们将把艺术当作享受的玩物，但因此他也遭到社会的排斥和打击。后又因仗义救人，造成命案，不得不流亡法国。到了巴黎以后，他目睹巴黎文学界乃至整个社会的堕落，十分失望。为了维护艺术的纯洁和人格尊严，他毅然对法国艺术界进行了激烈抨击。可是，他的反抗始终是孤独的，唯一理解和支持他的只有好友奥里维。克利斯朵夫的社会地位使他同情下层人民，但他身上的个人英雄主义意识和对艺术作用的错误估计，又使他无法很好地与人民结合在一起，并从中找到精神力量。好友奥里维在“五一”示威斗争中受伤死去，对克利斯朵夫是沉重打击，从此他逃避斗争。晚年的克利斯朵夫反省自己的一生，不再过问世事。他陶醉在爱情之中，向现实妥协，与过去的敌人讲和，同时致力于宗教音乐创作，在追求内心和谐中死去。

小说中，克利斯朵夫具有真诚、执著、坚强的性格和强烈的反抗精神。作品力图将这一形象塑造成高于庸俗资产阶级社会的英雄人物。毫无疑问，克利斯朵夫的反抗具有积极意义，但是他的思想局限又使他陷入深刻的矛盾，并导致个人反抗以失败告终。克利斯朵夫的反抗、失败、动摇、幻灭的生活历程，包含着丰富的社会内容。它深刻地概括了19世纪末20世纪初具有民主主义思想的小资产阶级知识分子的精神面貌，广泛地反映了这一时期欧洲资本主义社会的现实和矛盾，尖锐地批判了腐朽文化对真正艺术的摧残。

《约翰·克利斯朵夫》开创了“长河小说”这一艺术体裁。作品以主人公一生为主要线索，构成了基本情节。次要的人物虽各自有其独特的命运和遭遇，但时时呼应主线。整部作品就像一条由许多支流汇集而成的大河，奔腾不息。《约翰·克利斯朵夫》又是一部“音乐小说”，这不仅是因为小说写的是音乐家的一生，而且整部小说无处不富有音乐色彩。主人公的喜怒哀乐、悲欢离合，巧妙地被编织在交响乐般的旋律之中，形成一个和谐而完美的整体。

▼罗曼·罗兰和印度文学大师泰戈尔在一起交谈

刘易斯和斯坦贝克获诺贝尔文学奖

▲刘易斯像

20世纪美国的现实主义文学，继承了马克·吐温的传统，继续对资本主义社会的罪恶进行辛辣的讽刺和严正的批判，捍卫民主理想和自由精神，同时又受到社会主义思潮的影响，深入分析社会问题的根源，塑造劳动人民的崇高形象，产生了许多重要作家和一批优秀作品。刘易斯和斯坦贝克是20世纪美国现实主义文学的杰出代表。1930年，刘易斯因在小说创作中“描述的刚健有力、栩栩如生和以机智幽默创造新型性格的才能”，成为美国历史上第一个荣获诺贝尔文学奖的作家。斯坦贝克因“通过现实主义的、富于想象的创作，表现出同情的幽默和对社会的敏锐的观察”，获1962年诺贝尔文学奖。

美国第一个获诺贝尔文学奖的作家

刘易斯生于明尼苏达州一个医生家庭。从耶鲁大学毕业后，他在纽约等地当记者和编辑，并开始文学创作。

1920年，刘易斯出版小说《大街》，一举成名。女主人公卡罗尔·肯尼科特，随医生丈夫迁居到他的故乡明尼苏达的格佛普里雷镇，一条丑陋的大街横贯小镇，周围是毫无美感的建筑，居民思想保守、令人乏味。卡罗尔几经努力，想改变小镇的沉闷风气，但都失败，多遭非议。甚至连丈夫也不支持她，卡罗尔一度出走华盛顿，然而卡罗尔对那里的自由生活也感到空虚，而且因为离开了小镇，对小镇的弊端倒能看得更清楚了，觉得她尚可接受。于是，卡罗尔最后还是回到小镇回到丈夫身边定居下来。小说表现了对童年生活的报复：对美国传统价值观念的揭露和批判。

他的另一部重要作品是《巴比特》，作品嘲讽了社会的市侩习气。巴比特是个很有成就的房地产经纪人，他每日的生活都是一个模式，属于典型的中产阶级。表面上夫妻、父子、父女彬彬有礼，实际上冷若冰霜。巴比

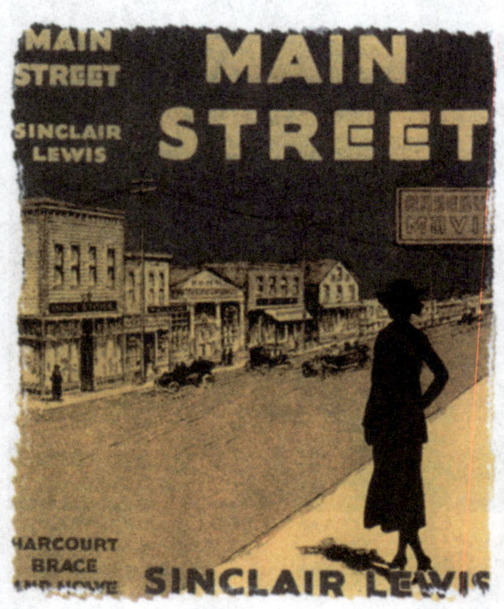

◀“刘易斯戳穿了小城完美道德的神话。”刘易斯的《大街》问世前，作家对美国郊区村庄的描述都是清洁、被推崇和私人汽车盛行，而这些是大城市没有的。这样的小城在《大街》的主人公眼中却是颓废自傲，对丰富的文化生活毫无兴趣的一潭死水。

特加入俱乐部，参加同仁大会，投人竞选，偶尔打球，但他仍感生活贫乏，曾设法逃避家庭与子女的拖累，去追求所谓自由的新天地，他想回到大自然、想永远不再做生意、想与情人生活下去，但他的反叛没有使他得到道德上的满足和净化，最后他还是回到家里成为昔日生活方式的俘虏。

“巴比特”成了所有盲目遵从本阶级社会道德标准的商人的代名词。但巴比特又不仅仅是个可鄙的人物，他的反叛使他有令人同情之处。

刘易斯的作品大多以乡村和小市镇生活为题材，并擅长用批判而又同情的笔调描写美国中产阶级的生活。他的小说风格粗犷、幽默、富有活力。他还善于使用夸张和讽刺的手法，充满乡土气息。他是美国文学史上第一个获诺贝尔文学奖的作家。

乡土作家斯坦贝克

1902年2月27日斯坦贝克生于加利福尼亚州赛利纳斯。他自幼生活在小镇，做过牧场工人、木工学徒、油漆匠、运输工、实验室助手等。就学于斯坦福大学时，曾从事各种体力劳动。独特的生活经历使之熟悉乡野的自然风光与乡土人情。

▲斯坦贝克像

上大学期间即开始创作，最早的几部作品并未引起重视。直至1935年《托蒂亚平地》问世，才受到文艺界及广大读者的关注。小说以西班牙与印第安混血儿聚居的贫民窟为背景，描写了一群淳朴、善良的流浪汉，反映出他们之间的友谊及乐观幽默的天性，富有民间文学色彩。此后，又成功地创作了长篇小说《相持》、中篇小说《鼠与人》。1939年发表的长篇小说代表作《愤怒的葡萄》，以农业工人约德祖孙三代的生活经历为主线，描绘出30年代大萧条时期农民的痛苦生活，揭示出深刻的社会问题，在美国人民中引起强烈反响。它不仅标志着斯坦贝克创作的高峰，也堪称美国20世纪最重要的作品之一。获1940年普利策小说奖。

第二次世界大战期间，出任欧洲战地记者，写报道和宣传品。同时创作了以战争为背景的中篇小说《月亮下去了》，战后又发表的中篇小说《珍珠》。斯坦贝克迁居纽约后发表《灼热》等长篇小说。60年代，发表的《烦恼的冬天》，是他晚年的一部力作，和作家过去风格不同，整部作品显得凝重、沉郁。

斯坦贝克一生共作有17部小说、诸多短篇故事、剧本等。其作品洋溢着浓郁的乡土气息，风格清新自然。他因“通过现实主义的、富于想象的创作，表现出同情的幽默和对社会的敏锐的观察”，获1962年诺贝尔文学奖。为表彰他在“和平时期对美国的服务”，1964年获总统自由奖。

◀《愤怒的葡萄》剧照

20世纪美国现实主义文学中出现了两个女性作家

在20世纪美国现实主义文学中，有两个著名的女性作家不容忽视，一个是号称“中国通”的赛珍珠，一个是仅仅凭一部作品就屹立于美国文坛的玛格丽特·米切尔。

▲赛珍珠像

“中国通”赛珍珠

女作家赛珍珠生于西弗吉尼亚州希尔斯博罗，她幼年随传教士父母来中国居住，大学毕业后，她又作为传教士来华，1935年离开中国。

1931年出版长篇小说《好土地》，写中国农民从一无所有达到富裕的故事，表现农民对土地的眷恋。小说被授予普利策奖。《好土地》与其后迅速推出的《儿子们》和《分家》，构成《土地之家》三部曲。

此后30余年里，她以美国知识分子中的中国通身分撰写了大量文学、书信、政论、新闻作品，1938年因“对中国农民生活史诗般的真切而材料丰富的描述，以及传记方面的杰作”获诺贝尔文学奖，但也激起中美两国的种种争议。有的美国汉学家和中国左翼作家指责她对中国缺乏深刻了解，误导美国公众对华认识。她本人对中国革命抱有怀疑与抵触，后期小说《爱国者》和《龙种》等错误较多。

▲赛珍珠的作品《好土地》一书的书影

80年代以后，中国学者重新研究评价赛珍珠，肯定她的部分艺术成就，也指出她的历史局限性和一定程度上的文化偏见。1933年，她曾将中国文学名著《水浒传》译成英文，并将书名改为《四海之内皆兄弟》出版。

▼米切尔像

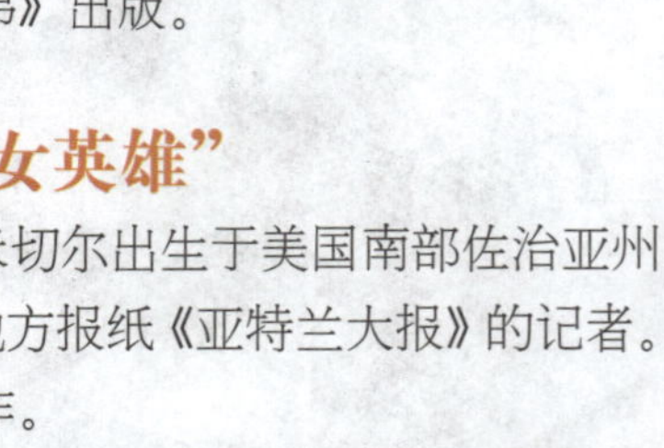

亚特兰大的“女英雄”

女作家玛格丽特·米切尔出生于美国南部佐治亚州亚特兰大市。她曾担任地方报纸《亚特兰大报》的记者。婚后辞去报职，潜心写作。

米切尔一生中只发表了《飘》这部长篇巨著，但这部仅有的小说奠定了她在美国文学史上不可动摇的地位。她从1926年开始着力创作《飘》，10年之后，作品问世，一出版就引起了强烈的反响。

《飘》的出版使玛格丽特几乎在一夜之间变成了当时美国文坛的名人，成了亚特兰大人人皆知的“女英雄”。这突如其来的盛誉彻底改变了她的生活。《飘》出版后的第9天，玛格丽特在给佛罗里达一位教授的信中讲述了她的体会：“小说出版的当天，电话铃每3分钟响一次，每5分钟有人敲门，每隔7分钟有一份电报送上门来。公寓门口总站着十几个人，他们在静候着玛格丽特出来，以便请她在小说上签名。”“我不知道一个作家的生活会是这个样子。如果我事先知道的话，我绝不会企图去当一名作家。过去的几十年里我的生活一直非常宁静。这是我自己选择的一种生活方式，因为我不善于与人交往；因为我希望工作，喜欢安静；也因为我身体不很好，需要休息。近日来，我的生活已经彻底丧失了那种宁静安谧的气氛”。

《飘》以19世纪60年代美国南北战争和战后重建时期为背景，以女主人公郝思嘉的爱情纠葛和生活遭遇为主线，着力刻画了姿色迷人、聪明能干的大庄园主女儿郝思嘉这一争强好胜、贪婪冷酷、为达目的不择手段的不屈不挠进行奋争的女性形象，并生动形象地再现了美国南部种植园经济由兴盛到崩溃，妇隶主生活由骄奢淫逸到穷途末路，奴隶主阶级由疯狂挑起战争直至失败灭亡，奴隶制经济终为资本主义经济所取代这一美国南方奴隶社会的崩溃史。本书在描绘人物生活与爱情的同时，勾勒出南北双方在政治、经济、文化各个层面的异同，具有浓厚的史诗风格，堪称美国历史转折时期的真实写照，同时也成为历久不衰的爱情经典。

▼1939年根据米切尔的小说《飘》改编的电影《乱世佳人》的剧照

最伟大的美国小说《美国的悲剧》出版

1925年，他的长篇小说《美国的悲剧》出版，立即震动了整个美国社会，给德莱塞带来世界性的声誉。这部作品标志着他的创作进入新阶段，反映了他文学的最高成就，被当时的评论家们赞为“我们这一代最伟大的美国小说”。

▲这是《珍妮姑娘》的女主人公珍妮

德莱塞

德莱塞的父亲是德国移民，曾经营纺织工场，因失火而破产。穷困的家境使他只上了两年中学便被迫走上社会，先后当过洗碗工、机修工、汽车司机等，后受人资助念过一年大学。在校期间，对斯宾塞、赫胥黎的生物社会学思想颇感兴趣，开始形成对社会和人生的基本看法。他认为本能与道德理性的冲突是永恒的不可调和的，社会奉行的“丛林原则”虽然可恶却无法改变。这些思想后来长久地渗透于他的创作。1893年因在征文比赛中获奖，他被芝加哥《环球报》聘为旅行记者，开始了长达数年的新闻记者和报刊编辑的生涯，开阔了视野，累积了不少创作素材。

1900年5月，他完成了第一部长篇小说《嘉莉妹妹》。小说取材于他姐姐的真实遭遇，却概括了当时美国下层人民的普遍命运。嘉莉是个乡下姑娘，到城里打工，因病失业，生活无着，被迫出卖色相，先后与一个推销员和一个饭店经理姘居，后因机遇成为名演员，名利双收后却感到人生空虚无聊。小说大胆直率的描写和不同流俗的结尾冲破了美国文学“高雅传统”的藩篱，引起了保守人士的不满和围攻，甚至当时的名作家豪威尔斯都表示不能接受。小说销路的低迷和巨大的社会压力，使德莱塞身心交瘁，一度想自杀，后在哥哥和友人的帮助安慰下，才慢慢恢复过来。10年后，德莱塞创作了第二部长篇小说《珍妮姑

▼1911年出版的《珍妮姑娘》封面

▲德莱塞像

娘》，同样描写了一个受欺凌的弱女子的悲剧命运，因其宽容和解的结尾投合了世人的道德理想，销路大增，德莱塞因此得以成为专业作家。

此后20年，德莱塞以惊人的速度完成了5部长篇小说、4部短篇小说集和许多其他文体的作品。这期间，他发表了《欲望三部曲》的前两部《金融家》和《巨人》（最后一部《斯多噶》作于晚年，去世后才发表）。德莱塞的代表作是长篇小说《美国的悲剧》。它记述一个出身于牧师家庭的青年克莱德一心向上爬，为了能与大资本家的女儿成婚，不惜设计害死自己已有身孕的情人，最终阴谋败露，断送了自己。这部作品代表了德莱塞小说创作的最高成就，为他赢得了世界性的声誉。

《美国的悲剧》

《美国的悲剧》是德莱塞的代表作，为他赢得了世界性的声誉。小说主人公克莱特是穷牧师的儿子，少年时常随父母沿街布道，兜售《圣经》，后厌恶形同乞丐的生活，去一家大旅馆当茶房，由此大开眼界，一心想致富。在一次车祸后逃往芝加哥，投靠身为内衣厂老板的伯父，当上部门主任。先与女工洛蓓达相好，后又获得富家女桑特拉青睐。为了跻身上层，他昧着良心谋杀了已有身孕的洛蓓达，终因罪行败露，被送上电椅处决。

正如书名所示，克莱特的悲剧是“美国的悲剧”。他杀害无辜的女友，是个害人者，但造成他犯罪动机的是美国社会流行的利己主义人生哲学和金钱至上的价值观，所以他又是个受害者。此外，克莱特既无显赫的家世，又无高深的学问，更无突出的才能，他只是一个极普通的美国青年，所以他的悲剧不属于西方文学中古典型的性格悲剧，而是更具普遍性的社会悲剧。因此，这一形象也就更有典型意义。

德莱塞继承了巴尔扎克的现实主义传统，在小说中运用高度典型化的手法，揭示了造成主人公精神堕落、人格异化的典型环境。克莱特在早年生活的贫民窟里看到的凄惨景象，以及家人遭受欺凌的事实，使他急欲摆脱贫困跳出苦海；他在有钱人的世界里，又体会到什么叫灯红酒绿、放纵享受，使他垂涎欲滴，梦想一步登天。贫富两个环境铸成了他的腐朽的灵魂。

德莱塞是20世纪美国最杰出的现实主义小说家，是美国现代小说的先驱和代表作家，被认为是同海明威、福克纳并列的美国现代小说的三巨头之一。

阅读版本推荐

《珍妮姑娘》，（美）德莱塞著，潘庆龄译，中国戏剧出版社，2005年版。

《嘉莉妹妹》，（美）德莱塞著，人民文学出版社，2003年版。

海明威获得诺贝尔文学奖

1954年12月10日第五十四届诺贝尔文学奖颁发给了美国作家海明威，授奖是“因为他精通于叙事艺术，突出地表现在他的近著《老人与海》之中；同时也因为他在当代风格中所发挥的影响”。海明威在美国20世纪文学史上占有无可争议的崇高地位，“迷惘的一代”的代表，20世纪西方文学史上的一个现代神话。

▲海明威的回忆录《不固定的圣节》封面，回忆录写成后的第二年，他便自杀了。

海明威

在1961年7月2日，海明威在自己的家中，用他心爱的猎枪对着自己硕大的脑袋扣动扳机，从而戏剧性地结束了自己的一生。他在世的时候，可以说是美国最著名的作家，他的作风、他的主人公、还有他的风格与态度，几乎尽人皆知——不单是在讲英语的世界里，而且在只要有知识分子的地方。也许没有别的小说家比得上他对现代小说文笔的影响，因为凡是知道他作品的地方，就有人用他的笔法，模仿、改造或是吸收，形成了一种可称“海明威风格”的传统。他本人又是一个特别出名的富于传奇色彩和独特个性的人，他的后半生的每一次冒险，报纸上都一一报道。但是，对于他的作品，许多人都并不真正了解，就像对他的自杀许多人并不明白一样。

纵观海明威的62个年头，的确有让人眼花缭乱之感。他一生追逐的是故事、女人和冒险，像海盗一样，他过的生活，一直介于豪华与原始之间、安适与动乱之间。

名篇介绍

《永别了，武器》是海明威创作成熟期的一部重要作品，也是“迷惘的一代”的代表作之一。作品的背景是第一次世界大战中的意大利战场。主人公亨利中尉是意军中的一个美国志愿兵，负责一个救护车队。因掩体被炸亨利受伤，住院时，重逢凯瑟林护士并真的爱上了她。他俩度过了一个美好的夏天，但凯瑟林拒绝了求婚，因为一旦结婚，她就会被遣送回国。秋天，凯瑟林怀孕了，而亨利却不得不离开她重返战场。意军在奥军的猛烈攻击下退却了，在混乱中亨利怕自己的外国口音会被宪兵误认成间谍，于是跳河逃走，几经周折找到凯瑟林。两人平静快乐的生活很快被追捕逃兵的宪兵打破，只得偷渡到瑞士，希望在那里等待他们的孩子平安降生。不料凯瑟林难产而死。亨利探视了爱人的遗体后，冒雨走回旅馆。

作品通过主人公的的爱情悲剧谴责了战争的残酷和非理性，如果不是战争造成的动荡不安的生活状态和不良的医疗条件，他们本来是很有希望得到幸福的。何况这场战争只是西方列强争夺霸权的不义之战，正如亨利所说的：“什么神圣、光荣、牺牲这些空泛的字眼，我一听就害臊，我可没见到什么神圣的东西，光荣的东西也没有什么光荣，至于牺牲，那就像芝加哥的屠宰场，不同的是把肉拿来埋掉罢了。”作品的反战主题显然易见。

海明威于1899年出生在伊利诺伊州芝加哥郊外的一个全部是中产阶级的住宅区“橡树园”镇。父亲是著名医生，喜欢狩猎、运动、钓鱼，一心培养海明威“男子汉”的兴趣和性格。母亲是个虔诚的教徒，特别喜爱音乐和绘画，要培养他成为循规蹈矩的上流社会的人物。小海明威应该向哪方面走，引起过一场父母之间的斗争，最后似乎是父亲赢了。据传记作家们说，3岁时，父亲就给海明威买了第一根钓鱼杆，10岁时又送他一枝一人高的猎枪并教他射击，同年海明威吸了第一支烟，12岁时喝了第一杯劣质威士忌，13岁有了第一个女人，14岁开始学拳击，约16岁时开始认真写作，18岁中学毕业后，没有投考大学，而是去了《堪萨斯明星报》当见习记者，练习了简明的文体风格。

▲海明威的第一部小说《春潮》封面

▲海明威自豪地向人们展示一条重达400公斤的箭鱼。他在《太阳照常升起》中写道：只有不怕死的精神才是世界上最伟大的力量的表现，才是永恒的人生，也才是太阳升起的地方。

几个月后的1918年，海明威虚报年龄参加一战，当上了红十字会救护队的荣誉少尉，在极度兴奋的状态下去意大利前线任救护队司机。同年7月8日，在意大利北部战场分发巧克力时不幸被迫击炮弹炸伤，通过12次手术，医生从他身上取出237块弹片，拿不出的不算。在住院期间，遇上了一个年轻的女护士，紫罗兰色的大眼睛，一次没有证实的爱情。作为第一个在战场上负伤的美国人，他的事迹上了美国报纸，意大利政府奖给他一枚银十字勋章。复原后他又上前线。回国时，他已经获得3枚勋章。所以海明威有资格在美国一手挥舞着他负伤时穿过的那条裤子，一手举着勋章，给中学生作报告。但实际上，他在心理和精神上都受到创伤，从此患有严重的失眠症。

20岁时，海明威终于决定要当作家。他以《星报周刊》驻欧记者的身份，偕妻子去了法国。在巴黎，经安德森的介绍，海明威结识了意象派诗人庞德、散文作家斯泰因、意识流大师乔伊斯以及其他一些作家、艺术家、记者和出版商，跻身本世纪20年代闻名于世的文学圈子。巴黎习艺，收获颇大，在《流动的宴会》中有大量描述。他还去意大利旅行，会见过墨索里尼。并受命赴中东和瑞士采访了希土战争和国际会议。又去德国，报道法德在鲁尔地区的冲突。记者生涯开阔了他的

◀海明威在西班牙一个酒吧尽情地享受烈酒带给他的刺激。

眼界，锻炼了他的体魄，磨练了他的简约的文风，为创作提供了素材。

24岁时，他发表了第一个作品集《在我们的时代里》，赚钱不多但很出名。而1926年发表的长篇《太阳照常升起》，小说的出版奠定了海明威的文坛地位，他被看作“迷惘的一代”的代表作家。小说描写了战争对青年一代的心灵摧残，他们的精神创伤在战后难以愈合。男主人公巴恩斯如同作者也是个战地记者，因负伤丧失了性功能，无法与相爱的女友结婚，只得与一帮无所事事的朋友在欧洲各地漫游，观看拳赛斗牛，出入酒肆舞场，表面喧哗闹腾，内心悲哀失望，不知出路何在。天际的太阳照样升起，人性的太阳却永远地沉落了。海明威昭示了一代“世纪儿”的悲剧。

名篇介绍

《老人与海》是海明威的代表作之一。作者自己也认为：“这是我这一辈子所能写的最好的一部作品了。”小说结构朴素，平铺直叙式，情节也非常简单：老渔夫桑提亚哥在远海钓到了一条巨大的马林鱼，经过三天二夜的激烈较量终于将鱼打死，在归途中，他遭到大群鲨鱼的袭击，等他拼命搏斗、驶近港湾时，那条马林鱼被撕咬得只剩下一副骨架。

1927年，海明威与第一个妻子离婚、与第二个妻子结婚，然后离开欧洲回国，有10年的时间他多半住在佛罗里达的基维斯岛，另一半时间他去非洲打猎、去西班牙看斗牛，打完猎看完斗牛回来后，创作了重要的非虚构作品《非洲的青山》、《午后之死》，后者提出了自己的创作经验“冰山原则”。他以“冰山”为喻，认为作者只应描写“冰山”露出水面的部分，水下的部分应该通过文本的提示让读者去想象补充。这一时期比较重大的事件是他1929年发表长篇小说《永别了，武器》。

1936年，佛朗哥在德、意法西斯的直接参与下发动内战。37岁的海明威以巨大的热情参加了西班牙反法西斯战争，他一方面积极声援运动，一方面四次前往西班牙报道，亲自参加了战斗。国际纵队撤退时，海明威是最后一批。此次西班牙之行的收获一个是另一部重要作品《丧钟为谁而鸣》，另一个收获是第三任妻子。第二个妻子以遗弃为理由和海明威离了婚。

▼海明威像

海明威和新妻子以记者身份采访了中国的抗日战争，蒋介石接待过他，宋美龄给他当过翻译。在40年代，海明威这一类非文艺性活动非常耸人听闻，光是他在二战中的冒险，就够做好几部小说的材料。在1942年，他向美国海军自告奋勇，驾驶他自己的游艇沿佛罗里达海峡巡逻，巡逻了两年，他有一个近乎自杀的计划，想毁灭这个区域的德国潜艇。

1944年，他又以记者身份去英国，屡次坐轰炸机参加战斗。战斗中他没有负伤，却在灯火管制时汽车失事受了重伤，几家报纸登了讣告，头部缝了57针，但他在诺曼底登陆那天把伤口上的线抽了出来。突入法国之后，他自动参加他选择的一个著名的师，参加了几次大型战役。按照规定，记者不能直接参战，海明威却指挥着自己的非正式而有效的小部队，这是支机动部队，装备着各种各样的德国和美国武器，被酒瓶和炸药压得几乎不能行动。海明威是最先冲进巴黎的人们中的一员，并独立解放了以藏酒著称的里兹饭店。有许多职业军人可以为海明威作证，说他是他们所见过的最勇敢的人。二战使他获得了铜星勋章和第四个妻子。

▲《老人与海》美国首次出版时的封面

▲1929年出版的《永别了，武器》封面

战后，海明威和第四个妻子玛丽先是住在哈瓦那附近的一个农庄，古巴革命后，又迁居美国爱达荷州。生活依然热闹，去意大利打野鸭、去非洲打猎、去西班牙看斗牛和在古巴宴饮、钓鱼、斗鸡。在意大利打野鸭时伤了眼睛，在非洲打猎时两天内遭遇两次飞机失事，又一次大难不死。在他生前发表的篇幅较长的小说只有《渡河入林》和《老人与海》。1954年，海明威获得诺贝尔文学奖。此后再也没有发表重要的作品。晚年的海明威罹患多种疾病，终因不堪忍受折磨，用猎枪自杀。

《丧钟为谁而鸣》

《丧钟为谁而鸣》是海明威流传最广的长篇小说之一，凭借其深沉的人道主义力量感动了一代又一代人。小说的书名来自英国玄学派诗人约翰·堂恩的著名的布道文，意在说明人类是一个整体，任何人不能无视他人的痛苦不幸，反法西斯斗争的胜利要依靠每个有良知者的参与。乔丹这一反法西斯战士的光辉形象为海明威创作的人物画廊增添了一个新的具有积极意义的类型。

▼《丧钟为谁鸣》剧照

美国青年罗伯特·乔丹在大学里教授西班牙语，对西班牙有深切的感情。他志愿参加西班牙政府军，在敌后搞爆破活动。为配合反攻，他奉命和地方游击队联系，完成炸桥任务。他争取到游击队队长巴勃罗的妻子比拉尔和其他队员的拥护，孤立了已丧失斗志的巴勃罗，并按部就班地布置好各人的具体任务。在纷飞的战火中，他和比拉尔收留的被敌人糟蹋过的小姑娘玛丽亚坠入爱河，藉此抹平了玛丽亚心灵的创伤。在这三天中，罗伯特历经爱情与职责的冲突和生与死的考验，人性不断升华。在炸桥中，自己被炮弹炸断了大腿，独自留下阻击敌人，最终为西班牙人民献出了年轻的生命。

第十章

20世纪现代主义文学

现代主义是资本主义垄断时代的产物。19世纪末期以来，西方社会科学技术飞速发展，工业化程度不断提高。资本主义文明进入一个新的阶段。然而伴随着这一过程，人类付出了巨大代价。尤其是两次世界大战的烟云，无情地嘲弄了人类的尊严和生存权力。战后频繁的经济危机、冷战，使西方各国的社会问题层出不穷。人与人、人与社会、人与自然等，均失去和谐存在的必然性；人们面对的是一个动荡不安的社会环境；文明的发展形成与人相对立的状态；以理性主义为基础的西方价值观受到怀疑等。基于这样的社会现实，现代主义文学便应运而生。这一时期，作家队伍急剧分化、各种新流派此消彼长、文学创作出现异彩纷呈的局面。欧美现代主义文学(又译现代派)是19世纪末至20世纪在欧美出现的诸多文学流派的总称。现代主义具有强烈的反传统倾向，它大胆探索，锐意求新，表现了强烈的挑战意识和先锋精神。现代主义以第二次世界大战为线，大致可分为两个时期。前期的主要流派有：未来主义、超现实主义、后期象征主义、表现主义、意识流小说等。后期的主义流派有：存在主义文学、荒诞派戏剧、新小说、黑色幽默、魔幻现实主义等，有人将后期的文学称为“后现代主义”。

艾略特的《荒原》把后期象征主义文学推向高潮

20世纪20年代，英国诗人艾略特的《荒原》把后期象征主义文学推向一个高潮。后期象征主义是19世纪末象征主义的继续和发展，继而在20世纪20—40年代形成具有国际性影响的后期象征主义流派。后期象征主义的代表作家还有法国的瓦雷里，奥地利的里尔克，梅特林克，俄国勃洛克和叶赛宁，爱尔兰的叶芝，美国的庞德等。

后期象征主义文学的代表

艾略特原籍美国后加入英国国籍，是后期象征主义文学最大的代表，也是西方现代主义文学最有影响的诗人和评论家。1949年因“对当代诗歌做出的贡献和所起的先锋作用”获诺贝尔文学奖，“英王劳绩勋章”。1955年获歌德奖。

艾略特出生于美国密苏里州圣路易斯。祖父是牧师，曾任大学校长。父亲经商，母亲是诗人，写过宗教诗歌。艾略特曾在哈佛大学学习哲学和比较文学，接触过梵文和东方文化，对黑格尔派的哲学家颇感兴趣，也曾受法国象征主义文学的影响。1914年，艾略特结识了美国诗人庞德。第一次世界大战爆发后，他来到英国，并定居伦敦，先后做过教师和银行职员等。1922年创办文学评论季刊《标准》，任主编至1939年。1927年加入英国籍。艾略特认为自己在政治上是保皇党，宗教上是英国天主教徒，文学上是古典主义者。这些在他的创作中可以找到印证。

▼艾略特像

名家介绍

叶芝是爱尔兰诗人，不仅伟大，而且令人着迷。他被艾略特称为“这个时代最伟大的诗人”，一点也没不过分。叶芝几乎没有失败的作品，许多诗篇是如此的饱满圆熟，又不失活力。在诺贝尔文学奖的家族中，很少像叶芝这样深入人心，具备永久魅力的。

叶芝出生在都柏林。生于都柏林一个画师家庭，自小喜爱诗画艺术，并对乡间的秘教法术颇感兴趣。曾读于都柏林艺术学校，不久违背父愿，抛弃画布和油彩，专意于诗歌创作。

代表作有诗剧《胡里痕的凯瑟琳》、《1916年的复活节》等。20世纪20年代中期后，因接近人民生活和热心玄学派诗歌研究，作品融现实主义、象征主义和哲理思考为一体，以洗练的口语和含义丰富的象征手法，表现善恶、生死、美丑、灵肉的矛盾统一，具有较高艺术价值。突出诗作有《钟楼》、《盘旋的楼梯》及《驶向拜占庭》等。

艾略特1909年起发表诗歌，先后出版的诗集有《诗歌》、《诗集》、《四个四重奏》等。写于1915年的《普鲁弗洛克的情歌》是艾略特最著名的诗作之一。《四个四重奏》是艾略特晚期的代表作，充满了宗教和哲学的冥想。长诗《荒原》是艾略特的代表作。除诗歌外，艾略特还有一些诗剧传世，最著名的是《大教堂的凶杀案》。

艾略特还是英美新批评派的奠基人之一，被称为“现代文学批评大师”。他早年提出的创作和批评的“非个人化”理论，对现代文学产生了很大的影响。

精神的荒原

《荒原》发表以后，成为西方文学中一部划时代的作品，也是西方现代诗歌的一个里程碑。诗歌的形式模仿贝多芬有5个乐章的奏鸣曲，全诗分为5章。

第一章《死者葬礼》，一开头套用了乔叟《坎特伯雷故事》中《序言》开篇的春天场景。但是这里，四月是“残忍的月份”，没有水的滋润，缺乏充满生命力的欣欣向荣。现实生活充满了虚伪和邪恶的欲望，概括了第一次世界大战后西欧万物凋零的景象。

第二章《对弈》，是对社会不同阶层的扫描。上流社会的珠光宝气，掩盖不住精神的空虚。自然的美不复存在，只有令人窒息的合成香料。而酒吧间的下层妇女的对话，谈论“装假牙”和“打胎”，显示出生活的变态和丑陋。

▲艾略特漫画肖像

第三章《火诫》，镜头对准伦敦的过去和现在。昔日充满诗意的泰晤士河，如今冷风袭人，阴森恐怖。伦敦人的生活卑琐庸俗。诗人认为，火能够烧去情欲，使人再生，重返自然。

第四章《水里的死亡》，总共只有10行，行行都是含义深刻的象征，有人说它象征的内容抵得过但丁的一部《炼狱》。人在欲海中死去，死去后忘掉生前的一切，让他静静地在死亡的欲海中反思。艾略特笔下的海既是情欲的象征，它夺去了人的生命，又是炼狱，它让人认清自己生前的罪恶。实际上艾略特是要现代人正视自己的罪恶，洗涮自己的灵魂。

第五章《雷霆的话》。重新回到欧洲是一片干旱的荒原这一主题。诗的起首用耶稣被钉死在十字架上来象征信仰、理想、崇高的精神追求在欧洲大地上消失，诗人认为，从此欧洲便成了一片恐怖的荒原。人们渴望着活命的水，盼望着救世主的出现，盼望着世界的复苏，灵魂的再造。他用《圣经》的典故写了耶稣复活后的身影。然而基督并未重临，却听见了惊天动地的一声巨响——革命的象征。艾略特把社会主义革命视为人类的一场灾难。最后，诗人借雷霆的话告诫人们：要施舍、同情、克制、皈依宗教，这样大地才会复苏，人们才会摆脱不死不活的处境获得永久的宁静。

《荒原》以启示性的神话构架、独特的叙事方式、深厚的哲学历史意蕴和鲜明的时代精神，成为现代主义诗歌无可置疑的经典作品。

卡夫卡的出现形成了表现主义文学的第二个冲击波

表现主义文学产生于20世纪初，是继象征主义之后风行欧美的一个现代主义流派。它先从绘画开始，随后波及音乐、戏剧、诗歌、小说等领域。第一次世界大战前后，表现主义以德国为中心，到了20年代，声势浩大，影响遍及奥、俄、美、瑞士及北欧诸国，是西方现代派文学中影响较大，成就也较为突出的一个流派。当德国的表现主义20年代中期开始低落的时候，卡夫卡的重要的表现主义小说《变形记》、《城堡》等相继出现于文坛，成为表现主义文学的第二个冲击波。

一个流血的童话

卡夫卡曾说：陀思妥耶夫斯基是一个流血的童话。其实这句话完全可以形容他自己，唯一不同的是，也许卡夫卡的伤口更深。他的那些童话或者寓言，他的几乎每一部作品，如《城堡》、《变形记》、《地洞》等等，无一不在昭示着苦痛、绝望和孤独的命题，这些东西被卡夫卡从人类几乎不可能到达的深处挖了出来，很多年以后，人们被卡夫卡的发现震惊了。

卡夫卡是曾经活在世上的人中，最纯粹的写作者，他只为自己的内心写作，他在逝世前最后遗言是，要求把自己的全部东西烧掉。幸运的是，没有人这样做，人们终于渐渐发现，卡夫卡是20世纪绝无仅有的写作天才。

卡夫卡是奥地利著名现代小说家，现代主义文学的奠基人。英国当代诗人奥登指出：“如果要举出一位作家，他与我们时代的关系最最近似于但丁、莎士比亚、歌德与他们的时代的关系，那么，卡夫卡是首先会想到的名字。卡夫卡之所以对我们重要，是因为他的困惑亦即现代人的困惑。”

▼《进入黑夜的漫长旅程》电影剧照

名家介绍

尤金·奥尼尔是美国民族戏剧的奠基人。评论界曾指出:“在奥尼尔之前,美国只有剧场;在奥尼尔之后,美国才有戏剧。”

奥尼尔出身于演员家庭,其父因收入所迫,一生专演《基督山伯爵》,虚耗了才华。奥尼尔不愿走父亲的老路,未念完大学便去闯荡江湖。他去商船上当海员,一年的海上生活给他以后的创作提供了大量素材。后因患病住院,疗养期间阅读了希腊悲剧和莎士比亚、易卜生、斯特林堡等众多名家的剧作,开始习作戏剧。不久进入著名的哈佛大学“第47号戏剧研习班”,在贝克教授指导下,剧作水平大有提高。其时,美国实验性的小剧团运动方兴未艾,初创的普罗温斯顿剧团上演了奥尼尔第一部成熟的作品《东航加迪夫》,开始引起公众的注意。他创作的初期主要写航海生活的独幕剧,以自然主义手法,如实地描写海上生活的艰辛单调,特别是刻画了海员孤苦无望,自暴自弃的心态。

1920年,奥尼尔的《天边外》在百老汇上演,并获普利策奖,由此奠定了他在美国戏剧界的地位。奥尼尔创作的鼎盛期不仅题材和主题丰富多样,而且形式上也从早期的以自然主义为主,发展成一种糅合着象征主义、表现主义和意识流手法等现代艺术意识和技巧的新型风格。其中《毛猿》广泛运用了象征手法,以邮船象征社会,大炉间象征牢笼,扬克象征人类,使作品的思想内涵更为丰富。1936年获诺贝尔文学奖。奥尼尔去世后,按他的要求,墓碑只镌“奥尼尔”三字,但他在美国戏剧史上烙下的辉煌印记却是永难磨灭的。

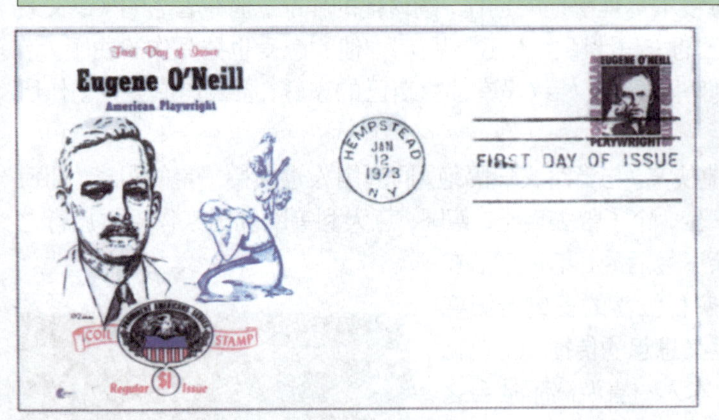

▲这是1973年美国为获得诺贝尔文学奖的尤金·奥尼尔而制作的明信片和邮票

▲尤金·奥尼尔像

卡夫卡出生在奥匈帝国统治下的布拉格一个犹太商人家庭。父亲艰苦创业白手起家,性格坚强、粗暴,家长式的管制与专断,是家中的“暴君”。卡夫卡对父亲非常敬畏,“他一生都活在他那强大的父亲的阴影中”。母亲气质忧郁、耽于冥想,对卡夫卡的忧郁、悲观的性格颇多影响。卡夫卡曾说:在巴尔扎克的手杖上刻着“我能征服一切”,在他自己的手杖上则刻着“一切都能征服我”。卡夫卡兄妹三人,他是长子。

卡夫卡在小学与中学学的是德语,自幼酷爱文学。中学毕业后一度学过文学和医学,后来迫于父亲的压力,进入布拉格大学学习法律,获得了法学博士学位。在法院实习一年后,转入半官方的“工人工伤保险公司”任职。他常联系布拉格的一些无政府主义者,并

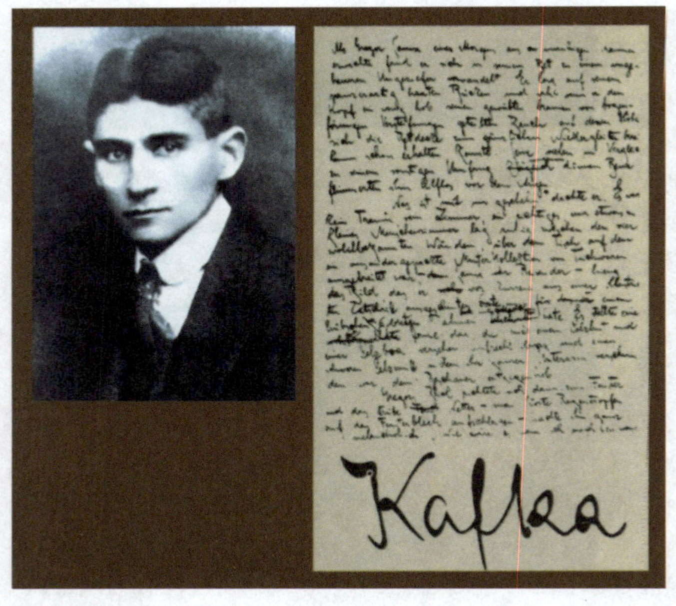

▲卡夫卡和他的手迹

多借公出和假期之便，旅游过意大利、法国、德国、瑞士、丹麦等地。自1917年开始咳血，从此身患结核症，身体羸弱，后病重辞职。1924年喉头结核恶化，死于维也纳近郊的一所疗养院，年仅41岁。

卡夫卡作为公职人员长达14年，并非一个勉强糊口的小职员，虽然疾病缠身，他却以勤奋和才华屡屡升迁，但他并不喜欢这一职业，在日记中他写道：“我唯一的职业是文学”。“以文学为出发点来看我的命运，则我的命运十分简单，表达自己梦幻一般的内心生活，这一意义使其它的一切都变得次要了，它把一切都扭曲了，并将一直扭曲下去。”

他同父母的关系是扭曲的。为了有人照料自己的食宿，便于业余创作，他直到31岁方离开父母身边。但他的父母根本不理解他的创作，嘲讽他的作品。他在著名的《致父亲的信》中有过描述，“我在自己的家里比陌生人还要陌生”。他的恋爱也被写作扭曲了。卡夫卡曾三次订婚，又三次主动解除婚约，始终没有建立自己的家庭，原因是怕失去创作所必须的“孤独”。

卡夫卡的社交圈子惊人地狭窄。与当时文坛隔绝，同周围人也保持一定的距离，即使对莫逆之交也是如此。终其一生，除了曾去瑞士、德国、意大利等欧洲国家作短暂旅行之外，几乎全在布拉格度过。除了最后的6年是生活在捷克共和制下，大半生都在腐朽没落的奥匈帝国度过。第一次世界大战、社会主义思想的传播、工业化等时代潮流浩浩荡荡，不过他本人一直游离于社会之外，是个踽踽独行者。

▼《城堡》手迹

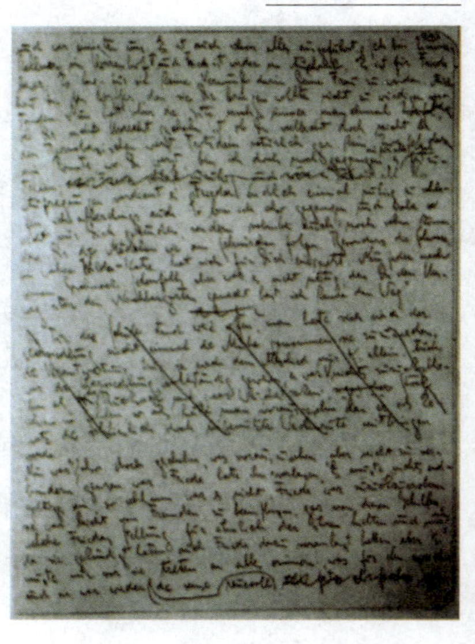

卡夫卡是个勤奋的业余作家。在大学期间，他开始文学创作。首篇问世之作《一场战斗纪实》于1909年才公开发表。他的作品在生前发表的不多，1913年沃尔夫出版社出版了他的小品集《观察》，同年发表了他的长篇小说《美国》的第一章《火夫》，这篇作品在1915年获得封塔涅德国文学奖金。1916年出版《变形记》、《判决》。1919年出版《乡村医生》和《在流放地》。《城堡》是卡夫卡晚年创作的一部长篇小说

(未完成)。

在十多年间,卡夫卡利用业余时间写出了数十篇短篇小说、三部长篇小说以及日记、书信等,不下几百万言。临终前,卡夫卡让人烧掉了一部分作品,还在给挚友勃罗德留下的遗嘱中写道:"凡是我遗物中的一切稿件,日记也好,手稿也好,别人和我自己的信件也好,等等,毫无保留地,读也不必读地统统予以焚毁。"但勃罗德不仅没有执行这份偏激的遗嘱,反而保存并搜集了卡夫卡的大部分文稿,并整理出版了全部作品、日记以及书信。要注意的是,这些作品并非卡夫卡的全部作品。

▲有声影片《爵士歌王》的纯表现主义海报,表现主义成了荒诞离奇、反传统的代名词。

《变形记》

《变形记》是卡夫卡最具特色的短篇小说之一。作品的主题是探索现代社会中人的"异化"问题。小说通过小职员格里高尔·萨姆沙做了一个噩梦,早晨醒来发现自己变成大甲虫而最后死去的故事,说明在现代社会中,人是绝对孤独的。在格里高尔看来,世界是陌生的,周围人对他也极其冷漠。5年来,作为一个普通的推销员,他为了养活一家人,没有休息,没有娱乐,早已"异化";变成甲虫以后,他仍然想挣扎着去工作,但却是不可能的,因而更得不到周围人包括家人的同情与关怀。他的父亲不得不到一家银行当杂役,母亲夜以继日地替别人缝制衬衣,妹妹只好到一家商店当售货员,再也无暇顾及这个从前的"养家人"。他们还不得不腾出一间房子招租,为了讨好房客,父母在一旁过分谦卑地侍立着,妹妹拉起了小提琴,格里高尔为琴声感动,暗怀着一年前就有的送妹妹上音乐学院的梦想,悄悄地爬了出来,表示他最能欣赏妹妹的技艺。但格里高尔的出现吓跑了房客,使本来就对他冷漠不满的父亲勃然大怒,愤而将他赶回房间。格里高尔经受了一系列冷遇和折磨,最后在孤寂中死去。格里高尔死后,父亲说:"唔,现在我们可以感谢上帝了!"全家人也舒了口气,准备开始新的生活。

小说深刻表现了人的异化。在资本主义社会里,人与人之间、人与社会之间、人与物之间的关系都被严重扭曲了,主人公格里高尔既无法主宰自己的命运,又得不到周围人的援助,被"异化"了。这是资本主义社会中一种特殊的异化现象,他的死,正是人被异化之后彻底孤独、失望的必然结果。更为可怕的是,格里高尔开始不适应甲虫的生活方式,后来虽然保留了人的思维,却能按照甲虫的方式在房间里、墙壁上爬来爬去,应付自如。异化几乎成了生命的常态。人变成甲虫,无疑是人类的一场最可怕的噩梦。

表现主义文学除了卡夫卡的《城堡》、《变形记》外,美国尤金·奥尼尔的《毛猿》,捷克的科幻作家恰佩克,瑞典作家斯特林堡的戏剧《到大马士革去》,德国的戏剧家布莱希特等都是表现主义文学重要的代表作家作品。

乔伊斯发表意识流小说的经典之作《尤利西斯》

1922年，乔伊斯的《尤利西斯》发表，这是现代西方小说中最富实验性的作品之一，被认为是意识流小说的经典之作。《尤利西斯》的出版可以说是命途多舛，当初经庞德推荐，由美国的《小评论》杂志连载，不久就遭干涉，刊物多次被邮局整期没收。发表第十章时，纽约防腐化委员会提出诉讼，法院在转年初判定两位女主编“出版淫秽作品”，不许继续发表。后来还是巴黎“莎士比亚书店”美国店主比奇女士对乔伊斯赞赏有加，使此书破例在巴黎出版，并一再重印，在德国又修订再版，不过在爱尔兰、英国、美国，它仍遭禁，导致盗版猖獗。乔伊斯请律师打官司，公开抗议，由世界知名的文化人士签名，包括爱因斯坦、艾略特、海明威、叶芝等。美国法院在1933年方才判定此书可以进入美国。美国兰登书屋在宣判十分钟后立即开始排印。1936年此书在英国解禁。乔伊斯成为国际知名作家。

▲手持放大镜的乔伊斯

爱尔兰自愿流亡的大师

詹姆斯·乔伊斯，世界上几乎每一个角落都有人在谈论他。那些以文学为业的人也许非常憎恨这个该死的爱尔兰酒鬼，因为他们都不能逃避这样的苦役：研读或浏览他那些诘屈聱牙的巨作并进行表态。赞叹《尤利西斯》伟大、恢弘、渊博甚至有趣的人固然可以凭借自己不俗的艺术品位顾盼自雄，宣称“不喜欢、不合口味”的人至少也能因坚守了某种文学立场和品格而心感慰藉。

当然，大家彼此心照不宣的是，谁都不会轻易读懂乔伊斯。放眼当今欧美各大学的文学系，乔伊

◀乔伊斯在莎士比亚图书公司

斯已经成了许多英语文学教授的金饭碗。然而，就是这些专吃乔伊斯饭的教授学者们，又有几个真能理解和欣赏乔伊斯呢？难怪当初写完《尤利西斯》的乔伊斯曾不无得意地说，他的书怎么也得让后来的研究者皓首穷经地忙活上半个世纪。

乔伊斯在加入西方现代主义文学的开创者行列的同时，也在后继者面前树立起一座难以逾越的高峰。那么这个用自己的才智使他人困窘万端的家伙，究竟是个怎么样的人呢？

▼乔伊斯的第一本诗集《室内乐》

连载《尤利西斯》的美国《小评论》杂志主编玛格丽特·安德森这样描述自己去巴黎探望乔伊斯后对他的印象："举止斯文，待人和善，笑中略带贬人的幽默，具有贵族气质……我所认识的人当中不乏受尽命运捉弄的人，但他似乎受苦最深，这种印象并不来自他的言语，而来自他的一举手一投足、一颦一笑。"

与他作品豪迈甚至粗砺的风格相反，乔伊斯本人非常羸弱，手无缚鸡之力。他细长的身体上架着一个神童式的冬瓜脑袋，眼睛温和而平静，由于视力极弱而毫无表情。他戴着又沉又厚的眼镜，以便把书上的字放大很多倍。他刚一降生，父亲就扒开他的眼皮看，希望家族遗传的眼疾不会在这个孩子身上重现，然而这个愿望落空了，乔伊斯多年来一直在接受没完没了的手术。

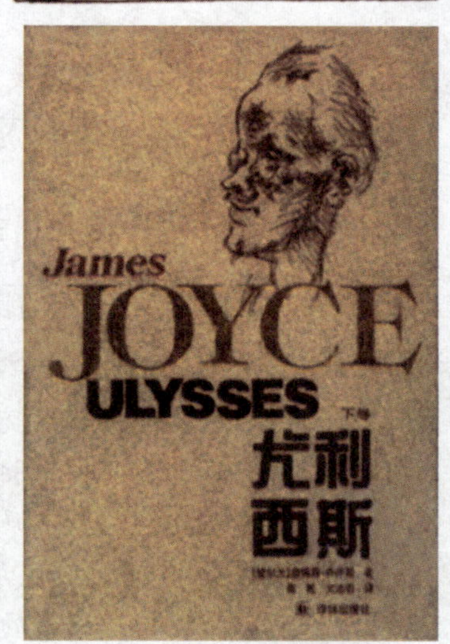

▲《尤利西斯》封面

他的姿态优雅而缓慢，步履轻盈，十指纤细、敏感，摸起东西来好像天线一般。从他的脸上可以一目了然地看到严厉、苦修、骄傲、敏感和忧郁。这个公认比其同时代人更有天才的人，却总是沉默寡言，所说的话近乎低吟。他歌喉优美，足以同爱尔兰最好的男高音媲美。

乔伊斯出生在一个信奉国教天主教的家庭，但21岁的时候就与天主教决裂，从此便以一个各种意义上的叛逆者的形象出现。在1904年，乔伊斯有两件大事，一是开始写小说，当年发表了三篇，后来收入《都柏林人》，并写了长篇《英雄斯蒂芬》。二是有了恋人，对方是18岁的姑娘，第一次约会时间定在1904年6月16日，后来他的巨著《尤利西斯》就是以这一天为全书情节发生的日期，使之成为西方文学史上描写最详尽的一天。

在他看来，爱尔兰是一个堕落的窒息人的国度，都柏林是一个堕落的窒息人的城市，逃离是他唯一可选择的道路。于是，他于22岁那年偕女友私奔欧洲大陆，义无反顾地开始了长达一生的流亡生涯，中间仅仅点缀着短期的回乡探亲，1911年后再也不曾踏上爱尔兰的土地。

▲乔伊斯与出版者毕奇在一起

然而祖国的分量也许恰恰在这个逆子的心中最重。作为一个作家，乔伊斯更愿意从远方从异乡观察、构想和描写他的故乡，他没有一分一秒忘记过自己的誓言：为祖国的精神解放写下自己的一章。可惜，他的祖国不可能理解他。乔伊斯死后也未能同祖国达成谅解，爱尔兰不允许他的遗体回国安葬，这与同样客死他乡的叶芝的载誉荣归相比，何啻天壤！

从35岁以后，即1917年开始，乔伊斯胃病和眼病严重，为眼病做了11次手术。1941年十二指肠穿孔，逝世于苏黎世。

詹姆斯·乔伊斯是爱尔兰著名小说家。现代主义文学鼎盛时期的杰出代表。他的主要功绩是把意识流小说推向高峰，使之成为20世纪现代主义文学中别具特色又广泛运用的技巧。艾略特称他是自弥尔顿以来最伟大的英语语言大师。而同时，他也走得最远、读者最少的作家。与东方作家不同，他是用理性、科学、细致到繁琐的态度创作小说的，可以剖析，但有时难以欣赏，尤其对东方读者。

意识流小说的经典

《尤利西斯》是乔伊斯的代表作，也是现代西方小说中最富实验性的作品之一，被认为是意识流小说的经典之作。

小说描写的是广告承揽员布卢姆、他的妻子摩莉，以及青年知识分子斯蒂芬大约18

意识流小说

意识流小说是20世纪初期兴起于西方，以表现人们的意识流动、展示恍惚迷离的心灵世界为主的小说。它以象征暗示、内心独白、自由联想等意识流的创作方法为主要特征，在20世纪20—30年代英、美、法等国形成一个颇为壮观的现代主义文学流派。40年代后，纯粹的意识流小说已不复存在，但意识流小说所锤炼的各种技巧，对此后崛起的现代主义诸流派都产生过深远的影响。意识流小说的代表作家是爱尔兰的乔伊斯、英国的伍尔夫、法国的普鲁斯特和美国的福克纳等。

▶乔伊斯的长篇小说《尤利西斯》的封面

个小时的经历，表达了作者对现代人精神空虚和道德堕落的看法。布卢姆是爱尔兰匈牙利裔犹太人，他在都柏林整天忙碌，但是一无所获。他11年前丧子，现在性功能衰退，妻子和情人相会，他也无可奈何。作为犹太人，他到处受人欺凌，胆小如鼠，但自己又和别的女人鬼混，沉湎于酒色。在道德沦丧，家庭分裂的情况下，他飘零无依，备受精神折磨，在都柏林的中产阶级中很有代表性。斯蒂芬富有理想和激情，对人生和未来有美好的憧憬。他不满爱尔兰的现实，也不满父亲的一味酗酒放荡，决心和国家、宗教以及家庭决裂。这两个人碰到一起，布卢姆找到精神上的儿子，斯蒂芬找到了精神上的父亲 。小说中的摩莉对过去有美好的回忆，在性生活方面有过挫折，渴望健全的家庭和社会联系。这三个人物都陷入了无法解决也无法摆脱的矛盾之中，他们在这种毫无结果的混乱和绝境中消耗精力和浪费时间。

▲乔伊斯画像

作品借用了古希腊神话中的英雄俄底修斯的故事，意在表明现代人生活的空虚和无聊。和古希腊英雄相比，现代人懦弱，卑琐、堕落。小说用了大量的篇幅来描写布卢姆的可怜又可鄙的处境，他的妻子的耽于肉欲，以及斯蒂芬的自命清高、彷徨和玩世不恭。作品十分精细地表现了布卢姆在外游荡的一天生活，象征性地点出现代人到处飘流、无处安身的悲哀、绝望、孤独的处境。

在总体结构上，《尤利西斯》分为三部分，共18章，大致与荷马的《奥德修记》相对应。第一部分描写斯蒂芬寻找精神父亲的过程，对应俄底修斯之子远方寻父。第二部分讲述布卢姆一天在都柏林的游荡，对应俄底修斯10年的海上飘零，第三部分“回家”对应俄底修斯回家的经历。这种比照将古代的英雄悲壮和现代的卑劣猥琐间的强烈反差勾画得极为鲜明。

《尤利西斯》突出地描绘了人物的意识活动，尤其是潜在的意识活动。现实的当代社会主要是通过人物头脑里不断涌现的意识、人物的感觉和臆测来加以展现的。与那些表现崇高理想、高尚道德和坚强意志的作品不同，《尤利西斯》透过理性表现出来的人的无意识和自然本能，强调的是在人的日常生活中去观察和理解人自身。理想的光环失去之后，剩下的就是非英雄的凡夫俗子。因此，这部作品又是20世纪非英雄文学的杰作。

詹姆斯·乔伊斯是现代派文学巨匠和意识流小说大师。他的创作“宣告了19世纪的末日”，“标志着人类意识新阶段”。

福克纳获得1949年诺贝尔文学奖

▲福克纳头像

1950年福克纳获得了1949年的诺贝尔文学奖。福克纳对获奖反应平静，他对聚集在他家院子外的记者们只说了一句话："这是莫大的光荣，我很感激。不过，我宁可留在家里。"他居然不愿意出席瑞典的颁奖典礼。当家人、朋友和美国国务院特使的请求一概无效时，福克纳的妻子让女儿出面哀求父亲带她到欧洲一游，作为即将结束高中学业的毕业礼物。深爱女儿的福克纳同意了。在典礼上，这位身材矮小、高中也没有毕业的乡巴佬，多亏女儿的帮助才克服了羞怯和腼腆。讲演时，他说得细声细语，速度很快，又带着浓重的家乡口音，谁也没有听清楚。直到第二天报纸上发表了演讲词之后，人们才知道他说了些什么。

福克纳

福克纳的祖父是个传奇性人物，福克纳出生时，家道已中落。作为一个庄园主的后代，福克纳对家族盛极而衰的历史极感兴趣，家族史成了他日后创作的一大题材来源。

福克纳没有读完高中就踏上了社会，在银行里当小职员，后因不忍见女友与他人结婚，离开家乡去一家武器公司任职，不久加入加拿大皇家空军去多伦多受训。未及作战，第一次世界大战已经结束，遂退伍回家。然后进密西西比大学，但很快退学。随后几年，他当过大学邮政所所长，兼任过童子军教练，并出版过一本诗集，但没有引起什么反响。1924年，他结识了著名作家舍伍德·安德森，后者很欣赏他的才华，劝他改写小说，福克纳由此走上了小说创作的道路。

1929年对福克纳来说意义非凡。这一年初，《沙多里斯》出版，这是后来被命名为"约克纳帕塔法世系"的系列小说中的第一部。同年10月，他的代表作之一《喧哗与骚动》问世，受到评论界的一致好评，福克纳脱颖而出，正式登上文坛。另一件大事是他热爱多年的女友终于与丈夫离婚嫁给了他，幸福稳定的家庭生活为他的创作提供了良好的环境和充足的动力。此后的7年内，福克纳精力旺

▶福克纳像

▲前往瑞典领取诺贝尔文学奖时的福克纳（靠右就坐者）。

盛，出手不凡，接连写出了9部重要作品。

福克纳的妻子崇尚奢华，把家里的财政情况弄得一团糟。为了摆脱负债的状况，福克纳不得已而去好莱坞当电影编剧。

1962年7月6日，因为心脏病突发，福克纳在牛津镇去世，终年65岁。

南方文学的杰作

长篇小说《喧哗与骚动》是福克纳本人最钟爱的作品，也是首次全面体现作家的思想倾向和纯熟技巧的作品。作为约克纳帕塔法世系小说的扛鼎之作，是备受推崇的南方文学杰作；作为一部复线结构的纯意识流小说，是广受好评的现代文学经典。书名取自莎士比亚的《麦克白》中的一段著名台词。

小说的中心人物是南方世家康普生家唯一的女儿凯蒂，中心事件是凯蒂与北方佬私通，出嫁后又被丈夫休去，留下私生女离家出走，浪迹天涯。小说分成5部分，除了最后一部分“附录”以记传体形式概述了康普生家族史外，其余4部分的叙述者依次是班吉、昆丁、杰生和迪尔西。

班吉是凯蒂的白痴小弟弟，他的内心独白时序混乱、事件错杂，他强烈的感觉是疼爱他的姐姐不能再关心他了。昆丁是凯蒂的哥哥，哈佛大学的学生。他为妹妹同北方佬乱搞感到羞辱和愤恨，在他看来，他曾那么自豪的南方的伦理传统就此轰然崩塌。他深感前途无望，投水自尽。杰生是凯蒂的大弟，受托照看凯蒂的私生女小昆丁，他对姐姐一片怨气，因为她的离异使他失去了利用姻亲关系向上爬的机会，为此迁怒于小昆丁，扣压姐姐寄来的抚养费，打算用来做发家的资本。他仇恨传统，也仇恨一切人，竭力顺应资本主义法则，是一个彻头彻尾的利己主义者。迪尔西是康普生家的老黑奴，她勤劳坚毅，乐观豪爽，富有同情心，极力维持这个摇摇欲坠的大家庭，是小说中唯一的亮点，寄寓着作家对普遍劳动者和黑人的赞美。小说通过康普生家族末代子孙的精神危机和道德败坏，深刻地揭示了美国南方贵族文明的衰朽本质和不可逆转的覆灭命运，具有巴尔扎克式的洞察力。

威廉·福克纳是美国南方文学的代表，也是最杰出的现代主义小说家之一。

▼1985年，瑞典发行纪念获得诺贝尔文学奖的福克纳的邮票。

第十一章

东方文学

亚非大陆是人类文明最古老的发祥地，悠久的历史与灿烂的文学交相辉映。从埃及的尼罗河流域、美索不达米亚的两河流域，到印度的恒河流域、中国的黄河长江流域和地中海东海岸的迦南地区（今巴勒斯坦），在这片广袤万里的土地上诞生了辉煌的埃及文学、巴比伦文学、中国文学、印度文学和希伯莱文学。

东方古代文学取得了辉煌的成就。四大文明古国均为东方国家，她们的文学是世界文学的滥觞。埃及文学最古老的诗歌集《亡灵书》表现了古埃及人对生和死的看法。巴比伦史诗《吉尔伽美什》是世界最古老的史诗。希伯莱文学总集《圣经·旧约》成为犹太教的经典，后又成为基督教的经典《圣经》（《新旧约全书》）的一部分，在欧洲的社会生活和文学艺术创作中的影响无可替代。印度的《吠陀》、《佛本生故事》、《五卷书》、《摩珂婆罗多》和《罗摩衍那》，流传到了遥远的西方。古代亚非文学悠久的历史和辉煌的成就，它对世界文学直接或间接的影响，显示了它的价值和作用。

中古时期，当西方文学正在神学的桎梏下裹足不前时，东方却呈现了民族文学的繁荣，伟大的诗人、小说家和剧作家如群星灿烂。除中国文学成就卓著外，东亚文化区中出现了日本的和歌集《万叶集》、紫式部的《源氏物语》，朝鲜说唱脚本小说《春香传》，中亚西亚文化区中出现了阿拉伯的民间故事集《一千零一夜》，波斯的菲尔杜西的《列王记》、萨迪的《蔷薇园》和哈菲兹的抒情诗等，文学领域争奇斗艳。

近现代的东方，除日本在明治维新后进入资本主义发展道路之外，许多国家沦为殖民地或半殖民地。残酷的封建统治和西方殖民压迫，导致了亚非地区波澜壮阔的反帝反殖的民族民主解放运动。伴随着各国启蒙运动的发展，亚非各国出现了具有民主思想的近代文学。与文艺复兴以来的欧洲文学相比，自古一直走在世界文明前列的东方地区，有相当一个阶段的文学，总体上处于缓慢发展的状态。总之，东方古代文学在世界文学中处于先导地位，中古文学处于优先地位，近代文学虽有落后但具特色，现当代文学处于复兴时期，是世界文学最有前途的文学之一。

印度出现两大史诗《摩诃婆罗多》和《罗摩衍那》

▲毗湿奴神的化身阿周那和克里希纳进行对话

印度古代文学史上，吠陀文学之后的又一个高峰是史诗文学。《摩诃婆罗多》和《罗摩衍那》是印度的两大史诗，这两大史诗被看作印度教圣典，在印度家喻户晓，是印度人精神生活中不可少的太阳和月亮，也是进行文学再创造的最重要的源泉。《摩诃婆罗多》的成书年代约在公元前4世纪至公元4世纪之间。在这漫长的800年的成书过程中，《摩诃婆罗多》大致经历了三个阶段：最初是8 800颂的《胜利之歌》，后来演变成24 000颂的《婆罗多》，最后扩充为10万颂的《摩诃婆罗多》（即《大婆罗多》），成为古代文明世界中最长的一部史诗。《罗摩衍那》最初只是口头流传，增增删删，因人因地而异。写成以后，仍无定本。这部近两万颂的大史诗决不会成于一时，它的成书年代约在公元前3、前4世纪至公元2世纪之间。

《摩诃婆罗多》

《摩诃婆罗多》传说作者是广博仙人（毗耶娑）。他既是史诗的作者，又是史诗中的人物——婆罗多族的祖先。实际上广博仙人至多不过是史诗的编订者之一。“摩诃婆罗多”的意思是“伟大的婆罗多族王后裔”。它以一部完整的英雄史诗为主干，杂有大量的中、小故事以及政治、伦理、法律、哲学、宗教等非文学的成分。全书共18篇，约10万颂（每颂两行，每行16个音），是世界上已有写本的最长的史诗。

中心故事说的是古代印度两大王族——俱卢族和般度族之间争夺王权的斗争。俱卢族有100个王子，以长子难敌为首；般度族5个王子，以坚战为首。双方为王位进行了长期的争战。最后的战役持续了18天。战争结束，最初强大却非正义的难敌，败给了弱小却代表正义的坚战。

作品中的坚战是“仁慈的化身”。他最突出的性格就是容忍和宽恕，一次次地容忍难敌的加害，一次次地宽恕难敌的险恶用心。这是一个坚持善行，维护正法和毫无私心的克己复礼的英雄。他与难敌的狡猾、险恶、嫉妒、贪婪形成对照。作品对两个家族的代表人物的描写，表现了古代印度人民的愿望：维护正法，坚持善行；争取国泰民安、和平仁爱的政治理想；追求家族和睦，提倡兄弟友爱。

◀《摩诃婆罗多》中俱卢军队正在进攻阿周那的儿子阿比马纽的军队

《罗摩衍那》

▲《罗摩衍那》主人公和他的兄弟罗什曼到处寻找罗摩的妻子悉多

印度的另一部伟大的史诗《罗摩衍那》的主要情节取自《摩诃婆罗多》的一个插话《罗摩传》，它所表达的思想与《摩诃婆罗多》是完全一致的。《罗摩衍那》也是在长期的民间流传中形成的。它的编订者传说是蚁垤(音译"跋弥")。"罗摩衍那"的意思是"罗摩的漫游"。全书共7篇。

史诗描写罗摩王子一生的曲折经历：早年的宫廷生活，主动离京流浪、在楞迦与十首大战和重回京城执掌政权。罗摩是十车王的长子，有兄弟共4人。成年后，十车王立罗摩为太子，继承王位。登位庆典前夕，王妃吉迦伊却要求国王实现当年对她的许诺，满足她的两个要求：让她的儿子婆罗多继承王位，并流放罗摩14年。为不使父王食言，罗摩同妻子悉多和三弟罗什曼那离开京城，到森林中隐居。婆罗多要求罗摩回城，亦被拒绝。婆罗多代兄摄政。

在森林中，楞伽城十首罗刹王劫走了悉多，悉多坚贞不屈而被魔王囚禁。罗摩同猴王联合，在神猴哈奴曼的帮助下，带领军队，开往楞伽城，消灭了魔王，救出了悉多。但罗摩怀疑悉多的贞洁，悉多投火自明，火神在烈焰中托出悉多，证明了她的纯洁。然而罗摩执政后，听信谣传，遗弃了怀孕的悉多。蚁垤仙人收留了她，后来领着她的两个孩子去罗摩宫中吟唱《罗摩衍那》，罗摩终于发现这两个孩子就是自己的儿子。蚁垤仙人再次证明了悉多的贞洁，但罗摩仍坚持说他无法让人民相信，悉多不得已求救于地母，大地顿时裂开，悉多投入大地母亲的怀抱。最后，罗摩升天还原为毗湿奴大神，并与妻儿在天上团圆。

我们可以看出，罗摩是一个古代的英雄、理想的国王。他主动放弃王位，远离故土过苦行生活。不管是神仙劝说，还是遭遇困苦，他都矢志不变。罗摩又十分勇武，但他的勇武是在他的道德的支配下表现出来的。在森林中与罗刹们的战斗，在楞迦与十首王的交手，一次次地证明罗摩的精神：忠于真理，言行一致。罗摩高尚的品德，代表了印度人民对国王的希望。

◀罗摩和悉多团聚后，一起造访蚁垤仙人。

古代希伯莱文学《旧约》产生

▲创世纪，威尼斯圣马可大教堂门廊天顶的13世纪镶嵌画。

古代希伯莱文学主要保存在《圣经·旧约》中，普遍认为是由巴比伦之囚时期开始直到公元前1世纪，在此段约240年的时间写成。古代希伯莱文学在世界文学史上占有十分显著的地位。它与古代中国文学、印度文学和希腊文学比肩而立，共同构成世界古文学大厦的四根台柱，它在中东和欧洲文学的发展进程中扮演了重要角色。

《圣经·旧约》的产生

《圣经·旧约》的产生与犹太人的历史和宗教思想密切相关。

公元前15世纪希伯莱人从幼发拉底河来到迦南后，对入侵迦南的非利士人进行了英勇的抵抗。希伯莱人共推北方部落的扫罗为国王。扫罗战死后，南方犹太部落的大卫得到贵族的支持登上王位，统一了以色列和犹太，又打败非利士人，并控制了腓尼基到埃及的商业通道。大卫在位60余年，国势逐渐强大。所罗门登位后加强管理，发展经济，在经济文化各方面都取得重要的成就。但所罗门死后，统一的王国分裂成南北对峙的两个国家。从此南北战争不断，邻国乘机入侵。

从那以后的数百年间，希伯莱人沦于外族的统治之下。公元前64年，罗马将犹太作为属国。犹太人曾起义反抗，但都被镇压。在这过程中，战神耶和华的地位逐渐上升，尤其在“巴比伦之囚”事件后，耶和华的地位大为提高，并最终成为犹太人的救世主和唯一能尊奉的神。

“巴比伦之囚”及之后的时期，是希伯莱人思想和文化史上的重要阶段：他们整理了历代的文学精粹，编纂形成了《圣经·旧约》，使民族文学的珍品得以保存；完成了犹太教教义，形成了一神论的犹太教。罗马天主教和东正教使用的《圣经·旧约》的原本都称为“七十子本”，“七十子本”常被用来指《旧约全书》的希腊文译本。之后，《旧约全书》不但成为犹太教的经典，而且以后又为基督教徒接受，并与《新约全书》一起成为基督教的经典。

▼大洪水，乌切洛作于1446年至1448年的壁画，在佛罗伦萨新圣母教堂绿色回廊。

《旧约全书》

《旧约全书》是希伯莱民族发展

▲诺亚的故事：诺亚醉酒、二子盖衣、诅咒迦南、诺亚下葬，出自《创世记》。

和以色列犹太王国兴衰盛亡的艺术记录，作品具有如希腊神话、荷马史诗一样“永久的魅力”，对欧美文学乃至社会生活产生了深远的影响。

《旧约全书》39卷，可分成四个部分：经书，史书，先知书和诗文集。经书（或法典），即所谓的“摩西五经”，指的是《创世记》、《出埃及记》、《利未记》、《民数记》、《申命记》。这是《圣经》中最古老的作品，也是宗教界最重视的作品。《创世记》是希伯莱民族神话故事的汇集，从耶和华开天辟地、诺亚方舟洪水救渡、亚伯拉罕西迁定居迦南，到雅各逃荒儿子约瑟在埃及当宰相的故事。这是《圣经》中想象最为丰富的作品之一。《出埃及记》以摩西的出生成长和在耶和华指引下组织犹太人逃离埃及的故事为线索，充满英雄史诗般的气氛，流露了对神的敬畏之情。《申命记》则是摩西在约旦河东岸向民众的演说，重申犹太人必须遵循的“十诫”。这五部作品以神话为引子，表现了摩西带领犹太人出埃及入迦南的艰苦历程。

史书共10卷，包括了《约书亚记》、《士师记》、《撒母耳记》、《列王记》、《历代志》等作品。前四部作品，记录了约书亚带领犹太人进入迦南的战斗，与非利士人抗争中士师底波拉、基甸、参孙的可歌可泣的事迹，扫罗、大卫、所罗门掌权时期的由弱而强和所罗门之后的分裂，表现了从以色列人进入迦南，到巴比伦之囚后重返家园的犹太人的发展历史。《历代志》则是希伯莱民族的通史，宣传了以耶路撒冷为中心的爱国主义。作品善于通过白描手法刻画人的性格，表现了简洁生动的文风。

▼摩西击石出水，故事出自《出埃及记》。

先知书共15卷，包括《以赛亚书》、《耶利米书》等作品，表现的是公元前8世纪到公元前3世纪的多灾之秋。先知，实际上是社会的改革家和思想家，在民族危亡之际大声疾呼，或发表演说，或写诗作文，企图唤醒民众。先知书揭示了外敌入侵之下的悲惨景象和尖锐的社会矛盾，流露了强烈的爱国热情和无畏的殉道精神。

诗文集有诗歌和小说共10部。作品在题材、体裁、情调、风格各方面自有特色，显示出编纂者整理文集时的良苦用心。

出现了一个英雄的传奇：《吉尔伽美什》

提起古巴比伦文学，人们总是首先想到著名的《吉尔伽美什》，这部人类历史上第一部史诗，早在四千多年前就已在苏美尔人中流传，经过千百年的加工提炼，终于在古巴比伦王国时期（公元前19世纪—前16世纪）用文字形式固定下来，成为一部巨著。的确，这是两河流域文学最杰出的作品之一，充分展示了东方文学的巨大魅力，足以令美索不达米亚人民感到骄傲和自豪。

▲这是来自乔拉巴德的公元前8世纪亚述人的一幅浮雕，表现了吉尔迦美什正与一头狮子搏斗的情景。

关于《吉尔伽美什》

《吉尔伽美什》大体上是古代两河流域神话传说精华的汇集。从它内容的丰富性和复杂性来看，显然不是出于一人之手，而是人民群众集体智慧的结晶，是在口头文学的基础上逐渐发展定型的。

全部史诗载于12块泥版，总共3 500行。从结构上看，分为前言和正文两大部分。前言主要描述了英雄吉尔伽美什其人其事。吉尔伽美什是乌鲁克国王，他非人非神。众神创造了他完美的身躯，并赋予他美貌、智慧、勇敢，使他具有世人无法具有的完美品质。正文按情节发展可分为7个部分，讲述了英雄一生的传奇故事。

《吉尔伽美什》大约最后完成于原始公社制社会末期至奴隶社会的初期。由于形成时间的漫长以及形成过程中所经历的社会历史阶段不同，再加上统治阶级和僧侣的窜改，它的思想内容和艺术结构显得比较复杂，甚至有些地方是矛盾的。

阅读版本推荐

《吉尔伽美什》（巴比伦史诗），赵乐甡译，译林出版社，1999年版。

史诗情节

关于史诗的情节，故事的梗概是这样的：

吉尔伽美什做了乌鲁克国王后，性情暴戾，荒淫无度，弄得民不聊生。天神听到百姓的哭诉后，就为吉尔伽美什创造了一个对手恩奇都，让恩奇都去制服吉尔伽美什。两位英雄经过艰苦厮杀后，不分胜负。最后，两位英雄相互敬佩，结成了莫逆之交。他们生活在一起，做了许多有益于人类的事，其中主要有杀死保卫松树的怪物洪巴巴，反抗女神伊什塔尔，击毙女神派来的天牛等。

▲吉尔迦美什与恩奇都通力斗天牛

故事描述道：当吉尔伽美什决心为民除害，杀死巨妖洪巴巴、救出女神伊什塔尔时，充满了危险，但他勇敢无畏、不怕牺牲，誓死也要完成这项艰险的事业。经过残酷的战斗，吉尔伽美什和恩奇都终于取得了胜利。吉尔伽美什因此得到了百姓的敬佩，赢得了伊什塔尔的爱情。女神充满激情地向英雄倾诉道："请过来，做我的丈夫吧，吉尔伽美什！"女神还说，如果他接受她的爱情，就能享受无尽的荣华富贵。不料，吉尔伽美什拒绝了伊什塔尔。他不喜欢伊什塔尔的水性杨花，到处留情，而且不善待自己的爱人。伊什塔尔遭到拒绝后，由爱生恨，便请天牛替她报受辱之仇。吉尔伽美什和恩奇都与天牛展开了生死搏斗，最终除掉了天牛。不幸的是，他们受到了伊什塔尔的父亲、天神安努的惩罚。天神让恩奇都患上致命的疾病，离开了人世。挚友的去世，使吉尔伽美什悲痛欲绝，同时也充满了对死亡的恐惧。

吉尔伽美什决心到人类的始祖乌特·纳比西丁那里去探寻永生的秘密。他在经过长途跋涉、历尽千辛万苦后，终于找到了乌特·纳比西丁。乌特·纳比西丁向他讲述了人类曾经历大洪水的灭世之灾，但自己一家得到神助而获得永生的经过。显然，乌特·纳比西丁获得永生的秘密对吉尔伽美什毫无用处，因为再也不可能有这种机遇了。后来，吉尔伽美什得到的返老还童的仙草又不幸被盗，最后只得万分沮丧地回到了乌鲁克。全诗以吉尔伽美什与恩奇都的灵魂对话而结束。

故事迂回曲折，情节跌宕起伏，语言十分优美，生动地反映了人们探索生死奥秘这一自然规律的愿望，也表现了人们反抗神意但最终难逃失败的悲剧色彩。尽管史诗带有浓厚的传奇色彩，但在一定程度上反映了某些真实的历史过程。在巴比伦时期的泥版以及石刻中，许多是以吉尔伽美什的传奇故事为题材的，说明该史诗不仅有很高的文学价值，而且也有重要的史学价值。

◀吉尔迦美什与恩奇都通力砍下芬巴巴头颅

中古东方文学呈现繁荣景象

中古东方文学指的是亚非地区封建社会产生、发展和衰落时期的文学。中世纪亚非地区的各民族文学总体上呈现繁荣景象。除中国文学成就卓著外，东亚文化区中出现了日本的和歌集《万叶集》、紫式部的《源氏物语》，朝鲜说唱脚本小说《春香传》，越南阮攸的长诗《金云翘传》等；南亚文化区中出现了印度的佛教文学《佛本生经》、寓言集《五卷书》等；中亚西亚文化区中出现了阿拉伯的民间故事集《一千零一夜》，波斯的菲尔杜西的《列王记》、萨迪的《蔷薇园》等。

印度故事文学的双璧

中古印度故事文学丰富发达，其中寓言故事尤为重要。印度历史纷争不断，百姓渴望安居乐业，统治者希望长治久安，于是以物喻人、以事喻理的寓言故事有了肥沃的土壤。《佛本生经》、《五卷书》堪称印度故事文学的双璧，两者主要是寓言故事，一是佛教徒编订，一是婆罗门文人编订的。

《佛本生经》是佛经中文学性较强的部分之一。主要讲述佛陀释迦牟尼成佛之前，经历无数轮回转生的前生的故事。有固定模式，每个故事由5部分组成：一是今生故事，交代佛陀讲述前生故事的缘起；二是前生故事；三是偈颂，是有总结或描述性质的诗；四是注释，对偈颂总词语含义的解释；五是对应，将前生故事的人物与今生故事的人物一一对应。

本生故事保存了古代印度人经济、政治、思想、道德、文化、风俗等方面的宝贵资料，是人类最古老的寓言文学之一。这些故事原是民间流传的神话、传说、寓言等，经佛教徒加工改造，蒙上了一层神秘色彩。

▼曼荼罗，这幅印度壁画，绘制了佛教对终极世界的构想，即三世轮回。

《五卷书》译本之多仅次于《圣经》，作为一本故事集，这是一个奇迹。作品78个故事中，展现了各种身份的人物与各式各样的鸟兽鱼虫。和人一样，鸟兽鱼虫也有各自的个性，如狐狸的狡猾、驴子的愚笨，但又带有人的举动和感情，所以又是人的化身。《五卷书》广泛反映了当时的社会生活和人民的思想感情。作品富有东方故事的特点：大故事套小故事；既有故事，又有说教；散文和诗歌并用。

世界上最早的长篇小说

《源氏物语》是日本中古物语文学的典范，也是世界上最早的长篇小说之一。由女作家紫式部创作于11世纪初。

《源氏物语》全书有近百万字，分前后两个部分。前半部以主人公源氏的生活经历为中心，着重

▲《源氏物语》绘卷，描绘了宫廷生活的场景。

叙述他在情场和官场上的升沉；后半部写源氏之子熏君的放荡生活及他所造成的种种悲剧。

《源氏物语》通过源氏一生政治上的沉浮及放荡女色等生活的描绘，展示了日本平安时代中期宫廷贵族的错综复杂的权势之争，以及宫廷贵族的紊乱的男女关系，同时也真实地反映了这一时期上层贵族腐朽的精神面貌。

阿拉伯民间文学的精华

《一千零一夜》(旧译《天方夜谭》)是阿拉伯中古时期的一部优秀的民间故事集，由中东、近东各民族、各地区的民间市井艺人、文人学士在公元八、九世纪至16世纪长达数百年的时间内收集、加工、整理而成的。书中共200来个故事，包括神话传说、历史故事、现实故事、道德训诫故事、笑话、童话等。但从故事的背景、内容和人物来看，占主导地位的是市井商人故事。

《一千零一夜》的书名出自这部故事集的第一个故事。相传古时候阿拉伯国王山鲁亚尔酷爱打猎，但每次外出打猎时，王后和宫女就同奴仆们到花园里饮酒作乐。国王一怒之下，便将她们全部杀了。此后他每天娶一个少女，翌晨便将她杀掉。百姓深受其害，携儿带女，四处逃奔。宰相的女儿山鲁佐德为了百姓免受灾难，便自愿嫁给国王。她从第一夜起，就向国王讲述有趣的故事，当讲到最动人的地方，刚好天亮。山鲁佐德有意设下伏笔，吸引国王继续再听。国王欲罢不能，欲杀不忍，日复一日地拖延下来。山鲁佐德一连讲了一千零一夜，终于使国王受到了感动，取消了原来荒唐而残酷的决定。这既是书名的来历，也是将书中形形色色的故事串连起来的一条线索。

《一千零一夜》的流传极其广远。它从不同时期、不同角度反映了人民的思想感情、生活方式、风土人情和社会制度。题材广阔，描写了婚姻恋爱、航海冒险、商业宗教，道德教训等方面的故事。涉及的人物上至帝王将相、下至奴婢乞丐，还有天仙、精灵和魔鬼以及三教九流，都应有尽有。形式多样，有格言、谚语、寓言、童话和神话传说等。

▶图绘《一千零一夜》中水手辛伯达故事的一个场景

泰戈尔成为第一个获得诺贝尔文学奖的东方作家

泰戈尔多才多艺，才华超人。既是作品浩繁的文学艺术大师、学识渊博的哲人、成就卓著的社会活动家，也是锐意革新的教育家。他一生所有的贡献，不但在印度历史上具有划时代的意义，而在国际上也产生了巨大影响。《吉檀迦利》使他于1913 年荣获诺贝尔文学奖，成为第一个得到这一殊荣的东方作家。

▲泰戈尔像

泰戈尔

“当我的声音因死亡而沉寂时，我的歌仍将在你活泼泼的心中唱着。”这是被不少国家称为“诗圣”的印度诗人泰戈尔的一句名言。他的诗歌在印度家喻户晓，至今仍在印度人民中间传唱。

泰戈尔出生在加尔各答的一个富有的家庭。在幼年时代，父亲就为他请来了家庭教师，专门给他讲授文学，还让他到农村去听取各种有趣的故事。因此，泰戈尔从小就对文学产生了浓厚的兴趣，14 岁就发表了爱国诗篇《献给印度教徒庙会》。他曾赴英国留学，回国后专门从事文学活动。

泰戈尔一生的创作活动长达60余年，他写了50多部诗集，12部中、长篇小说，108篇短篇小说，20多部剧本。他还写有大量的有关文学、哲学、政治等方面的论著，创作了1 500余幅画，谱写了许多歌曲。

泰戈尔的诗，内容同现实生活和社会问题密切相连，具有浓郁的民间文学色彩和自己的独特风格。《故事诗》是他早期的诗歌创作，大都取材于民间故事和宗教、历史传说，作者经过艺术加工，借古喻今，反映了印度人民的民族自豪感和与殖民统治者斗争到底的决心，表达了印度人民要求改变不合理的种姓制度和反封建压迫的强烈决心。

▼泰戈尔像

其中最重要的作品是《两亩地》，揭露了印度封建地主勾结法庭残酷剥削、压迫农民的社会现实，表达了作者对贫苦农民的深切同情。

20世纪20年代，他先后发表了《吉檀迦

利》、《新月集》、《园丁集》、《飞鸟集》等诗集。其中《吉檀迦利》使他于 1913 年荣获诺贝尔文学奖，成为第一个得到这一殊荣的东方作家。

阅读版本推荐

《吉檀迦利》，(印度）泰戈尔著，冰心译，中国国际广播出版社，2007 年版。

《泰戈尔诗选》，(印度）泰戈尔著，冰心译，译林出版社，2003 年版。

《吉檀迦利》

《吉檀迦利》是泰戈尔中期诗歌创作的高峰，也是最能代表他思想观念和艺术风格的作品。这部宗教抒情诗集，是一份“奉献给神的祭品”。风格清新自然，带着泥土的芬芳。泰戈尔向神敬献的歌是“生命之歌”，他以轻快、欢畅的笔调歌唱生命的枯荣、现实生活的欢乐和悲哀，表达了作者对祖国前途的关怀，发表之后，引起了全世界的轰动。

《吉檀迦利》的思想内容有两个方面：第一，诗人日夜盼望与神相会，与神结合，以达到合而为一的理想境界，表现诗人虽强烈追求但却难以达到合而为一境界的痛苦。诗人经过不懈追求，达到合而为一理想境界的欢乐。第二，泰戈尔心目中的神，存在于现实生活之中，在最贫贱最失所的人群中歇足。作者通过对神的礼赞，表达出自己的人生理想。诗人笔下的神十分神秘，诗人正是借“泛神”的思想，来表现生活的真理。它既可求，又飘缈；既实际，又神秘。正是这种特征糅和在一起，构成了《吉檀迦利》的神秘色彩，反映出作家进行理想探索的矛盾心理与一切必归和谐的哲学观念。

在艺术上《吉檀迦利》也独具特色。诗集充满哲理，但抒情意味很浓。诗中泰戈尔对大自然最精彩的描述，春天、雨季纯然一幅幅清晰的画面。诗歌直述胸臆，似水中月，云中影，飘忽不定，可望而不可即，给人以朦胧之感。诗集想象奇特，韵律幽雅，将哲学思想融合化在优美的诗行之中，神秘而不枯燥。

▼泰戈尔和甘地在一起

现代日本的文学泰斗川端康成自杀身亡

阅读版本推荐

《雪国·古都》，(日) 川端康成著，叶渭渠，唐月梅译，作家出版社，2006年版。

《雪国·古都·千只鹤》，(日) 川端康成著，叶渭渠，唐月梅译，译林出版社，2001年版。

20世纪20年代，欧洲兴起的未来主义、表现主义、达达主义等现代文艺思潮，相继介绍进日本，推动了行动主义绘画、表现主义戏剧等现代艺术的萌现。在文学界，新一代作家也大胆打破传统的写实主义，借鉴西方现代派手法，出现了“新感觉派”以及继起的各种艺术流派。作为新感觉派的一员骁将，川端康成可以说是日本现代派的开山祖师之一，与同时代的横光利一和中河与一，稍后的崛辰雄等，成为日后各种现代派文学的先导。1968年，他以《雪国》、《千鹤》、《古都》三部作品，摘取了当年诺贝尔文学奖桂冠，成为亚洲第二位获诺贝尔文学奖的人。1970年与川端康成交往25年之久的密友三岛由纪夫切腹自杀，不少作家赶到现场，只有川端康成获准进入。川端很受刺激，对学生表示：“被砍下脑袋的应该是我”。1972年4月16日，三岛自杀之后17个月，川端康成也选择含煤气管自杀，未留下只字遗书。两人相继自杀留给了后人无数的疑问。但他早在1962年就说过：“自杀而无遗书，是最好不过的了。无言的死，就是无限的活。”

川端康成

川端康成生于大阪。自幼失去父母，由祖父母带大，极为任性孤独和神经质，不爱上学，但有时学习起来成绩还不错，曾以学校第一名的成绩考入府立中学——茨木中学。

川端康成因写《伊豆舞女》而成名。善于用意识流写法展示人物内心世界。他的代表作中篇小说《雪国》，与《千只鹤》、《古都》一起，于1968年获诺贝尔文学奖。

▼新感觉派运动是1924年横光利一、川端康成和片冈铁兵等14名作家在菊池宽支持下创办同仁杂志《文艺时代》开始的。图为《文艺时代》杂志主要成员。

川端康成喜欢清静，对佛教情有独钟，晚年的业余爱好是书法，汉字写得活灵活现，而内心却异常地矛盾。对于获奖后所带来的荣誉和涌来的慕名者，心里十分厌恶，这与幼年的心理封闭有关。他对夫人发脾气“家里并不是旅馆，我也不是为客人活着的。”他对因自杀身亡的古贺春江的口头禅极为赞赏，“再没有比死更高的艺术了。死就是生。”川端康成在极度忧郁、矛盾中选择了“最高的艺术”——自杀。

《雪国》

《雪国》是川端康成的代表作。小说展开的是中年作家岛村三次到雪国与驹子交往的故事。在三次交往的过程中，他与驹子熟识而频繁来往。驹子委身于他，又发现岛村也并非可以长久维持关系的人。这时，岛村为另一姑娘叶子所吸引。但就在准备离开雪国时，岛村却发现叶子坠落在一场大火中。

主人公岛村是一个有妻室儿女的中年男子，他依靠父辈留下来的家产，终日游手好闲，无所事事。出于爱好，他偶尔也写点关于西洋舞蹈的评论文章。由于一次偶然的机会，他在雪国某个旅馆里结识了年方十九的驹子。二人一见钟情，岛村在城里一事无成，为了和小驹子幽会，几度来到雪国。他精神空虚，总想追求一种瞬间闪烁的美，纯洁的美，不禁为充满生命活力的驹子那少女的美而魂牵梦萦。后来才知道驹子的身世。原来，驹子迫于生活，曾一度在东京当过侍女。后来被人赎出，让她回家乡雪国拜师学习舞蹈。他从东京来到多雪的上越温泉旅馆，结识在那里出卖声色的驹子，驹子年轻貌美，不单能弹一手好三弦，还努力记日记，他们之间虽说是买卖关系，但驹子对岛村表现了比较真挚的感情；岛村则认为二人无非是露水姻缘，人生的一切均属徒劳。驹子对岛村表示理解，嘱他“一年来一次就成，带夫人来也欢迎，这样可以持久”。岛村一共来雪国3 次，同驹子厮混，驹子对他则伺候饮食，陪同游玩，二人之间狎昵猥亵无所不至。尽管这一切都按艺妓制度计时收费，但岛村追求驹子的美貌，驹子赏识岛村的大度和学识。两人之间也流露了互相爱慕之情，最后挥手而别。

一次，岛村又去雪国与驹子相会，在火车上不禁被一位正体贴人微地照顾一个男病人的漂亮姑娘所吸引。姑娘名叫叶子，青年名叫行男。当时，已是黄昏时分，车窗外夜幕降临在皑皑雪原之上。在这个富有诗情的衬景上，叶子的明眸不时在闪映，望去十分美丽动人。岛村凝视，不禁神驰。后来岛村得知叶子原来是驹子三弦师傅家的人，行男则是三弦师傅之子。岛村风闻三弦师傅活着的时候，曾有意叫驹子和行男订婚，驹子也是为给行男治病才当了艺妓的。但驹子对此表示否认，实际上对行男也毫无感情，甚至岛村二次离开雪国，驹子送到车站时，叶子跑来报告行男咽气，哀求驹子前去看看，驹子也未予理睬。

翌年秋天，岛村又来到雪国，他已知道上次在火车上叶子照护的病人就是行男。现在行男早已病故，可叶子仍旧常常去上坟。岛村又一次为叶子的心灵美所倾倒。岛村虽然欣赏叶子年轻貌美，他又舍不得断绝和驹子的肉体关系。在第二次来雪国后的几次接触中，并未对她有爱的表示。最后，叶子在一场大火中从楼上跌落下来摔死了，岛村紧紧地搂抱着失声惊叫的驹子，虚无的目光凝视着天空。

▼这是2000年发行的川端康成和大江键三郎的邮票

▼川端康成接受诺贝尔奖时的情景

外国文学大事年表

约公元前3000年

出现了一个英雄的传奇《吉尔伽美什》。

约公元前13世纪—前2世纪

产生了古代希伯莱文学《旧约》

公元前11世纪—前9世纪

产生了欧洲英雄史诗的典范《荷马史诗》。

公元前6 世纪

奴隶伊索作《伊索寓言》。

公元前6—前4世纪

希腊文学在雅典全盛时期达到了高峰，涌现出著名的三大悲剧诗人埃斯库罗斯、索福克勒斯、欧里庇得斯和著名的喜剧诗人阿里斯托芬。

公元前4世纪—公元4世纪

出现了印度的两大史诗《摩诃婆罗多》和《罗摩衍那》。

公元前70—前19年

维吉尔的《埃涅阿斯纪》学习、模仿荷马史诗，这是欧洲第一部文人史诗，对后来欧洲的史诗产生重要影响。

公元8世纪—16 世纪

由中东、近东各民族、各地区的民间市井艺人、文人学士创作《一千零一夜》(旧译《天方夜谭》)，这是阿拉伯中古时期的一部优秀的民间故事集。

11世纪初

女作家紫式部创作《源氏物语》，这是日本中古物语文学的典范，也是世界上最早的长篇小说之一。

11世纪末

出现了中世纪最杰出的英雄诗史《罗兰之歌》。

12世纪末—13世纪中叶

产生了中世纪城市文学最重要的作品《列那狐传奇》。

1302年左右

但丁创作了《神曲》。

1348年

中世纪的欧洲爆发了有史以来最可怕的一场文意，同时也催生了文艺复兴时代的第一声呐喊——薄伽丘的《十日谈》。

1530年

拉伯雷开始创作《巨人传》。

1564年

莎士比亚诞生。

1595年

莎士比亚创作了《罗密欧与朱丽叶》。

1600—1601年

《哈姆雷特》创作完成

1605年

《堂吉诃德》出版。

17世纪30年代

巴洛克文学兴起。对19世纪的浪漫主义文学产生了直接作用，对19世纪以来的拉美文学也有深刻影响。

1664—1668年

法国喜剧大师莫里哀的代表作《伪君子》、《恨世者》、《吝啬鬼》产生。

1719年

丹尼尔·笛福创作了《鲁滨逊漂流记》。

1721年

孟德斯鸠出版了书信体讽刺小说《波斯人的信札》，为18世纪哲理小说开辟了道路。

1749年

菲尔丁出版了《汤姆·琼斯》，全名是《弃儿汤姆·琼斯的历史》，为19世纪英国批判现实主义小说奠定基础。德国伟大的诗人、剧作家和思想家歌德诞生，他被称为文学世界里“奥林匹斯山上的宙斯”。

1759年

《老实人，又名乐观主义》，伏尔泰哲理小说成就最高的一部。

1761年

卢梭出版了《新爱洛绮丝》，在法国文学史上，第一个把爱情当作人类高尚情操来歌颂。

18世纪70年代

德国发生了一次声势浩大的资产阶级反封建的文学运动，即“狂飙突进”运动。

1774年

歌德出版了《少年维特之烦恼》。

1784年

席勒出版了《阴谋与爱情》，被恩格斯称为“德国第一部有政治倾向的戏剧”。

1808年

《浮士德》第一部出版。

1818—1823年

叛逆的天才诗人拜伦创作绝顶天才之作《唐璜》。

1822年

天才的预言家雪莱去世。

1823—1830年

近代俄罗斯文学的奠基人普希金创作了《叶甫盖尼·奥涅金》，被誉为“俄罗斯生活的百科全书”。

1830年

现代小说之父司汤达发表了《红与黑》，这是一部批判现实主义文学奠基作。

1935—1947年

文学泰斗川端康成发表《雪国》。

1842—1848年

巴尔扎克写作《人间喜剧》，这是一部世界文学史中令人叹为观止的鸿篇巨制。

1842年

果戈理的代表作《死魂灵》出版，是俄国批判现实主义文学发展的基石，也是果戈理的现实主义创作发展的顶峰。

1843年

德国的伟大诗才海涅创作了《德国，一个冬天的童话》。

1847年

勃朗特三姐妹的《简爱》、《呼啸山庄》和《艾格妮丝·格雷》出版。

1856年

语言艺术大师福楼拜发表了一部“最完美的小说”《包法利夫人》。

1857年

恶魔诗人波德莱尔的《恶之花》经过多年的蓄积、磨砺，终于出现在巴黎的书店里。

1859年

英国的写实主义大师狄更斯出版了《双城记》。

1862年

永远的人道主义者雨果创作了《悲惨世界》，这是雨果小说创作的里程碑。《父与子》发表，这是屠格涅夫最著名的长篇小说。

1863—1869年

托尔斯泰的代表作之一《战争与和平》发表，这是一部史诗型长篇小说。

1866年

残酷的天才陀思妥耶夫斯基发表《罪与罚》，是一部使作者获得世界声誉的重要作品。

1871—1893年

左拉创作《卢贡－玛卡尔一家人的自然史和社会史》。

1879年

易卜生完成《玩偶之家》，使他获得世界声誉。

1880年

短篇小说之王莫泊桑发表处女作《羊脂球》，一跃登上法国文坛。

1884年

《哈克贝利·费恩历险记》发表，这是马克·吐温的代表作，也是美国文学史上一部影响深远的作品。

1888年

王尔德的第一本童话集《快乐王子》出版。

1890年

罗曼·罗兰开始创作长河小说《约翰·克利斯朵夫》。

1900年

德莱塞完成了第一部长篇小说《嘉莉妹妹》，十年后，德莱塞创作了第二部长篇小说《珍妮姑娘》，德莱塞因此得以成为专业作家。

1891年

哈代发表《德伯家的苔丝》。

1906年

高尔基创作了《母亲》。

1912年

卡夫卡写作《判决》和《变形记》。

1913 年

泰戈尔因《吉檀迦利》荣获诺贝尔文学奖，成为第一个得到这一殊荣的东方作家。

1922年

乔伊斯的《尤利西斯》发表，这是现代西方小说中最富实验性的作品之一，被认为是意识流小说的经典之作。

1925—1940年

肖洛霍夫创作他的长篇小说《静静的顿河》。

1926年

米切尔开始着力创作《飘》，10年之后，作品问世，一出版就引起了强烈的反响，这部仅有的小说奠定了她在美国文学史上不可动摇的地位。

1929年

福克纳的代表作之一《喧哗与骚动》问世，受到评论界的一致好评，福克纳脱颖而出，正式登上文坛。

1930年

刘易斯成为美国文学史上第一个获诺贝尔文学奖的作家。

1938年

“中国通”赛珍珠获得诺贝尔文学奖。

1949年

艾略特因“对当代诗歌做出的贡献和所起的先锋作用”获诺贝尔文学奖。

1954年

海明威获得诺贝尔文学奖。

1962年

乡土作家斯坦贝克获诺贝尔文学奖。

1968年

川端康成获诺贝尔文学奖。

一看就懂的
外国文学大事典

中国学生培养竞争力的基础书